T0009591
DREAMSPINNER
PRESS

Veröffentlicht von
DREAMSPINNER PRESS

5032 Capital Circle SW, Suite 2, PMB# 279, Tallahassee, FL 32305-7886 USA
www.dreamspinnerpress.com

Original Erstausgabe. Mai 2021
Übersetzt von Anna Doe.

Umschlagillustration
© 2021 Tiferet Design
http://www.tiferetdesign.com
Umschlaggestaltung
© 2023 L.C. Chase
http://www.lcchase.com
Die Illustrationen auf dem Einband bzw. Titelseite werden nur für darstellerische Zwecke genutzt. Jede abgebildete Person ist ein Model.

Deutsche ISBN. 978-1-64108-593-9
Deutsche eBook Ausgabe. 978-1-64108-592-2
Deutsche Erstausgabe. Juli 2023
v 1.0

Gedruckt in den Vereinigten Staaten von Amerika.

Kraken My Heart

K.L. Hiers

1

TED STURM starrte die Wendeltreppe hoch. Dort oben wartete eine Leiche auf ihn, die nach unten gebracht werden musste. Er überlegte, ob es wirklich eine gute Idee gewesen war, ins Bestattungsgewerbe einzusteigen.

Er arbeitete jetzt schon seit zehn Jahren für Crosby-Ayers und war es leid.

Er war es leid, abends länger arbeiten und trotzdem am nächsten Morgen um acht Uhr wieder pünktlich auf der Matte stehen zu müssen. Er war es leid, ständig diese grausamen Anblicke ertragen und durch Flüssigkeiten laufen zu müssen, deren Namen er nicht aussprechen wollte. Es war deprimierend.

Und vor allem war er diese verdammten Treppen leid.

Nicht, dass er körperlich dazu nicht in der Lage gewesen wäre. Er war ein kräftiger Mann, gebaut wie eine Eiche. Und er musste dazu noch nicht einmal auf magische Tricks zurückgreifen. Seine Kollegen nannten ihn Teddybär und rissen sich darum, mit ihm zusammenzuarbeiten, wenn ein Anruf kam. Sie wussten, dass sie sich auf seine Muskeln verlassen konnten.

Trotzdem, diese Treppen waren eine Qual. Besonders die Wendeltreppen, weil sie so eng waren, dass sie keine Bahre benutzen konnten. Das Mistding würde in den Ecken hängenbleiben. Und deshalb mussten sie die Leiche ohne Bahre mit den Händen tragen.

Glücklicherweise war der Tote recht klein. Ted hätte ihn leicht allein tragen können. Er wartete an der Haustür auf Kitty York, seine Partnerin heute Abend, die noch mit den Angehörigen sprach.

Ted seufzte und rückte seinen Schlips gerade. Solche Jobs mussten immer in Anzug und Schlips erledigt werden, so sehr sie auch bei der Arbeit störten. Es war eine Tradition, die Respekt gegenüber dem Verstorbenen und seinen Angehörigen ausdrücken sollte.

Ted war kein großer Freund von Traditionen. Im Haus war es viel zu warm. Er schwitzte und seine Eier juckten.

Er konnte nicht viel tun, solange Kitty ihr Gespräch noch nicht beendet hatte. Es hörte sich an, als habe die Familie eine Unmenge Fragen. Das Haus war mit Salbei ausgeräuchert worden und über dem Sofa hing ein riesiges Relief von Salgumel. Die Familie hing offensichtlich dem sagittarischen Glauben an.

Der Gott mit seinen Tentakeln war sehr lebensecht dargestellt und grinste anzüglich. Ted hätte schwören können, dass er ihn anstarrte.

Er selbst war von seinen Eltern im lucianischen Glauben erzogen worden, aber seit er für das Bestattungsunternehmen arbeitete, hatte er viel über die anderen Religionen gelernt. Er wusste, dass die Sagittarier – oder die Weisen, wie sie meistens genannt wurden – ihre Toten erst nach einer ausgiebigen Waschung bestatteten, die von der Familie durchgeführt wurde. Sie würden die Leiche niemals einbalsamieren oder verbrennen und die eigentliche Bestattungszeremonie nahm nicht viel Zeit in Anspruch.

Nach der Beerdigung feierten die Hinterbliebenen das Leben, und diese Feier konnte sich über Tage hinziehen. Er hatte schon von Fällen gehört, in denen sogar wochenlang oder zumindest bis zum nächsten Neumond gefeiert worden war.

Die rituellen Details variierten, abhängig davon, welchen der alten Götter die Familie bevorzugte. Im Gegensatz zu den Lucianern, die nur an den Gott des Lichtes glaubten, konnte sie zwischen Hunderten von Göttern wählen. Salgumel, der Gott der Träume und des Schlafes, war besonders beliebt. Er war der Erste, der sich zum Schlafen hingelegt und die anderen Götter mitgenommen hatte. Deshalb hieß es oft, die Religion wäre ausgestorben. Ted hatte da so seine Zweifel.

Er sah viele alte Fotos mit lächelnden Gesichtern, Kindern und Enkeln. Es gab Urlaubsbilder und Fotos von Ausflügen in Vergnügungsparks. Der alte Herr hatte offensichtlich ein erfülltes Leben geführt.

Ted musste lächeln, auch wenn es ihn traurig machte. Er dachte dabei weniger an die trauernde Familie als an sein eigenes Leben.

Wer würde ihn vermissen, wenn er den Löffel abgab?

Seine Eltern vielleicht, aber zu denen hatte er kaum noch Kontakt. Seinen jüngeren Bruder hatte er seit Jahren nicht mehr gesehen. Seine letzte Beziehung hatte unglücklich geendet und einen festen Freund hatte er seit Monaten nicht mehr, was vor allem an seinen verrückten Arbeitszeiten lag. Seine einzigen Freunde waren die Kollegen aus dem Bestattungsinstitut.

Na ja, wenn er recht überlegte, gab es da noch seinen Mitbewohner. Der würde ihn vielleicht schon vermissen.

Ted und Jay Tintenfisch hatten sich im letzten Jahr auf einer Beerdigung kennengelernt. Jays Urgroßmutter war gestorben und als Jay nebenbei erwähnte, er bräuchte eine neue Wohnung, hatte ihm Ted sofort sein Gästezimmer angeboten.

Sie mochten die gleichen Filme und hatten einen ähnlichen Musikgeschmack. Jay war guter Mitbewohner. Er räumte auf und bezahlte pünktlich seinen Anteil an der Miete. Sie verstanden sich bestens.

Bis auf diesen verdammten Kater.

„Ah, das war der erste Strandausflug meiner Enkel“, riss ihn die Stimme eines alten Mannes aus seinen Gedanken. „Macy – das ist die Kleine – hat sich so darüber gefreut. Sie war so tapfer. Ist einfach ins Meer gelaufen, als hätte sie ihr Leben lang nichts anderes gemacht.“

Ted drehte sich zu dem Foto um, von dem der alte Mann sprach. Es zeigte lächelnde Menschen an einem Sandstrand. Nur ein kleiner Junge weinte.

„Das ist Junior. Er war weniger begeistert", erklärte der alte Mann schmunzelnd. „Wir haben ungefähr zwanzig Fotos gemacht und er schreit und weint in jedem einzelnen davon."

Ted nickte freundlich und lächelte ihm zu. Er wollte die Bilder nicht kommentieren für den Fall, dass die Familie ihn hören konnte.

Schließlich war der alte Mann für sie tot.

„Meine Frau", sagte er und wollte nach einem alten Portrait greifen. Seine Hand ging durch den Rahmen hindurch und er zog sie erschrocken zurück. „Ich … ich glaube, sie vermisse ich am meisten."

Die Sehnsucht in seiner Stimme zerriss Ted fast das Herz. Er konnte sehen, dass der alte Mann den Tränen nahe war. Er wollte ihn trösten, hätte gerne mit ihm gesprochen, aber …

„Alles klar?", flüsterte Kitty, als sie – gefolgt von der Familie des Verstorbenen – zu ihm an die Tür kam.

„Ja", grunzte er und lächelte höflich. Dann folgte er ihr die Treppe hinauf und hörte dabei weiter dem alten Mann zu, der sie begleitete.

„Ich habe sie in einem Kino kennengelernt", erzählte dieser. „Es war ziemlich voll, wir saßen nebeneinander und … ich habe sie gesehen und wusste sofort, dass sie die Richtige für mich ist. Nächsten Monat wäre unser Hochzeitstag gewesen. Vierundfünfzig Jahre…"

Trotz der makabren Umstände war Ted neidisch. Es war nicht so, dass er sich nach einem Haus voller Enkel und alter Möbel sehnte, aber … er wollte auch einen Menschen finden, mit dem er sein Leben teilen konnte. Einen Menschen, der etwas ganz Besonderes war.

Ein Tag war wie der andere. Tag und Nacht die Arbeit, dazwischen Erledigungen machen und Rechnungen bezahlen, bevor es wieder von vorne losging. Dazu kam noch, dass sein Job oft deprimierend war und er nur traurige Menschen traf.

Nicht gerade die besten Optionen, einen Partner zu finden.

Und wenn er gelegentlich mit jemandem ausging, türmten sich bald Hindernisse auf. Oft kam die Arbeit dazwischen und er musste ihre Dates wieder absagen. Oder er wurde mit Erwartungen konfrontiert, die er nicht erfüllen konnte und wollte.

Oh … und dann noch die Stimmen. Die Toten, die mit ihm sprachen. Das war auch nicht sonderlich hilfreich.

Kitty und er wickelten den Mann vorsichtig in ein Leichentuch und manövrierten ihn die Wendeltreppe hinab. Als sie unten ankamen, legten sie ihn auf die Bahre und Ted schob ihm ein Kissen unter den Kopf.

Sie schnallten die Leiche auf der Bahre fest und bedeckten sie mit einem Tuch. Dann verabschiedete Kitty sich von der Familie, während Ted wieder auf sie wartete.

Er wollte nicht mit der Familie reden. Er hätte es gekonnt, aber er war immer so verlegen und wusste nicht, was er sagen sollte. Kitty war ein Naturtalent. Sie konnte gut mit Menschen umgehen und brachte immer das richtige Mitgefühl für ihre Trauer auf. Mit ihrer besonnenen Art gelang es ihr, selbst aggressive Hinterbliebene – und die gab es auch – wieder zu beruhigen.

Außerdem war Ted meistens durch seine ungewöhnlichen Konversationen abgelenkt. Gleichzeitig mit der trauernden Witwe und dem verstorbenen Ehemann zu reden, der sich lauthals darüber beschwerte, dass die Socken nicht die richtige Farbe für die Beerdigung hätten, war extrem anstrengend.

Ted und Kitty rollten die Bahre zum Wagen und Ted schob sie in den Laderaum. Er wusste nicht, ob die Familie sie noch beobachtete, also ließ er sich Zeit und behandelte seine ungewöhnliche Last so vorsichtig und respektvoll wie möglich.

Als er einen Blick zurückwarf, stand die Familie noch auf der Terrasse. Der alte Mann stand bei ihnen und winkte ihm zu.

Ted nickte höflich und setzte sich hinters Steuer. Nachdem sich Kitty angeschnallt hatte, fuhr er los.

„Das klappte gut“, freute sich Kitty. „Die Familie war nett.“

„Ja“, erwiderte Ted abwesend und konzentrierte sich auf die Straße. Es war schon nach Mitternacht, aber seine Gedanken gingen wirr durcheinander.

„Was ist los?“, erkundigte sich Kitty. Ihre Menschenkenntnis machte vor Ted nicht Halt.

„Ich dachte, du wärst für Erdmagie lizenziert. Seit wann kannst du auch Gedanken lesen?“, scherzte Ted.

Wer magische Fähigkeiten hatte, musste eine Lizenz erwerben, um sie benutzen zu dürfen. Es war eine Art Führerschein, mit Tests und Gebühren. Und es führte zu ernsten Konsequenzen, wenn man ohne Lizenz dabei erwischt wurde, Magie zu praktizieren.

Magie wurde in fünf Disziplinen unterteilt: Feuer, Wasser, Luft, Erde sowie göttliche oder beschwörende Magie. Die beschwörende Magie wurde von den Sagittariern als Sternenlicht bezeichnet und war die mächtigste von allen, da sie Elemente der vier anderen vereinte und dadurch besondere Kräfte entfaltete.

Es gab auch magisch Unbegabte, die als solche registriert wurden. Ted hatte gehört, dass sie von den Sagittariern als Verstummte bezeichnet wurden. Er selbst war an der Grenze dazu. Er hatte in der Schule nur ein Minimum an Luftmagie mit einer Neigung zur beschwörenden Magie gezeigt, aber seine Kräfte hatten sich nie manifestiert.

Auch wenn er einen Zauberstab zur Hilfe nahm, verpuffte selbst die harmloseste Beschwörung. Deshalb hatte er schon lange aufgegeben, sich mit Magie zu beschäftigen. Bis er anfing, für das Bestattungsunternehmen zu arbeiten.

Kaum war er das erste Mal mit einer Leiche in Kontakt gekommen, hatte er seine wahre Begabung erkannt.

„Hat sich jemand bei dir gemeldet?", fragte Kitty freundlich.

Ted seufzte. Er arbeitete schon seit einigen Monaten mit Kitty zusammen und sie wusste natürlich längst über ihn Bescheid. Es wäre auch schwer zu verheimlichen gewesen, wenn man bedachte, dass sie fast täglich mit Leichen zu tun hatten.

„Ja", sagte er und deutete mit dem Kopf nach hinten, wo der Verstorbene lag. „Es hat sich jemand gemeldet."

„War alles in Ordnung?"

„Ja, er war okay", sagte Ted. „Hat nicht versucht, mir zu folgen oder so. Er ist bei seiner Familie geblieben. Für einen Toten ging es ihm gut."

„Dann glaubst du also, er wird sich damit abfinden und weiterziehen?"

„Ja."

„Ich wünschte, ich könnte sie auch hören", meinte Kitty.

„Nein." Ted schüttelte den Kopf. „Nein, das wünschst du dir nicht."

Manchmal bedauerte er, es ihr gesagt zu haben. Sie war wie die meisten Menschen. Sie beneidete ihn um seine ungewöhnlichen Fähigkeiten. Viele dachten, er könnte mit verstorbenen Verwandten kommunizieren, ihnen Botschaften ausrichten oder sie um ihren Rat bitten.

In Wirklichkeit war jeder Kontakt unvorhersehbar, oft sogar erschreckend. Ted hatte keine Kontrolle darüber und es war reiner Zufall, ob er einem Geist begegnete oder nicht. Und schon gar nicht konnte er darüber entscheiden, ob dieser Geist mit ihm reden wollte.

Manche Geister waren freundlich gesinnt, wie der alte Herr, den sie heute abgeholt hatten. Andere schienen ihn gar nicht zur Kenntnis zu nehmen. Aber dann gab es noch die unzufriedenen, zornigen Geister, die schrien und fluchten und versuchten, Ted anzugreifen, oder ihm mit Höllenqualen drohten, wenn er ihnen nicht half. Sie wollten ihren Tod nicht akzeptieren und schienen zu glauben, dass sie irgendwo eingeschlossen waren und wieder befreit werden konnten.

Solche Geister waren glücklicherweise selten, aber sie waren diejenigen, die Ted nach Hause folgten.

Na ja, bis auf diesen kleinen Jungen…

„Entschuldige", sagte Kitty hastig. „Es muss manchmal schlimm sein. Nur … ich bin so neugierig. Ich wünschte, ich könnte mit ihnen reden. Ihnen Fragen stellen."

„Welche denn? Was passiert, wenn wir sterben?" Ted schnaubte. „Sie wissen darüber nicht mehr als wir. Einige erzählen, sie wären von einem hellen Licht gerufen worden. Andere sagen, sie wären über eine Art Brücke gegangen."

„Xenon“, sagte Kitty.

„Hä?“

„Die Brücke“, erklärte sie. „Weise glauben, dass ihre Seelen über eine Brücke an einen Ort namens Xenon gerufen werden, um das Heim der Götter zu erreichen.“

„Richtig. Zebulon oder so.“ Er lehnte sich seufzend zurück, als sie an eine Ampel kamen. „Ich will damit nur sagen, dass es nicht das ist, was du dir darunter vorstellst. Sie wissen nicht, was mit ihnen passiert. Um ehrlich zu sein, vermeide ich es, mit ihnen zu reden.“

„Warum?“, fragte Kitty zögernd.

„Weil sie – und das ist nicht böse gemeint – nicht besser sind als die Lebenden“, sagte Ted. „Sie wollen immer mehr von dir. Du versuchst, nett zu sein, und sagst ihnen, dass ihre Frau sie immer noch liebt oder dass sie in ihrem Lieblingshemd begraben werden, aber sie sind nie zufrieden. Sie fragen und fragen und … es kostet verdammt viel Kraft, sie glücklich zu machen. Und solange sie denken, du könntest ihnen noch helfen, ziehen sie nicht weiter. Mittlerweile ignoriere ich sie nur noch.“

„Das tut mir leid. Ich wusste nicht, dass es so schlimm ist.“

„Normalerweise ist es das auch nicht“, erwiderte Ted und blinkte, um auf den Parkplatz des Bestattungsinstituts abzubiegen. „Es gibt nur wenige, die mich so bedrängt haben. Ich bin selbst dran schuld, wenn ich immer wieder mit ihnen rede.“

„Hast du jemals darüber nachgedacht, mit einer Spezialistin zu reden?“, erkundigte sich Kitty. „Es muss doch Hexen geben, die dir damit helfen können.“

„Nein.“

„Warum nicht?“

„Kitty, mein Mädel … ich will nicht, dass jemand davon erfährt“, sagte er streng. „Mit den Toten zu reden ist schon fast Hexerei und ich will nicht im Knast landen, weil irgendein Geist sauer darüber ist, dass seine Familie ihn in den falschen Klamotten begräbt.“

Geisterbeschwörung war gesetzlich verboten und ein großes Tabu. Jede Überlieferung über diese Art verbotener Magie war vernichtet oder im Laufe der Zeit vergessen worden. Es wurde nur noch hinter vorgehaltener Hand darüber gesprochen. Ted nahm allerdings an, dass sie im Geheimen noch praktiziert wurde.

Schließlich gab es immer noch Ghule. Das Leben eines Menschen konnte künstlich verlängert werden, bis seine Leiche endgültig verrottet war. Man musste dazu nur seine Seele mit einer magischen Kopie seines Leibs verbinden. Es war natürlich auch illegal und daher sehr selten, aber Ted hatte schon einige Fälle erlebt.

Kommunikation mit Toten war allerdings noch seltener. Es war zwar nicht verboten, wurde aber strengstens reguliert. Man brauchte dazu eine besondere

Lizenz und Ted hatte seine Fähigkeit bisher geheim gehalten. Er wollte keine Aufmerksamkeit auf sich ziehen und sich noch mehr Kopfschmerzen einhandeln.

„Ich verstehe“, sagte Kitty und als Ted anhielt, stieg sie aus, um das Garagentür zu öffnen.

Sie holten die Bahre aus dem Auto und brachten sie ins Gebäude. Ted war froh, dass Kitty das Thema fallenließ. Sie schoben den alten Mann in den Kühlraum und füllten die nötigen Formulare aus. Ted war froh, endlich nach Hause gehen zu können.

„Hast du morgen frei?“, fragte Kitty, als sie hinter sich abschlossen.

„Du meinst wohl heute.“ Ted schaute auf die Uhr und verzog das Gesicht. „Ja, ich habe frei. Und schlafen ist alles, was ich heute noch vorhabe.“

„Du brichst Doris das Herz“, neckte ihn Kitty. „Sie will Cupcakes mitbringen und ich weiß, dass sie extra für dich welche mit Erdbeeren gebacken hat.“

„Richte ihr mein Bedauern aus, aber selbst ihre Cupcakes können mich nicht aus dem Bett locken. Ich hoffe nur, dass ich einige Stunden durchschlafen kann, ohne noch von einem Notfall geweckt zu werden. Und dann habe ich ganze zwei Tage frei.“

„Dann wüsche ich dir einen ungestörten Schlaf.“ Kitty lachte und winkte ihm zum Abschied zu. „Gute Nacht, Teddybär!“

„Gute Nacht, mein Mädel!“ Ted winkte ihr ebenfalls zu, setzte sich in sein Auto und wollte gerade losfahren, als er ein Kichern vom Rücksitz hörte. Er musste sich nicht umsehen, um zu wissen, von wem es kam.

„Hallo, kleines Kerlchen.“

Es raschelte noch kurz, dann wurde es wieder still. Ted ließ den Motor an.

„Wollen wir die verrückte Straße nehmen?“, fragte er beiläufig.

Er fühlte, wie ihm mehrmals auf die Schulter geklopft wurde. *Ja.*

Ted lächelte. „Dann mal los.“

Es gab zwei Möglichkeiten, in das Apartment zurückzukehren, das er sich mit Jay teilte. Die direkte Route führte geradewegs durch die Innenstadt, die andere in einem weiten Bogen um die Stadt herum. Sie führte über eine enge, kurvenreiche Straße und dauerte etwa zwanzig Minuten länger.

Das war die verrückte Straße. Der Junge liebte sie.

Ted gab sich Mühe, die Kurven zu schneiden und kein Schlagloch auszulassen. Er grinste breit, als er das begeisterte Lachen vom Rücksitz hörte. „Gut festhalten, kleines Kerlchen! Gleich wird’s spannend.“

Der Junge war schon seit einigen Monaten bei ihm und Ted wusste nicht, woher er kam. Er hatte durch seinen Beruf leider schon viele verstorbene Kinder kennengelernt, aber dieser Junge gehörte nicht zu ihnen.

Er war eines Nachts in Teds Schlafzimmer aufgetaucht und wollte mit ihm spielen. Danach war er einfach geblieben.

Der Junge stellte keine großen Ansprüche und zeigte ihm nie sein Gesicht. Nur seine kleine Figur war manchmal zu sehen, eingewickelt in einen warmen Schal. Und Ted konnte immer seine Stimme hören.

Besonders während den Heimfahrten.

Ted mochte den Kleinen. In seinen richtig einsamen Momenten war es schön zu wissen, einen Freund zu haben. Wenn er nach langen Arbeitstagen heimkam, ausgepowert und nach Weinen zumute, legte ihm der Junge eine Hand auf die Schulter oder ein roter Plastikball kam auf ihn zugerollt und forderte ihn zum Spielen auf.

Manchmal fand er im Auto Spielzeug oder bunte Bilder, die der Junge gemalt hatte. Ted hatte mittlerweile auch herausgefunden, welche Musik dem Kleinen besonders gefiel. Wenn im Radio klassischen Rock gespielt wurde, konnte er hören, wie hinter ihm der Takt geschlagen wurde.

Es war schön, aber er konnte mit niemandem darüber reden. Er hätte es nicht erklären können. Selbst Kitty wusste über den Jungen nicht Bescheid.

Als Ted vor seiner Wohnung anhielt, war der Junge verschwunden. Ted wusste nicht, wo er hinging, aber er blieb nie lange weg.

Ted betrat müde die Wohnung. Es war früh am Morgen und Jay schlief noch. Er wollte keinen Lärm machen, war aber auf der Hut vor der Katze. Das Biest konnte überall lauern.

Sein Leben war schon schwer genug durch die Geister und seinen Job, der ihn täglich mit dem Tod konfrontierte. Aber den wahren Schrecken hatte er erst kennengelernt, als Jay diese verfluchte Katze mit nach Hause brachte.

Mr. Twigs.

Mr. Twigs war ein fluffiger, schwarzer Kater, den Jay auf der Straße aufgegabelt hatte und von dem er absolut besessen war. Das Biest war ihm eines Abends einfach gefolgt und Jay hatte es nicht übers Herz gebracht, ihn wieder rauszuwerfen. Die Gefühle zwischen den beiden beruhten offensichtlich auf Gegenseitigkeit, denn Mr. Twigs schlich ständig schnurrend um Jay herum. Er verehrte seinen Retter geradezu.

Ted hatte dieses Glück nicht.

Es war schon verrückt genug, dass der Kerl mit einer kleinen, katzengroßen Sonnenbrille bei ihnen aufgetaucht war, die hinter seinen Ohren festgehakt war, und Jay auch auf Schritt und Tritt folgte. Sobald Ted auch nur wagte, Jay aus irgendeinem Grund und vollkommen harmlos zu umarmen, wurde er von Mr. Twigs attackiert. Und wenn Jay nicht zu Hause war, machte er Ted das Leben zur Hölle.

Mr. Twigs stellte sich ihm in den Weg und brachte ihn zum Stolpern, kotzte in seine Schuhe, pisste in seinen Schrank und deponierte verstümmelte Tiere unter seinem Kopfkissen. Jay meinte, der arme Kerl sei traumatisiert, weil er ausgesetzt wurde. Er versprach Ted, jeden Schaden zu ersetzen, den das Biest anrichtete. Aber es ließ sich nicht leugnen: Mr. Twigs hasste Ted.

Ted schlich auf Zehenspitzen durch die Wohnung. Von dem fluffigen Monster war keine Spur zu sehen und er hoffte, das Biest würde in Jays Zimmer liegen und schlafen. Doch dann schoss ihm plötzlich ein schwarzer Schatten durch die Beine und er wusste, er hatte vergebens gehofft. Das konnte kein Geist gewesen sein.

Ted ging in sein Zimmer, zog sich eine Jogginghose an und wagte sich wieder nach draußen. Er hatte fürchterlichen Durst und wollte sich von einer verrückten Katze nicht einschüchtern lassen. Er konnte es bis zur Küche schaffen.

Ted nahm sich eine Dose Cola aus dem Kühlschrank und nutzte das Kühlschranklicht, um Küche und Wohnzimmer nach der Katze abzusuchen. Mr. Twigs war wieder verschwunden. Ted schloss vorsichtig die Kühlschranktür und tauchte die Wohnung in Dunkelheit.

Als müsse er durch ein Minenfeld navigieren, schlich er sich vorsichtig in sein Zimmer zurück. Es nutzte alles nichts. Als er am Sofa vorbeikam, kollidierte sein Fuß mit einem Fellknäuel.

Mr. Twigs jaulte empört auf und biss ihn in den Knöchel.

„Du dämliches Vieh!" Ted zischte vor Schmerz und zog erschrocken das Bein zurück. Mr. Twigs verlor das Gleichgewicht und kullerte an die Wand. Ted sackte das Herz in die Hose und er tastete panisch nach dem Lichtschalter. „Mist! Es tut mir leid! Das war keine Absicht, Kleiner! Hast du dir wehgetan?"

Mr. Twigs fauchte wütend. Seine Augen funkelten gefährlich hinter der lächerlichen Sonnenbrille. Und dann öffnete sich mitten im Wohnzimmer ein Portal. Grelle Lichter blitzten auf und der Wind heulte.

Ted starrte wie gelähmt auf das schwarze Loch, das sich im Wohnzimmerboden auftat. Es war eine sehr seltene Begabung, Portale öffnen zu können. Er hatte noch nie jemanden gekannt, der dazu in der Lage gewesen wäre. „Was ist…?"

Und als ob der heulende Wind noch nicht genug wäre, verwandelte sich Mr. Twigs in einen sehr großen, sehr schlanken und sehr nackten jungen Mann. Mit Sonnenbrille. Der junge Mann fletschte grinsend die Zähne. „Das war das letzte Mal, dass du mich getreten hast, du Arschloch", zischte er.

„Ich habe dich nicht getreten!", widersprach ihm Ted empört. „Es war ein verdammtes Verseeeehen!" Er schrie noch, als Mr. Twigs ihm einen Stoß versetzte und kopfüber in das Portal stieß.

Es war, als … als würde er eine auf einer Wasserrutsche nach unten sausen, die mit Pudding gefüllt war.

Die Luft – soweit man es so nennen konnte – war erdrückend und er konnte kaum atmen. Das Licht um ihn herum war so gleißend hell, dass er nichts erkennen konnte. Ted glaubte zu sterben.

Der Magen sackte ihm immer tiefer. Er kam sich vor, als würde er fallen, aber es gab nichts, woran er sich orientieren konnte. Er keuchte, als er plötzlich auf einer feuchten Masse aufschlug. Er musste niesen und schnappte verzweifelt nach Luft. Als er die Augen öffnete, sah er, wie sich über ihm das Portal wieder schloss.

Über ihm befand sich ein hohes Deckengewölbe. Schwach hob er den Kopf und sah sich um. Er lag in einer klebrigen Pfütze. Der Raum erinnerte ihn an den Thronsaal eines alten Schlosses.

Hohe Decken, Glasmalereien, ein prächtiger Thron…

Und umgeben von Monstern.

Riesige, geschuppte Monster mit Tentakeln. Humanoide mit Spiralhörnern, die ihnen aus der Stirn wuchsen. Seltsame Katzenwesen mit scharfen Zähnen. Fischähnliche Würmer. Und sie alle standen um ihn herum und starrten ihn an.

Ted wollte sich aufrappeln, rutschte aber auf der glitschigen Flüssigkeit unter seinen Füßen aus. Sie verklebte ihm den Rücken und, als er sich daraus befreien wollte, auch noch die Hände. Er stieß gegen etwas Kaltes, drehte sich um und sah … eine Leiche.

Es war eines dieser katzenähnlichen Wesen, die Augen leblos und milchig. Und es lag in…

Oh Gott.

Das war Blut.

„Entschuldigung, aber ich muss hier durch!“, dröhnte eine tiefe Stimme durch den Saal. „Platz machen! Das ist ein Regierungsgeschäft, also bewegt euren Arsch!“

Ted wurde schwindelig, als er den Kopf hob und die menschliche Gestalt sah, die sich durch die Monster schob.

Er war nicht sonderlich groß, aber sehr kräftig. Sein boshaftes Grinsen entblößte zwei Reihen spitzer Zähne. Ansonsten sah er ziemlich normal aus – pechschwarze Haare, kurz geschnitten, ein gepflegter Bart mit weißen Strähnen und Augen in einem spektakulären Goldton. Und diese Augen musterten Ted, als wäre er ein appetitliches Stück Fleisch.

Der Mann trug einen Dreiteiler, der aber wesentlich prächtiger war, als das, was Ted in seiner offiziellen Rolle als Bestatter jemals zu einer Beerdigung getragen hätte. Hose und Jackett waren schwarz, aber der Schlips in einem widerlich grellen Purpurrot, genauso wie die Brokatweste. Die glitzernde Kette einer Taschenuhr vervollständigte das Ensemble.

„Was haben wir denn hier für ein hübsches, kleines Ding?“, begrüßte ihn der Mann. „Wie heißt du, mein Süßer?“

„Ich … ich bin …“, stammelte Ted und sah sich panisch um, als die Monster zurückwichen. Wer immer der Mann auch sein mochte, er war hier offensichtlich der Chef. Ted wurde rot und sein Herz schlug schneller, als der Mann ihn anzüglich musterte.

„Ich bin … Ted. Ted. So heiße ich“, krächzte er und fragte sich, ob er in einem Albtraum gefangen oder schon tot war. Sein Verstand weigerte sich, diese Szene als Realität anzunehmen. „Wo bin ich? Was ist das hier?“

„Willkommen in Xenon, mein Schatz“, erwiderte der Mann. „Ich bin Thiazi Grell. Meine Mitschüler haben mich in der Grundschule zum wahrscheinlichsten

Aspiranten für ein Leben hinter Gittern gewählt, ich spiele gern Tetris und bin seit zweihundert Jahren ununterbrochen die herrschende Miss Pretty Petunia. Ich habe jeden Wettbewerb mit überwältigender Mehrheit gewonnen. Oh … und ich bin der König von Xenon. Aber das sieht man ja."

„Hä?", quiekte Ted.

„Möchtest du etwas trinken?", fragte Grell besorgt. „Etwas Starkes vielleicht? Das wirkt beruhigend, fördert das Haarwachstum auf deiner knackigen Brust und hilft dir, die Mordanklage zu verdauen, die…"

„Die *was*?"

2

„DIE MORDANKLAGE", wiederholte Grell und zeigte auf das Blut.

„Unmöglich!", rief Ted empört und rappelte sich endlich auf. Die klebrige Flüssigkeit quetschte sich zwischen seine Zehen. Wie eklig. Schnell trat er einen Schritt zur Seite. „Ich habe niemanden umgebracht!"

„Du hast sein Blut an den Händen", sagte Grell. „Das Gesetz der Asra schreibt vor, dass du des Mordes angeklagt wirst und deine Unschuld beweisen musst."

Die Monster murmelten zustimmend.

„Das ist das Dämlichste, was ich jemals gehört habe! Du kannst mir diesen Mord nicht in die Schuhe schieben, du Idiot! Ich bin doch gerade erst angekommen!", schnappte Ted ihn an. Niemand sagte ein Wort. „Und was ist eigentlich ein Asra?", fragte Ted schließlich hilflos.

„Er war einer", erwiderte Grell und zeigte auf die übel zugerichtete Leiche. „Und ich bin auch einer." Er grinste breit. „Ich trage mein hübsches Menschengesicht nur für dich."

Ted wurde wieder rot. „Halt … bitte. Kannst du mir bitte einfach erklären, was hier los ist?"

„Bist du sicher, dass du nicht vorher einen Schluck trinken willst?", fragte Grell. „Du wirkst etwas verwirrt."

„Du klagst mich wegen Mordes an und fragst, ob ich vorher etwas trinken will?" Ted schnaubte. „Willst du nicht wenigstens … ich weiß auch nicht. Mich vorher einschließen oder so?"

„Keine Fluchtgefahr", erklärte Grell grinsend. „Du kommst nicht von hier weg."

„Mist." Ted schluckte. Das hörte sich nach einer Drohung an. Er warf die Hände in die Luft. „Na gut. Ein Bier. Nein … etwas Stärkeres. *Viel* stärker."

„Dann habe ich genau das Richtige." Grell schnipste mit den Fingern und plötzlich hatte Ted ein Glas in der Hand. Es war mit einer dunklen Flüssigkeit gefüllt.

Ted hob es an den Mund und trank es in einem Schluck aus.

Die Flüssigkeit brannte in der Kehle, war aber warm und etwas süßlich. Sie schmeckte sogar richtig gut. Er blinzelte, als sich das Glas wieder füllte. Magie. Erst jetzt dämmerte ihm, dass er von fremden Männern keine geheimnisvollen Drinks annehmen sollte.

Besonders nicht von fremden Männern, die nur mit dem Finger schnipsen mussten, um diesen Drink auftauchen zu lassen. Normale Magier mussten dazu wenigsten einen Zauberspruch aussprechen. Grell war also ein wesentlich mächtiger Magier als all diejenigen, die Ted bisher kennengelernt hatte.

„Danke, äh … das schmeckt gut.“ Er zog eine nervöse Grimasse. Sie waren immer noch von diesen seltsamen Wesen umgeben. Das Blut trocknete auf seiner Haut und fühlte sich kalt an. Und er war wie gelähmt vor Angst.

Oder vielleicht war dieser Drink doch wirklich so verdammt gut.

„Ihr seid entlassen!“, blaffte Grell plötzlich und bleckte die Zähne. „Die Gerichtsverhandlung beginnt morgen früh.“

„Heißt das, Sie werden den Verdächtigen vor Gericht vertreten, Eure Hoheit?“, erkundigte sich einer der Fischwürmer.

„Warum nicht?“ Grell zuckte mit den Schultern. „Macht bestimmt Spaß.“

„Sehr wohl“, erwiderte der Fischwurm. „Dann sehen wir uns morgen früh, Eure Hoheit.“

Eines nach dem anderen verschwanden die Monster – entweder durch Portale oder einen der Bogengänge des Thronsaals. Kurz darauf waren Ted und der König allein.

Na ja, die Leiche war auch noch da.

„Gerichtsverhandlung?“, fragte Ted. „Was für eine Gerichtsverhandlung?“

„Wegen der Mordanklage natürlich.“

„Komm schon, das ist doch Unsinn!“

„Ts, ts, ts. Wie kommt es eigentlich, dass mich ein so süßer Mensch wie du in meinem bescheidenen Zuhause besucht?“ Er umkreist Ted wie ein Tiger auf der Pirsch. „Hast du versehentlich ein verfluchtes Buch gelesen? Ein Kätzchen beleidigt?“

„Die Katze“, erinnerte sich Ted. „Es war diese verdammte Katze! Er hat ein Portal geöffnet, aber … er war keine gewöhnliche Katze. Er hat sich in diesen dürren Kerl verwandelt und mich durch das Portal gestoßen.“

„Das dachte ich mir schon“, sagte Grell und schnalzte mit der Zunge. „Außerdem siehst du nicht aus wie ein Mann, der viel liest.“

„Hey, lass das! Ich lese sehr wohl!“ Ted funkelte ihn wütend an.

„Vielleicht die Gebrauchsanweisung auf der Shampooflasche, wenn du gerade auf dem Klo sitzt. So was zählt nicht.“ Grell schnaubte unbeeindruckt.

„Lass das, du Arschloch!“ Ted richtete sich zu seiner ganzen Größe auf und schaute auf den kleinen König hinab. „Du kennst mich doch gar nicht!“

„Hmm, du bist auf jeden Fall recht vorlaut.“ Grell lachte. „Wie erfrischend! Und ich weiß mehr über dich, als du denkst. Schau dich doch an. Deine Hose hat mehr Löcher als ein vulgorischer Stricher. Du stinkst nach zu viel Aftershave und Tod, und die Angst in deinem Blick…“

Teds Herz schlug schneller. Ihm rauschte der Puls in den Ohren. Er drückte die Schultern durch.

„Du willst dir deine Angst nicht anmerken lassen", bemerkte Grell und neigte grinsend den Kopf. „Ein sehr hübsches Gesicht, wirklich. Zehn von zehn Punkten. Dich würde ich jederzeit ficken. Aber Angst hast du trotzdem."

Ted öffnete den Mund, aber ihm fiel nichts Passendes ein. Er biss die Zähne zusammen und wurde feuerrot.

Konnte das wahr sein?

Er trank einen Schluck von der dunkeln Flüssigkeit. „Du kannst mich mal", grummelte er.

„Aber vorher möchte ich dich zum Essen einladen." Grell lachte.

Ted schnaubte. Warum wurde er ständig rot? Es musste schlimm sein, so heiß, wie ihm war. „Willst du allen Ernstes mit mir flirten?"

„Ah, hinter diesem prächtigen Dickschädel steckt also doch ein funktionierender Verstand", scherzte Grell.

„Du bist ein Arschloch", grummelte Ted und leckte sich nervös über die Lippen.

„Na sicher. Man bleibt nicht lange König, wenn man zu jedem nett ist und Freundschaftsbändchen häkelt."

Ted schluckte und spannte sich an, als Grell näher kam. Jedes Mal, wenn er ihm in diese goldenen Augen sah, fühlte er sich verlegen. „Also, äh … wo bin ich hier noch mal?"

„In Xenon", sagte Grell und schnipste mit den Fingern. Jetzt hatte auch er ein Glas in der Hand. „Soll ich es dir buchstabieren?"

„Nein", knurrte Ted. „Ich habe dich sehr gut gehört. Ich weiß nur nicht, was Xenon ist. Na gut, ich glaube, es ist eine Art Brücke. Stimmt das?"

„Eine Brücke?" Grell runzelte die Stirn. „Ist eure Erinnerung wirklich so schlecht?" Er spitzte die Lippen. „Na ja, es ist einige hundert Jahre her. Ich hatte ganz vergessen, dass ihr Menschen nicht sehr lange lebt."

„Okay, das ist jetzt echt cool und so…" Ted nahm einen Schluck von seinem Drink. „Aber das beantwortet nicht meine Frage."

„Xenon ist die Brücke zwischen Aeon und Zebulon", erklärte Grell und rollte mit den Augen. Dann winkte er Ted zu, ihm zu folgen, und ging durch eine kleine Nebentür.

Ted zögerte kurz und sah sich misstrauisch um.

War diese Tür vor einer Sekunde auch schon da gewesen?

Es blieb ihm nichts anderes übrig, als Grell zu folgen – wohin auch immer sie gehen mochten. Die Tür führte zu einem großen Balkon. Ted hätte sich fast verschluckt, als er nach draußen schaute. „Heiliges Kanonenrohr."

Es war Nacht. Am Himmel glänzten Millionen Sterne und wirbelnde Galaxien. Trotz der Dunkelheit war diese Welt in ein weiches, violettes Licht getaucht, soweit das Auge reichte. Die Bäume schillerten wie weiße Blitze, die aus dem Boden nach oben schossen.

Sie befanden sich definitiv in einem Schloss. Es war ein riesiger, lilafarbener Gebäudekomplex, der sich bis hoch über den Bäumen erhob. Blühende Kletterpflanzen bedeckten das Gemäuer und tränkten die Luft mit einem würzigen Duft, der entfernt an Zimt erinnerte.

Über den Wald erstreckte sich eine große Brücke. Ted konnte sich nicht erklären, wie sie ihm bisher entgangen sein konnte. Sie war noch monströser als das Schloss. Während er sie noch mit großen Augen anstarrte, wurde sie langsam dunkler und verschwand schließlich ganz.

Einige Sekunden später war sie wieder da und Ted konnte leuchtende Kugeln – eine Art Himmelkörper – sehen, die sich in alle Richtungen über die Brücke bewegten. Sie war so groß, dass weder ihr Anfang noch ihr Ende zu erkennen waren.

Der Anblick war wie ein Traum, der nach dem Aufwachen noch da war, an den man sich aber nicht mehr richtig erinnern konnte. Und er kam ihm merkwürdig vertraut vor, so fantastisch er auch war. Und so wunderschön.

„Aeon ist also … die Erde?“, fragte er zögernd.

„Die ist ein Teil davon. Es ist die sterbliche Welt. Alle eure Planeten und Sterne und so.“ Grell zeigte auf die Brücke. „Wenn ihr sterbt, überqueren eure Seelen diese Brücke und kommen nach Zebulon, die Heimat der Götter.“

„Der Götter?“

„Der Große Azaethoth, Babbeth, Baub?“ Grell seufzte, als Ted ihn hilflos-verwirrt ansah. „Du bist Lucianer, nicht wahr?“

„Ja, so ähnlich. Aber ich kenne die sagittarischen Götter“, protestierte Ted. „Willst du mir etwa sagen, dass der ganze alte Mist wahr ist?“

Grell zeigte wieder auf die Brücke. „Für mich sieht das alles ziemlich wahr aus, mein Schatz.“

„Verdammt“, flüsterte Ted und schaute wieder auf die Brücke. Sein Blick folgte den Lichtern und ihm wurde schwindelig. Er wusste nicht mehr, was er denken sollte.

Vielleicht war es ja doch nur ein Traum.

Ted war nie sehr fromm gewesen, hatte sich aber immer für einen gläubigen Lucianer gehalten. Er glaubte an die Verkündigung des Lichts und war als Kind getauft worden. Aber mit dem hier? Hatte das alles nichts zu tun.

„Was hat das zu bedeuten?“, fragte er. „Heißt das, es gibt den Herrn des Lichts gar nicht?“

„Ich bin ihm jedenfalls noch nie begegnet“, erwiderte Grell schulterzuckend. „Er kam, sah und predigte. Und dann verschwand er wieder. Mehr kann ich dir dazu leider nicht sagen, mein Schatz.“

„Was passiert mit Lucianern, wenn sie sterben?“ Ted runzelte die Stirn. „Gehen wir woanders hin?“

„Alle Seelen kommen über diese Brücke“, tröstete ihn Grell. „Ob Lucianer, Sagittarier oder Tauri. Selbst die Götter, wenn sie sterben.“

„Die Götter sterben auch? Hast du das schon selbst gesehen?"

„Ein kleiner frecher Kerl mit buschigen Augenbrauen hat uns kürzlich einen geschickt." Grell lachte. „Hat ausgesehen, als würde eine riesige Rakete das verdammte Ding abschießen."

Ted stellte das Glas ab und hielt sich mit beiden Händen am Geländer fest. „Das ist … ziemlich viel auf einmal."

„Trink noch einen Schluck", riet ihm Grell.

Ted schaute wieder auf die Brücke. „Sie ist wirklich wunderschön."

„Ja", sagte Grell leise, aber er schaute dabei Ted an.

„Und du bist hier der König von allem?", fragte Ted und rieb sich hinterm Ohr.

„Ja. Ich bin König von Xenon und allen Asra", erklärte Grell. Bevor Ted ihn fragen konnte, was das zu bedeuten hatte, fuhr er fort.

„Wir waren die erste Rasse, die von den Göttern erschaffen wurde. Als ihre Diener. Es endete damit, dass sie uns mehr wie ihre Sklaven behandelten. Also haben wir rebelliert."

„Ihr habt gegen einen ganzen Haufen Götter gekämpft?"

„Gekämpft und gewonnen", erwiderte Grell voller Stolz. „Am Ende des Kriegs musste der Große Azaethoth uns Souveränität gewähren. Wir haben Xenon bekommen, wo unser Volk frei leben kann. Keinem lebenden Gott ist es gestattet, Xenon zu betreten. Das Land gehört nur uns, schon seit vielen tausend Jahren."

„Das war doch cool von ihm, oder?" Ted trat von einem Fuß auf den anderen und zog eine angeekelte Grimasse, weil sie am Boden kleben blieben. „Okay. Darf ein Gefangener einen bescheidenen Wunsch äußern?"

„Solange sich der Wunsch in Grenzen hält…"

„Könntest du vielleicht mit, äh, den Fingern schnipsen oder so und diese Schweinerei verschwinden lassen?" Er zeigte auf das Blut, das immer noch von oben bis unten an ihm klebte.

„Warum sollte ich das tun?" Grell sah ihn erschrocken an. „Das wird morgen noch als Beweis gebraucht."

Ted stöhnte frustriert auf und ergab sich in sein klebriges Schicksal.

„Bei den Göttern, du bist so leichtgläubig."

„Hä?"

„Komm, wir wollen dich frisch machen. Ich bin schließlich kein komplettes Arschloch. Komm mit."

Ted hob den einen Fuß und wollte ihm folgen, als um ihn herum alles zu flimmern anfing. Es war, als würde man auf einer alten DVD mehrere Szenen nach vorne springen. Sie waren plötzlich nicht mehr auf dem Balkon, sondern standen vor einem dampfenden Pool. Im Wasser schwammen glänzende Aale, die es in ein unheimliches Licht tauchten.

„Was war denn das?", fragte er. „Wie sind wir…"

„Ein Portal", erklärte Grell. „Ihr Sterblichen habt doch auch Magie, oder?"

„Ich, äh … habe schon davon gehört, ja. Aber gehört zu einem Portal nicht ein schwarzes Loch oder so?“

„Meine sind etwas ordentlicher als die meines Sohns. Du hast jetzt beide erlebt und kannst sie vergleichen.“

„Dein *Sohn*?“ Ted starrte ihn an. „Die Katze? Dieser dürre Kerl? *Das* ist dein Sohn?“

„Mein Ein und Alles“, erwiderte Grell mit zuckersüßer Stimme. Dann verschwanden langsam seine Kleider und er ging zum Pool.

Ted blieb wie erstarrt stehen. Sollte er ihm folgen? Er konnte die Augen nicht von dem König lassen und schluckte, als er die breiten Schultern und die dunklen Haare auf Grells Brust sah. Den kräftigen Bauch und …

Oh mein Gott.

Ted drehte den Kopf zur Seite, bevor er Feuer fangen konnte.

„Gefällt es dir?“, neckte ihn Grell und ließ sich grinsend ins Wasser gleiten.

Teds Gesicht brannte weiter vor sich hin, aber er weigerte sich standhaft, Grells Frage zu beantworten. „Sind die Dinger gefährlich?“, fragte er und zeigte auf die Aale.

„Nicht gefährlicher als ich.“ Grell zwinkerte ihm zu und nippte an seinem Drink.

Ted zog eine Grimasse.

Er wollte sich vor einem Fremden nicht nackt ausziehen, ließ also die Jogginghose an, als er vorsichtig einen Schritt ins Wasser setzte. Es war angenehm warm. Stöhnend ließ er sich in den Pool plumpsen.

Fantastisch.

Er setzte sich auf den Sims, ließ sich bis zum Hals ins warme Wasser gleiten und legte den Kopf nach hinten auf die Kante, wo er sein Glas abgestellt hatte. Die Aale schienen sich an seiner Anwesenheit nicht zu stören und schwammen weiter im Kreis. Ted konnte spüren, wie sich die Anspannung aus seinem Körper löste.

Die Blutflecke verschwanden, ohne dass er sie abreiben musste. Er war sich noch nie so sauber und erfrischt vorgekommen. Es war wunderbar. Vermutlich war das Wasser magisch.

„Also, Ted aus Aeon …“, sagte Grell. „Wie kommt es, dass ein Sterblicher wie du so sehr nach Tod riecht? Bist du ein Serienmörder? Ein rachsüchtiger Vigilant vielleicht? Diese Hose steht dir übrigens vorzüglich.“

„Ich arbeite für ein Bestattungsinstitut.“

„Ah, du bist ein Einbalsamierer? Bereitest die Toten vor, wie die Eldress es tun?“

„Nein, ich bin nur für den Transport zuständig.“ Ted hatte nicht den Hauch einer Ahnung, was ein Eldress war. „Ich hole sie dort ab, wo sie gestorben sind. In Krankenhäusern, Pflegeheimen oder zu Hause. Ich helfe manchmal auch dabei, sie umzukleiden und in den Sarg zu legen. Mehr nicht.“

„Also kein Einbalsamierer.“

„Nein, kein Einbalsamierer“, schnappte Ted ihn an. „Ich wollte es lernen, wirklich. Ich wollte Direktor eines Instituts werden und so. Aber ich konnte nicht gleichzeitig die Schule besuchen und arbeiten, ok? Bist du jetzt zufrieden?“

„Sehr sogar.“ Grell grinste zufrieden.

„Natürlich bist du das.“ Ted schnaubte. „Du bist König deiner eigenen, kleinen, magischen Welt und hast ein Arschloch zum Sohn, der ahnungslose Menschen durch Portale schickt. Ich wette, deine Königin ist der absolute Hammer.“

Grells zufriedene Miene verschwand.

„Was ist denn?“ Ted hatte nicht ins Fettnäpfchen treten wollen.

„Wie wäre es, wenn wir uns auf die Gerichtsverhandlung konzentrieren?“ Grell füllte sein Glas auf und leerte es in einem einzigen Schluck. „Du hast einen Mondzyklus Zeit, deine Verteidigung vorzubereiten. Also einen Tag und …“

„Ich habe nur einen Tag Zeit, um meine Unschuld zu beweisen? Obwohl ich gerade erst hier angekommen bin?“ Ted sah ihn ungläubig an.

„So sind die Vorschriften.“ Grell zuckte mit den Schultern. „Danach präsentierst du deinen Fall dem Gericht und es entscheidet, ob du unschuldig bist oder nicht.“

„Was zum Teufel passiert, wenn sie mich schuldig sprechen?“

„Tod.“

„Was?“ Ted wurde von Panik gepackt. Er bekam plötzlich keine Luft mehr.

Grell fing an zu lachen. „Oh Mann … du solltest dein Gesicht sehen! Ha!“ Er griff sich an die Brust. „Du hast mir tatsächlich geglaubt! Ihr Menschen seid solche Barbaren. Wir werden dich nicht töten.“

„Mit dir stimmt was nicht“, zischte Ted, erleichtert und wütend gleichzeitig, weil Grell ihn auf den Arm genommen hatte.

„Viel sogar.“

„Los, raus damit. Was passiert wirklich?“

„Oh … pfft. Ewiger Karzer.“

„Wie beruhigend“, knurrte Ted. „Verdammter Mist … Wenn ich schon weniger als einen Tag Zeit habe, könntest du mir wenigstens verraten, wer der Kerl war. Hatte er Feinde? Irgendwelchen Ärger? Jemand, der ihn loswerden wollte?“

„Sein Name war Sergan Mire“, erwiderte Grell. „Er war mein Cousin und ein absolutes Arschloch. Und er hatte mehr Feinde als Haare auf dem Kopf.“

„Und er war ein … Asra?“

„Ja.“

Ted rief sich die Leiche des Katzenmonsters in Erinnerung. „So siehst du also unter deiner menschlichen Gestalt aus?“, fragte er vorsichtig.

„Sexy, gell?“ Grell kicherte. „Wir Asra können jede Gestalt annehmen, die wir wollen. Aber einfacher ist es, wenn die Unterschiede zu unserer normalen Gestalt nicht allzu groß sind.“

„Katzen zum Beispiel?“

„Ha! Es heißt, die ersten Katzen von Aeon seien Asra gewesen, die durch die Schrumpfung verrückt wurden und vergaßen, wie man sich zurückverwandelt."

„Vielleicht sind Katzen deshalb kleine Arschlöcher und sehen Sachen, die es nicht gibt", überlegte Ted. „Dann waren sie also alle durchgeknallte Portalspringer wie du, ja?"

Grell lachte laut und prostete ihm zu. „Ich bekenne mich schuldig."

„Hey, da wir von gerade durchgeknallten Fellknäueln reden: warum ist dein Sohn bei uns und tut so, als wäre er Jays Katze?", wollte Ted wissen. Er machte sich Sorgen um seinen Freund. „Will er ihn auch hierher entführen?"

„Nein", versicherte ihm Grell. „Mein Sohn ist dort, um ihn zu beschützen."

„Beschützen? Vor was denn?" Ted setzte sich auf. „Wenn Jay etwas passiert, dann ..."

„Es gibt nichts, womit du ihm helfen kannst", unterbrach ihn Grell. „Verlass dich auf meinen Sohn. Trotz seiner offensichtlichen Charakterschwächen wird er alles in seiner Macht Stehende tun, um deinen Freund zu beschützen."

„Das hört sich nicht unbedingt beruhigend an."

„Du solltest dich lieber um deine Verteidigung kümmern", riet ihm Grell.

„Mehr fällt dir nicht ein? Ich sitze hier fest, bis ich beweisen kann, dass ich kein Mörder bin?"

„Wer hätte das gedacht?", rief Grell. „Er kann also doch logisch denken! Wenn du so weitermachst, kommst du hier vielleicht doch noch raus."

„Arschloch", knurrte Ted.

„Mag sein. Aber ich bin das Arschloch, das dir helfen wird."

„Sicher. Du warst mir schon eine große Hilfe. Ich bin ganz von den Socken."

„Was denn?" Grell blinzelte. „Ich habe mich um dich gekümmert und dir meinen Rat gegeben. Was verlangst du noch mehr?"

„Antworten!"

„Worauf?"

„Du gehst mir wirklich auf die Nerven." Ted fuhr sich mit den Fingern durch die Haare.

„Sprichst du immer so zu Königen?"

„Du bist mein erster." Ted griff nach seinem Drink. „Okay. Dieser Mire... Er war also ein Kätzchenmonster wie du und hatte viele Feinde."

„Hast du einen Gefährten, Ted aus Aeon?"

„Hä?" Ted musste sich verhört haben.

„Ob du einen Gefährten hast. Oder einen Partner."

„Nein, in letzter Zeit nicht." Ted räusperte sich. „Ich meine es ernst. Wer hat die Leiche gefunden?"

„Ich", sagte Grell. „Dann bist du also Single?"

„Ja. Aber das geht dich einen feuchten Kehricht an. Hast du deinen Cousin auch gehasst?"

„Natürlich habe ich ihn gehasst. Er war ein selbstgerechter kleiner Bastard.“ Grell sah ihn neugierig an. „Warum bist du Single?“

„Du kannst nicht damit aufhören, wie?“

„Nein.“

„Fragst du Gefangene, denen du helfen sollst, immer nach ihrem Privatleben aus?“

„Nur, wenn sie so groß und schön und muskelbepackt sind wie du“, schnurrte Grell.

Ted musste lachen. Er konnte es nicht verhindern. Noch nie hatte jemand so aggressiv mit ihm geflirtet. Normalerweise war es er selbst, der die Initiative ergreifen musste.

Und zwar nicht nur beim Flirten, sondern auch im Bett. Ein Mann seiner Größe weckte bestimmte – oft unfaire – Erwartungen. Deshalb war Grell eine willkommene Abwechslung für ihn.

„Willst du mir etwa sagen, ich wäre nicht dein Typ?“, fragte er zurück. „Hmm… du bist ein König, ja? Du musst daran gewöhnt sein, immer zu bestimmen. Ich wette, dir gefällt ein großer, starker Mann, der sich um dich kümmert. Der deine Welt beherrscht und dich *die kleine Prinzessin* sein lässt.“

Grell kicherte. „Oh, ihr Menschen! So süß“, säuselte er grinsend. „Ich beherrsche jeden Aspekt meines Lebens und wenn du das Glück haben solltest, in meinem Bett zu landen? Dann bin ich es, der deine Welt auf den Kopf stellt.“ Er zwinkerte Ted zu. „Und zwar sehr gründlich und mindestens drei Mal.“

Teds Schwanz zuckte.

„Habt ihr Menschen nicht ein Sprichwort, das vor voreiligen Schlüssen warnt? Irgendwas mit Büchern und Einbänden?“, neckte ihn Grell. „Ich glaube, du wärst viel lieber selbst die Prinzessin. Du willst jemanden, der sich um dich kümmert und deine nervigen Ängste vertreibt. Und du sehnst dich nach Liebe – zu lieben und geliebt zu werden. Ohne Kompromisse. Allein zu sein, das ist deine größte Angst. Habe ich recht? Es macht dir noch mehr Angst als die Gerichtsverhandlung und dein Schicksal hier. Du willst dein Leben nicht allein verbringen.“

„Mag sein“, grummelte Ted. Grell hatte das Problem auf den Punkt gebracht, aber das wollte Ted ihm nicht eingestehen.

Grell grinste.

Ted trank einen Schluck aus dem Glas, das sich immer wieder von selbst füllte. „Es war eine lange Nacht“, sagte er barsch. „Ich bin gerade erst von einem langen Arbeitstag zurückgekommen und jetzt beschuldigt ihr mich des Mordes. Ich bin müde. Darf ich jetzt in meine Zelle gehen? Oder wohin auch immer. Hauptsache, ich kann schlafen.“

„Wie du willst. Ruh dich aus, und wenn du dich ausgeschlafen hast, fangen wir neu an. Wir haben morgen noch Zeit, deine Verteidigung vorzubereiten. Die Verhandlung beginnt erst, wenn die Faedra ihre Schwingen ablegen und die Mondblumen blühen.“

„Hä?“

„Äh … gegen zehn Uhr.“

„Oh. Okay.“

Grell grinste ihn wieder an. „Soll ich mitkommen und dich zudecken?“

„Das kann ich selbst“, erwiderte Ted und befahl seinem Schwanz, sich endlich wieder zu beruhigen. Jetzt war nicht der passende Zeitpunkt für einen Ständer. Schon gar nicht wegen eines verrückten Katzenkönigs.

„Dein Verlust …“, schmollte Grell und schnipste mit den Fingern.

Die Welt drehte sich und Ted saß plötzlich auf einem weichen Bett. Er war vollkommen trocken und hielt immer noch den Drink in der Hand. Nicht ein einziger Tropfen war verschüttet worden. Schnell stand er auf und sah sich um.

Es war ein einfaches Schlafzimmer – ein Bett, ein Nachttisch und eine Tür. Ted öffnete die Tür. Sie führte in ein Badezimmer. Er saß sich auch dort um und stellte fest, dass es keinen Ausgang gab.

Er saß in der Falle.

„Na toll“, murmelte er, stellte den Drink auf den Nachttisch und ließ sich ins Bett fallen. Das Licht erlosch von selbst, als wüsste es, wie müde er war. Ted wollte nur noch schlafen und, sobald er wieder wach wurde, herausfinden, dass das alles nur ein verrückter Traum gewesen war.

Er machte sich Sorgen. Was würden Jay und seine Kollegen denken, wenn sein Verschwinden auffiel? Hatte er eine Chance, diese lächerliche Gerichtsverhandlung zu überleben?

Es mochte sein, dass er auch an ein Paar goldglänzende Augen dachte und ein freches Grinsen, das sein Herz schneller schlagen ließ.

Er schüttelte den Kopf und rieb sich mit den Händen übers Gesicht. Solche Fantasien waren jetzt nicht angebracht.

Was für ein Tag …

3

Als Ted wieder aufwachte, war es im Zimmer immer noch dunkel. Er war dankbar dafür, denn er hatte entsetzliche Kopfschmerzen. Wie so oft hatte er nicht gut geschlafen. Anstelle seiner Jogginghose trug er einen Seidenpyjama. So viel zu seiner Hoffnung, es wäre nur ein Traum gewesen.

Er rollte sich auf die Seite und wollte weiterschlafen, zuckte aber zusammen, als etwas an seinem Fuß zog. Ted wäre nicht verwundert gewesen, Grell zu sehen, der mit einem breiten Grinsen an seinem Bett stand.

Nichts.

Da war niemand.

Als er sich aufsetzte und umschaute, wurde es heller im Zimmer. Er konnte jetzt deutlicher sehen. Sein Pyjama war knallrosa und mit kleinen Herzchen bedruckt. Wenigstens war das Zimmer – abgesehen natürlich von ihm selbst – leer. Hier gab es wirklich keine Möglichkeit, sich zu verstecken.

Außer …

Ted rutschte zur Bettkante und tastete nach seinen Füßen. „Kleines Kerlchen?"

Kleine Finger zogen an seiner Hand.

„Hey!" Ted konnte es nicht fassen. Er drückte dem Jungen die Hand. „Was machst du denn hier? Bist du mir gefolgt, Kumpel?"

Der Junge sagte nichts, zog ihn aber drängend an der Hand.

„Ich versuche, uns beide bald wieder nach Hause zu bringen", versicherte ihm Ted. „Ich stecke hier in einem ziemlichen Schlamassel, aber ich finde schon einen Ausweg. Bald fahren wir wieder zusammen die verrückte Straße entlang, ja?"

Der Junge ließ ihn los und Ted sah eine Bewegung an der Wand. Der Arm des Jungen ragte aus dem Gemäuer und winkte ihn zu sich.

„Was tust du denn da?" Ted schwang die Beine über die Bettkante und stand gähnend auf. Er rieb sich den Schlaf aus den Augen. „Kleines Kerlchen, ich bin kein Geist. Ich kann nicht durch Wände gehen."

Der Junge streckte den Kopf ins Zimmer und zeigte auf den Boden vor der Wand.

„Was ist da?" Ted ging zur Wand und runzelte die Stirn. „Was willst du mir zeigen?"

Der Junge griff nach seiner Hand und zog ihn näher.

Ted brummte irritiert. Er wollte sich nicht den Kopf anstoßen. Stattdessen ging er geradewegs durch die Wand hindurch und fand er sich in einem langen Korridor wieder.

Er drehte sich um, legte die Hand an die Wand und ließ sie über den schimmernden Stein nach unten gleiten. Sie fühlte sich fest und solide an, bis … auf einmal seine Finger verschwanden. In der Wand war eine unsichtbare Öffnung.

„Wie schräg."

Ted drehte sich wieder um. Der Junge rannte zischend los. „Hey! Wo willst du denn hin?"

Der Junge schaute um eine Ecke und winkte Ted zu, ihm zu folgen. Dann verschwand er.

Grummelnd lief Ted ihm nach. Er hatte keine Ahnung, warum der Junge ihm nach Xenon gefolgt war. Und er hatte erst recht keine Ahnung, was der Kleine vorhatte.

Als er um die Ecke kam, stand er wieder in einem langen Korridor. Es waren zwar keinerlei Türen zu sehen, aber vermutlich gab es auch hier verborgene Eingänge wie der, der zu seinem Zimmer geführt hatte.

Einige Meter weiter sah er eine kleine Hand, die durch die Wand winkte. Als Ted dort ankam, wurde die Hand wieder zurückgezogen. Er holte tief Luft und folgte ihr durch die Wand.

Er befand sich in einer Bibliothek – einem riesigen Raum, der mit Regalen gefüllt war, die von Büchern und Schriftrollen nur so überquollen. Jeder noch so kleine Platz war mit Papier und Pergament vollgestopft. Ted atmete den beruhigenden Geruch tief ein.

In der Mitte des Raums standen zwei mächtige Polstersessel, hinter denen ein Porträt hing.

Das Bild stellte einen Asra dar, der eine große Krone auf dem Kopf trug. Er trug lange Perlenohrringe und seine Fangzähne waren mit Gold überzogen. Das Bild schien wesentlich jünger zu sein als die abgenutzten Polstersessel und die Bücherregale. Vermutlich war es erst zu einem späteren Zeitpunkt hinzugefügt worden.

Ted sah sich suchend nach dem Jungen um, um ihn zu fragen, warum sie hergekommen waren.

Bevor er sich richtig umgesehen hatte, hörte er hinter sich Grells amüsierte Stimme. „Wer hätte das gedacht? Du steckst voller Überraschungen."

Ted drehte sich zu ihm um. „Du hast ja keine Ahnung …", sagte er grinsend.

Dann wurde er wieder ernst. Grell war nackt. „Was soll das?"

„Was soll was?"

Die muskulöse Brust und der Bauch waren dicht mit dunklen Haaren bedeckt, die bis zu seinem … nein. Nicht schon wieder. Ted hob schnell den Kopf und wurde rot. Die Dekorationen an der Decke waren verdammt faszinierend. „Du, äh, hast nichts an."

„Oh, richtig. Wie dumm von mir." Grell schnipste mit den Fingern und sofort war er in einen seiner prunkvollen Anzüge gekleidet. Dieser war rot und schwarz und das traditionelle Jackett war durch einen knielangen Pelzmantel ersetzt worden. Scharlachrot. „Ist es so besser?"

Ted zog am Kragen seines Seidenpyjamas. „Ich nehme an, den verdanke ich dir?"

„Gefällt er dir?", fragte Grell strahlend. „Ich finde, das Magenta betont deine grünen Augen."

„Was ist aus meiner Jogginghose geworden?"

„Verbrannt."

„Hey!", protestierte Ted. „Was sollte das, Mann? Das war meine Lieblingshose!"

„Sie ist den Gnadentod gestorben. Das Ding war grauenhaft. Also…" Grell kniff seine goldfarbenen Augen zusammen und musterte ihn von oben bis unten. „Wie bist du aus deinem Zimmer entkommen?"

„Sollten wir nicht an meiner Verteidigung arbeiten?", konterte Ted. Grells scharfe Zähne blitzten und diese rote Weste betonte seine breite Brust aufs Vorteilhafteste. Mist. „Oder willst du mich nur ärgern und suchst jemanden, mit dem du flirten kannst?"

„Ich wüsste nicht, warum eins das andere ausschließen sollte", erwiderte Grell selbstgefällig und zwinkerte ihm zu.

„Wie wäre es, wenn ich dir eine Frage stelle, und du gibst mir einfach eine Antwort? Und dann darfst du mich etwas fragen. Immer abwechselnd", schlug Ted vor. „Ich fange an: Was zum Teufel gibt es hier zum Frühstück?"

Ein Fingerschnipsen, und ein Frühstückstablett schwebte zwischen ihnen in der Luft. Es war gefüllt mit Rührei, farbenfrohen Würstchen und dicken Scheiben … Speck?

Und es roch köstlich.

„Danke", sagte Ted, nahm sich eine Gabel und schlug zu.

„Jetzt bin ich dran", erklärte Grell. „Ich will wissen, wie du aus dem Zimmer gekommen bist."

„Ich habe das Loch in der Wand gefunden und bin durchgegangen."

„Und dann bist du einfach hierher in die Bibliothek gekommen?"

„Oh nein", warnte Ted und wackelte kauend mit dem Zeigefinger. „Du mogelst. Das war schon die zweite Frage."

„Sei froh, dass ich dich so süß finde", beschwerte sich Grell.

„Du hast gesagt, du hättest Mires Leiche selbst gefunden", sagte Ted und ignorierte errötend Grells Flirtversuche. „Wie genau ist das passiert?"

„Ich bin in den Saal gekommen und da lag er. Das war alles. Und jetzt will ich wissen, wie du in die Bibliothek gekommen bist. In allen Details."

„Erst will ich von dir die Details hören", sagte Ted und biss grinsend in ein Würstchen.

Grell sah ihn grimmig an, gab aber schnell nach. „Es war schon spät. Ich hatte die Nachricht bekommen, dass Mire mit mir reden wollte. Es sei wichtig. Ich bin allein gekommen und habe ihn tot vorgefunden. Er ist mehrfach mit einem Messer gestochen worden, aber von der Waffe war nichts zu sehen. Ich habe die Wachen gerufen, aber die meinten, sie hätten nichts Verdächtiges bemerkt. Dann habe ich den Hof verständigt, aber von denen wusste auch keiner etwas. Ich war gerade damit fertig, als du aufgetaucht bist."

„Hm."

„Und jetzt will ich endlich wissen, wie du den Weg durch mein Schloss gefunden hast."

„War'n Geis…", antwortete Ted mit vollem Mund.

Grell zog eine angewiderte Grimasse.

„Sorry." Ted kaute und schluckte schnell, bevor er weitersprach. „Ich war in Magie noch nie sehr gut, ok? Eine absolute Null. Dann habe ich in dem Bestattungsinstitut angefangen und meinen ersten Geist gesehen. Er stand einfach so da. Neben seiner Leiche. Und danach? Habe ich sie immer wieder gesehen. Sie reden mit mir oder schreien mich an, was auch immer. Einige sind freundlich, andere weniger. Es hört sich wahrscheinlich verrückt an, aber so ist es."

„Du hast das Sternenlicht." Grell kam näher und schob das schwebende Tablett aus dem Weg.

„Hey, ich esse noch!" Ted zog es zurück.

„Wie kommt es, dass ein so süßer kleiner Sterblicher mit der Gabe der Götter gesegnet ist, obwohl er gar nicht daran glaubt?" Grell, der jetzt direkt vor ihm stand, sah ihn nachdenklich an.

Ted fuhr sich mit der Zunge über die Zähne und schluckte den letzten Rest Würstchen. „Äh, Glück? Zufall? Ich weiß auch nicht. Was ist das eigentlich, dieses … Sternenlicht?"

„Eine Gabe des Großen Azaethoth höchstpersönlich. Es manifestiert sich auf unterschiedliche Weise. Manche können in die Zukunft sehen, andere lesen die Sprache der Götter, sehen Tote oder alles, was normalen Menschen verborgen bleibt."

„Cool." Ted wurde unruhig. „Willst du hier stehenbleiben? Weil mich das nervös macht, ok?"

„Darf ich dich berühren, Ted aus Aeon?"

„Ja … halt. Nein! Warum?" Teds Puls raste. Er hasste es. Er wusste nicht, was er von diesem merkwürdigen Blick halten sollte, mit dem Grell ihn ansah. Hungrig und gefährlich. Er zog Ted in seinen Bann.

„Ich verspreche, ganz sanft zu sein", sagte Grell und hob die Hand, hielt aber kurz vor Teds Brust inne.

„Äh … ja?“ Ted sah fasziniert zu, wie sich die Knöpfe seines Pyjamas wie von Zauberhand öffneten.

Grell legte ihm die Hand auf die Brust, direkt aufs Herz. Er schien etwas zu suchen, aber Ted konnte sich nicht vorstellen, was es sein mochte.

Und er wusste nicht, was er tun sollte. Grells Hand war so warm. Sie fühlte sich richtig gut an. Wenn Grell größer wäre, könnten sie sich jetzt küssen. Aber das war er nicht und Ted müsste sich nach unten beugen…

Er versuchte, diesem lächerlichen Begehren zu widerstehen. Grell machte ein besorgtes Gesicht und nahm ihn an der Hand.

„Was ist los?“, wollte Ted wissen.

„Wer bist du, Ted aus Aeon?“, fragte Grell und fuhr ihm mit den Fingern über die Wange. „Wer bist du wirklich?“

„Ted. Einfach nur Ted“, flüsterte er, schloss die Augen und drückte sich mit dem Gesicht an Grells warme Hand.

„Du weißt wirklich nicht, wie wunderbar du bist. Wie erstaunlich.“ Grell neigte den Kopf zur Seite und streichelte ihm mit dem Daumen über die Wange. „Jemand wie du ist mir noch nie begegnet. Niemand hat den Mut, mit mir – einem *König* – so zu reden wie du. Dein freches Mundwerk, deine unbestreitbare Leidenschaft …“

Ted konnte dieser magischen Anziehung nicht mehr widerstehen. Er fühlte sich immer mehr zu Grell hingezogen. Er müsste nur den Kopf beugen und sie könnten sich küssen…

Ted schluckte, als Grells Lippen sich erwartungsvoll teilten. Ja, er würde gleich einen König küssen. Einen König, der ein Katzenmonster war und der ihm das Gefühl vermittelte, der schönste, der begehrenswerteste Mann der Welt zu sein.

Ted kam sich unbeschreiblich verletzlich vor. Die Luft prickelte, als wäre sie elektrisch aufgeladen. Er konnte sich diese Energie nicht erklären, aber er schaffte es auch nicht, den Blick von Grells goldenen Augen abzuwenden.

Grell war ein attraktiver Mann, obwohl er viel älter zu sein schien als Ted. Nicht alt genug, um sein Vater zu sein, aber vielleicht sein Lehrer oder so. Die silbernen Strähnen an seinen Schläfen und in seinem Bart gefielen Ted ausnehmend gut. Auch die Nase – klein und rund wie bei einer Katze – war sehr hübsch. Sie passte perfekt in Grell rundes Gesicht.

Selbst diese scharfen, spitzen Zähne waren auf ihre ganz eigene Art faszinierend. Ted fragte sich, wie sie sich wohl auf seiner nackten Haut anfühlen würden.

Und dann diese Augen… Ted lief ein Schauer über den Rücken. Noch mehr als die spitzen Zähne erinnerten ihn diese goldenen Augen daran, dass Grell kein Mensch war. Sie waren so strahlend, glänzten fast metallisch. Eine solche Farbe war in den menschlichen Genen nicht vorgesehen. Ted fühlte sich hypnotisch von ihnen angezogen.

„Grell", sagte er mit belegter Stimme. „Grell, bist du…"

„Ja, Theodore?"

Ted schüttelte lächelnd den Kopf. „Ich heiße nicht Theodore. Ich heiße…"

„Eure Hoheit!" Ein riesiger Asra kam von der Wand auf sie zu. Er bleckte die Zähne, so laut schrie er. „Es gibt wichtige Neuigkeiten!"

Ted zuckte erschrocken zusammen und starrte das Katzenwesen an. Es war das erste Mal, dass er eines dieser Monster aus der Nähe betrachten konnte.

Die Asra waren gebaut wie ein Panther, hatte aber die Größe eines Ackergauls. Ihre Schultern und Vorderbeine waren besonders kräftig und ihr Rücken in einem nahezu unnatürlichen Winkel gebogen. Der lange Schwanz bestand aus einem dicken Bündel Tentakeln.

Auch hinter den spitzen Ohren wuchsen kleine Tentakel hervor. Ted fiel die große, kompliziert geschnitzte Perle auf, die der Asra an einem der Tentakel trug wie einen Ohrring. In diesem Moment wurde ihm klar, dass auch die Ohrringe des Mannes auf dem Gemälde kleine Ohrtentakel sein mussten, die mit mehreren Perlen geschmückt waren.

Ted wusste nicht, welche Bedeutung diese Perle hatte. Aber sie lenkte ihn von dem großen Maul mit den spitzen Zähnen ab.

Grell drehte sich knurrend zu dem Eindringling um. „Ich hoffe nur, dass es wirklich wichtig ist", fauchte er. „Ich war nämlich gerade beschäftigt. Und du hast es mir ruiniert."

Ted wurde – natürlich – wieder rot und senkte den Blick. Er wusste, er sollte über die Störung froh sein, aber um ehrlich zu sein, ärgerte er sich darüber genauso sehr wie Grell.

„Ich bitte um Verzeihung, Eure Hoheit", sagte der Asra. „Der Hof möchte mit der Verhandlung beginnen. Der Ergebene Visseract hat bereits die Zeugenaufnahme abgeschlossen. Er hat mich geschickt, damit ich Euch und den Verdächtigen vorlade. Eure Anwesenheit ist erforderlich."

Grell rieb sich mit der Hand übers Gesicht, als müsste er sich erst beruhigen. Er schien plötzlich größer zu werden, größer und stärker. Sein Körper drohte, die Nähte des roten Pelzmantels zu sprengen. „Noch dreizehn Stunden Zeit und er wagt es, *mich* vorzuladen? Sag dem verdammten Fischgesicht, dass wir dann anfangen, wenn *ich* soweit bin. Und keine Minute früher!"

Der Asra duckte sich und kniff den Schwanz ein.

„Und weil du ein so anmaßender kleiner Störenfried bist, kannst du ihm auch noch ausrichten, dass die Verhandlung erst beginnt, wenn der Mond am Firmament seine volle Pracht erreicht hat und die Mostaistlis ihren letzten Schluck Ambrosia getrunken haben."

„Also … um Mitternacht?", quiekte der Asra.

„Ja, um Mitternacht." Grell atmete tief durch. „Und jetzt verschwinde!", brüllte er. „Sonst reiße ich dir die Gedärme aus dem Leib und fresse sie zum Frühstück!"

„Jawohl, Eure Hoheit", jaulte der Asra und zog sich zurück.

Grells Wut ließ erst nach, als der Asra wieder durch die Wand verschwunden war. Er holte tief Luft und schrumpfte langsam wieder zu seiner vorherigen Größe. „Scheiße."

Ted konnte sich vage an ein Fischmonster mit großen, schwarzen Augen und einem langen Körper erinnern. „Dieser Visser-so-wie-so … war der gestern auch im Saal?"

„Ja", erwiderte Grell und strich sich den Mantel glatt. „Er ist ein Vulgora. Wenn ich mich recht erinnere, lebt eine größere Kolonie von ihnen in eurem Marianengraben."

„Halt …", schnaubte Ted. „Willst du mir sagen, dass es in unserem Ozean einen ganzen Haufen von diesen Fischmonstern gibt?"

„Deine Frage hört sich ziemlich dumm an. Ich gebe dir eine neue Chance."

„Arschloch", grummelte Ted genervt. „Verdammt. Ich bin wirklich heilfroh, dass du mich nicht geküsst hast."

„Wie bitte?" Grell drehte sich lachend zu ihm um. „Tut mir leid, aber soweit ich mich erinnere, warst du es, der mich küssen wollte."

„Unsinn!", schnappte Ted ihn an. „*Du* warst es, der damit angefangen hat. Du hast mich betatscht und warst kurz davor, um einen verdammten Kuss zu betteln!"

„Habe ich nicht!"

„Willst du mich verarschen, du Wichser?"

„Es tut mir leid, dass du die Situation missverstanden hast." Grell klimperte mit den Wimpern. „Aber ich verzeihe dir, mein Schatz. Ich bin mir zwar sicher, du hättest deinen Heidenspaß daran gehabt, wenn ich dich um den Verstand ficke, aber ich bin noch nicht bereit, eine neue Beziehung einzugehen."

„Eine neue Beziehung? Was ist mit deiner Königin?", fragte Ted, den Grells Zurückweisung mehr traf, als er sich eingestehen wollte. „Versohlt sie mir den Hintern oder hängt mir noch eine Mordanklage an, wenn sie davon erfährt? Oder gönnt sie sich gelegentlich auch Abwechslung?"

„Meine Königin ist tot", sagte Grell tonlos.

„Was?" Teds Zorn verpuffte schlagartig. „Tot?"

Grell zeigte auf das Porträt an der Wand. „Er ist vor dreihundert Jahren gestorben. Wir sind zwar theoretisch unsterblich, aber wir sind nicht unverwundbar. Wir können krank werden oder eine Verletzung erleiden …" Er verstummte.

„Das tut mir leid", sagte Ted, der die Trauer in Grells Stimme und seinem Blick erkannte. Seine Worte fühlten sich leer an. Vermutlich, weil er sie im Laufe der letzten Jahre schon viel zu oft gesagt hatte. Aber ihm fiel nichts Besseres ein. „Deine Königin war … ein Kerl?", fragte er und hätte sich im selben Moment am liebsten auf die Zunge gebissen. Warum konnte er nie den Mund halten?

„Wir sind Asra." Grell lächelte matt. „Wenn wir einen Gefährten finden, hat einer von uns die Gabe, Leben zu schenken. Ihr Menschen habt ein sehr enges

Konzept von Gender, nicht wahr? Wir sind das, was wir sein wollen: einige ein Er, andere eine Sie und manche beides." Er wirkte sehr niedergeschlagen.

„Ich habe es nicht beleidigend gemeint. Ich wollte es nur verstehen", entschuldigte sich Ted. Er betrachtete das Bild. „Dann ist eine Königin also einfach Wer-auch-immer-den-König-heiratet? Egal, für welches Gender sich die Person entscheidet?"

„Ja, jetzt hast du es verstanden."

„Woher weiß man dann, wie man eine Person richtig anspricht?", erkundigte sich Ted besorgt.

„Normalerweise ist es am einfachsten, den Mund aufzumachen und zu fragen", flüsterte Grell nicht allzu leise.

„Und du? Du siehst wie ein Mann aus. Heißt das, du willst auch als Mann angesprochen werden?"

„Ja, aber … das ist eine gute Frage. Nicht viele Asra nehmen eine menschliche Gestalt an. Trotzdem sollte man aus ihrem äußeren Erscheinungsbild keine voreiligen Schlussfolgerungen ziehen. Wenn wir unsere natürliche Gestalt haben, tragen wir einen bestimmten Schmuck, um zu zeigen, wer wir sind."

„Die kleinen Klunker, die ihr an den Ohren hängen habt?", fragte Ted und musste an die Perle denken, die der Asra getragen hatte, der vorhin ins Zimmer gekommen war. Grells tote Königin trug auf dem Bild einen langen Strang solcher Perlen.

„Ja. Die erste Perle auf der rechten Seite sagt dir alles, was du wissen musst."

„Das hilft mir nicht viel, solange ich nicht weiß, was diese Perle bedeutet. Für mich sind die Verzierungen einfach nur wirre Linien."

„Wenn du willst, kann ich dir beibringen, sie zu lesen." Grell kam langsam auf ihn zu.

„Äh … ja. Das wäre cool. Glaube ich zumindest." Ted schluckte und knöpfte sich schnell den Pyjama zu. „Aber wir sollten uns vielleicht wieder an die Arbeit machen."

„Hmm?"

„Die Arbeit! Meine Verteidigung!", rief Ted. „Wir haben nur bis Mitternacht Zeit und dieser Visser-Dingsbums hört sich an, als hätte er mich am liebsten gestern schon eingebuchtet."

„Visseract", verbesserte ihn Grell. „Er ist der Erbe des größten Klans der Vulgora und ein selbstgerechtes Arschloch. Aber mach dir um ihn keine Sorgen. Er braucht mich, um die Verhandlung zu eröffnen. Ich habe so meine königlichen Vorrechte. Und außerdem bin ich für deine Verteidigung zuständig. Du bist ein echter Glückspilz."

„Warum will er mich unbedingt verurteilen?", wollte Ted wissen. „Findest du das nicht auch verdächtig?"

„Ja, da hast du nicht unrecht", meinte Grell und sah ihn nachdenklich an.

„Du hast gesagt, du hättest die Nachricht bekommen, dass Mire dich sehen wollte. Wer hat dir diese Nachricht überbracht? War es dieser Fisch?“

„Nein, das war Thulogian Silas.“

„Was ist nur mit euch los?“, grummelte Ted und griff nach dem schwebenden Tablett. „Warum habt ihr alle so verrückte Namen?“

„Das musst du gerade sagen“, zischte Grell. „Menschliche Namen sind vollkommen unsinnig. Wie kommt ihr von Theodore zu Ted? Oder von James zu Jim? Es ist vollkommen verrückt.“

„Und von Richard zu Dick?“ Ted schnaubte.

„Oh, das ist absolut logisch“, meinte Grell grinsend. „Du gibst Richard ein Abendessen aus, schenkst ihm einen Blumenstrauß und …“

Ted rollte mit den Augen und schob sich den letzten Rest des letzten Würstchens in den Mund. „Und wo ist dieser Silas jetzt?“, fragte er.

„Sie lebt allein im Wald außerhalb des Schlosses.“ Grell schnipste mit den Fingern und das leere Tablett verschwand.

Ted sah an sich herab. Er war jetzt in ein frisches T-Shirt und Jeans gekleidet. „Äh, danke.“ Er fuhr mit den Händen über die Hose und stellte fest, dass sie etwas zu eng saß. „Ähm …“, meinte er und sah Grell erwartungsvoll an.

Grell lächelte liebenswürdig und musterte ihn schamlos.

„Bringst du das in Ordnung?“

„Was?“

„Die Hose!“, schnappte Ted ihn an.

„Hast du ein Problem?“ Grell zwinkerte ihm zu.

„Ja“, stöhnte Ted frustriert.

„Womit?“

„Die verdammte Hose ist zu eng!“

Ted erkannte, dass er die Schlacht schon verloren hatte. Er beschloss, die dämliche Hose zu ignorieren. „Also gut. Kannst du uns einfach dorthin schnipsen?“

„Wir müssen uns von Wesir Ghulk zu ihr bringen lassen“, sagte Grell. „Silas mag keine unangekündigten Gäste. Wenn Ghulk uns nicht begleitet, frisst sie uns wahrscheinlich auf.“

„Aber sie hat dir Mires Botschaft überbracht?“ Ted kratzte sich am Kopf.

„Ja. Es ist mir auch merkwürdig vorgekommen. Und sie hat geschworen, es wäre wichtig.“

„Wollte dir aber nicht sagen, worum es ging?“

„Nein.“

Die Bibliothek verschwand und sie fanden sich im Thronsaal. Einige Asra, Vulgora und andere Monster – Ted konnte sie immer noch nicht alle identifizieren – waren ebenfalls hier. Ted hielt sich sicherheitshalber an Grell und benutzte den kleineren Mann als Schutzschild.

Mires Leiche war noch nicht entfernt worden und fing langsam an zu stinken. Ihm fiel auf, dass Mire ebenfalls mehrere Perlen an seinen Ohrtentakeln trug.

Auf der einen Seite seines Ohrschmucks war eine Lücke, die ihm nur auffiel, weil sie violett glänzte. Er wollte sich wegen des Blutes der Leiche nicht nähern, erkannte aber, dass es der Rest einer Perle war. Vielleicht war sie zerbrochen, als Mire sich gegen den Angreifer wehrte…

„Warum ist der Sterbliche nicht im Kerker?“, fragte ein großes Biest mit Hauern und sah Ted hasserfüllt an.

„Wird meinem geliebten Mire keine Gerechtigkeit widerfahren?“, heulte ein Volgorar und glitt auf sie zu. „Müssen wir ihn selbst dort runter zerren?“

„Warum ist er überhaupt hier? Damit er sich an seinem Opfer ergötzen kann?“, rief das Monster mit den Hauern. „Wir fordern Gerechtigkeit, König Grell!“

Andere Stimmen fielen in den Chor ein und die Menge verwandelte sich in einen wütenden Mob. Ted hatte solche Situationen schon oft erlebt. Sie gingen meist nicht gut aus. Aber ein betrunkener Onkel oder eine trauernde Witwe waren leichter abzuwehren als ein Horde Monster. Seine Chancen standen nicht gut.

Ted packte Grell an der Schulter und schob ihn zwischen sich und die Monster, die immer näherkamen. „Hey, ganz ruhig!“, rief er und hoffte, er würde sich resoluter anhören, als er sich fühlte. „Unschuldsvermutung und so, ja?“

„Es ist in diesem Fall eher umgekehrt“, korrigierte ihn Grell. „Schuldig bis zum Beweis des Gegenteils.“

„Mir doch egal, verdammt!“

„Bürger Xenons, hört mir zu!“, rief Grell seinen Untertanen zu und wartete, bis sich der Lärm gelegt hatte. „Wenn ihr Fragen oder Anregungen dazu habt, wie ich die Verhandlung des Gefangenen handhabe, bringt sie zu Papier und werft sie in den königlichen Beschwerdebriefkasten. Ich werde eure Beschwerden zwar nicht lesen, aber es ist euer Recht, sie zu äußern.“

„Warum wurde er nicht in Ketten gelegt, Eure Hoheit?“, zischte der Vulgora.

„Ich bin mir nicht sicher, ob er auf so was steht. Sobald ich es herausgefunden habe, sage ich dir Bescheid.“

Ted hätte ihm am liebsten ans Schienbein getreten.

„Hört mir zu!“, brüllte Grell und wurde wieder ernst. „Wir haben noch fünfzehn Stunden Zeit, um die Verteidigung vorzubereiten. Ich werde keine Einmischung dulden. In Xenon hat jeder das Recht auf einen fairen Prozess. Ihr wollt Gerechtigkeit? Ich auch. Aber wir brauchen die Zeit, um den Fall zu untersuchen und uns – gemäß unseren Gesetzen – auf die Verhandlung vorzubereiten. Ich schwöre euch, wenn dieser Sterbliche für Sergan Mires Tod verantwortlich ist, werfe ich ihn höchstpersönlich in den Kerker.“

Die Anwesenden brachen in kollektives Murmeln aus und nur hier und da zuckten noch Klauen oder Tentakel. Grells Versprechen schien sie besänftigt zu haben. So ungewöhnlich dieser König auch sein mochte, sein Hofstaat respektierte ihn offensichtlich. Obwohl die Anspannung noch spürbar war, gab es keinen Widerspruch mehr. Manche warfen Ted noch einen grimmigen Blick zu und bleckten die Zähne, aber die Menge zerstreute sich und verließ den Saal.

Teds Überlebenschancen stiegen wieder. Nicht viel vielleicht, aber immerhin.

„Also gut", sagte Grell und klatschte in die Hände. „Nachdem das jetzt geregelt ist, wollen wir weitermachen, ja?" Er schaute seinen Untertanen nach. „Wesir Ghulk!", rief er. „Wo steckst du?"

„Hier, Eure Hoheit", dröhnte eine tiefe Stimme. Ein erschreckend großes Monster – es erinnerte entfernt an ein Pferd – kam auf sie zugetrabt.

Das Monster war glatt und schleimig, als hätte man ihm die Haut abgezogen. Anstelle einer Mähne hatte es eine Reihe spitzer Hörner, von denen das längste direkt auf seiner Stirn saß. In dem missgestalteten Maul saßen Zähne, spitz wie Nadeln.

„Was zum Teufel ist das denn?", zischte Ted angeekelt. „Ein Zombie-Einhorn?"

„Keine Angst, er ist nur ein Eldress", flüsterte ihm Grell zu und scheuchte ihn weg. „Warte unten auf mich."

„Hä? Unten? Wo unten?"

Ted stöhnte auf, als die Welt sich wieder zu drehen begann und er plötzlich vor einem massiven Tor stand. Hinter ihm war das Schloss und draußen, vor dem Tor, erstreckte sich der Wald aus Blitzbäumen, den er schon von oben gesehen hatte. Ted sah sich um. Er war allein.

„Na toll", sagte er und verschränkte die Arme vor der Brust. „Na ja, es ist immerhin eine Verbesserung. Keine große, aber man muss nehmen, was man kriegen kann."

„Als ob es dir so schlecht ginge …", beschwerte sich eine genervte Stimme.

„Hä?" Ted drehte sich um, konnte aber niemanden sehen. Das war nicht ungewöhnlich. Es gab viele Geister, die keine körperliche Form annahmen. „Hallo?"

„Kannst du …" Die Stimme wurde lauter. „Kannst du mich wirklich hören?", fragte sie aufgeregt.

„Ja", erwiderte Ted. „Hallo. Ich heiße Ted. Ich rede mit Toten. Im Moment bin ich allerdings beschäftigt und …"

„Du bist der Sterbliche aus Aeon!", rief die Stimme. „Der arme Kerl, dem sie den Mord anhängen wollen!"

„Woher zum Teufel weißt du *das* denn?", wollte Ted wissen.

„Ich bin von der Brücke entkommen! Ich wandere schon seit Monaten durch dieses dämliche Schloss und höre …"

„Wer bist du?"

„Ich bin Professor Emil Kunst", sagte die Stimme. „Du musst mir jetzt gut zuhören. Du darfst dem König nicht trauen."

„Und warum sollte ich *dir* trauen?"

„Du bist in eine Sache verwickelt worden, die alles übersteigt, was du dir vorstellen kannst!“, warnte Kunst. „Die verstummten Seelen! Sie sind alle verschwunden! Sie sind schon seit Wochen verschwunden und der König hat seinen Sohn geschickt, nach ihnen zu suchen.“

„Wow, Mann!“ rief Ted. „Er hat gesagt, sein Sohn würde meinen Freund beschützen! Meinen Mitbewohner!“

„Ist dein Mitbewohner ein Verstummter?“

„Na ja…“ Ted zögerte. „Was hat das damit zu tun?“

„Du Idiot!“, zischte Kunst. „Sklaven! Sie nehmen die Verstummten als Sklaven! Er beschützt ihn nicht! Er will ihn wahrscheinlich…“

„Halt, halt …“, schnappte Ted ihn an. „Du musst dich abregen. Ganz langsam.“ Er stöhnte auf. Es fühlte sich jetzt schon nach mächtigen Kopfschmerzen an. „Verdammter Mist. Kann man hier nicht *eine* Minute Ruhe haben? Eine einzige Minute?“

„Gibt es ein Problem?“ Es war Grell, der plötzlich an seiner Seite auftauchte und ihn angrinste.

„Äh …“ Ted schluckte.

„Aber, aber, mein lieber Theodore“, schnurrte Grell. „Du machst ein Gesicht, als hättest du einen Geist gesehen.“

4

„SAG JETZT nichts!“, warnte Kunst. „Noch nicht!“

„Was ist los?“, fragte Grell, der von Kunsts Anwesenheit nichts ahnte. „Willst du mir etwas sagen?“ Er durchbohrte Ted mit seinem Blick.

„Hier … hier laufen verdammt viele Geister rum“, erwiderte Ted nervös.

„Ich nehme nicht an, dass Mire zufällig dazugehört?“, überlegte Grell. „Und dass er uns verraten kann, wer ihn ermordet hat?“

„Nein.“ Ted lächelte gequält. „Nein, er gehört nicht dazu.“

„Ich melde mich später wieder“, zischte Kunst ihm zu, als hätte er Angst, dass Grell ihn hören könnte. „Wir reden weiter, wenn wir allein sind. Aber vergiss nicht, dass du bei ihm nicht sicher bist.“

Wie beruhigend.

Grell sah ihn misstrauisch an. „Bist du sicher, dass mit dir alles in Ordnung ist?“

„Ja. Alles bestens. Nur etwas durcheinander. Die vielen wütenden Monster… Es war erschreckend, verstehst du?“

„Na gut.“ Grell sah nicht sehr überzeugt aus, hakte aber nicht nach. Er schnipste mit den Fingern und das Zombie-Einhorn tauchte am Tor auf. „Bist du soweit?“

„Selbstverständlich, Eure Hoheit“, sagte Ghulk und stieß das Tor mit der Schnauze auf. „Wir sollten uns sofort auf den Weg machen. Die Zeit ist nicht der beste Freund der Gerechtigkeit.“

„Wir müssen laufen?“ Ted schnaubte. „Warum können wir nicht einfach eines von diesen Portalen benutzen, um durch den Wald zu kommen?“

„Ah, komm schon, Theodore!“ Grell lachte. „Ein so großer, starker Mann wie du hat doch keine Angst vor etwas Bewegung?“

„Nein. Aber ich verstehe nicht, warum wir uns nicht durch diesen unheimlichen kleinen Wald durchbeamen können!“

„Weil dieser unheimliche kleine Wald gegen Portale allergisch ist“, erwiderte Grell trocken. „Wenn wir versuchen, uns einfach *durchzubeamen* – wie du so schön gesagt hast -, endet die Hälfte von uns wahrscheinlich im Schloss und die andere Hälfte auf der Brücke.“

„Aua.“

„Genau.“

„Wir sollten jetzt vorsichtig sein“, warnte Ghulk. „Silas mag unter normalen Umständen schon keine Besucher, aber so früh am Tag reagiert sie besonders unwirsch.“

Ted schaute an den Nachthimmel und fragte sich, wie hier wohl die Zeit gemessen wurde, wo es doch immer dunkel war. Zögernd folgte er Grell in den Wald.

Von Kunst hörte er nichts mehr. Vermutlich lungerte er immer noch hinter ihnen im Schloss rum. Ted wünschte sich, er hätte den sagittarischen Überlieferungen mehr Aufmerksamkeit geschenkt. Er wusste nur noch, dass die Sache mit den verstummten Seelen, die über die Brücke nach Zebulon kamen, eine große Rolle spielte. Dummerweise konnte er sich aber nicht mehr an die Details erinnern.

Ted war wie verzaubert von der außerirdischen Schönheit des Waldes. Die Bäume flackerten jedes Mal auf, wenn sie versehentlich berührt wurden. Auf den leuchtenden Waldboden hinterließen ihre Schritte schwarze Abdrücke, die aber nach wenigen Sekunden wieder verschwanden, sodass man nicht verfolgen konnte, woher sie gekommen waren.

Es war allerdings nicht schwierig, den richtigen Rückweg zu finden. Ted musste nur den Kopf heben, um hinter sich die Silhouette des Schlosses am Himmel zu sehen.

„Hat dir dein neuer Geisterfreund etwas Interessantes verraten?“, erkundigte sich Grell beiläufig. Seine Augen glänzten im Licht des Waldes.

„Er hat von der Brücke gesprochen“, antwortete Ted. „Es ist immer seltsam, mit Geistern zu reden, die wissen, dass sie tot sind.“

„Oh?“

„Ja“, sagte Ted und duckte sich, um einem Zweig auszuweichen. „Die meisten wissen es nicht. Sie halten es für einen Witz oder einen Trick. Ich habe früher oft versucht, ihnen zu helfen. Es ging nie gut aus.“

„Früher oder später merken es alle.“ Grell grinste. „Das darfst du mir glauben.“

„Bist du ein Experte in Sachen Seele?“

„So ähnlich. Xenon ruft nach ihnen und zieht sie an. Bei den meisten geht es ziemlich schnell, aber einige von ihnen sind stur. Sie widersetzen sich, bleiben zurück und suchen die Lebenden heim. Und dann gibt es noch einige, die bis Xenon kommen, dann aber von der Brücke fliehen. Aber das sind glücklicherweise die wenigsten. Die kleinen Arschlöcher rennen durchs Schloss und verursachen Chaos, bis sie es endlich kapieren und wieder verschwinden. Puff, weg sind sie. Aber vorher schreien und stöhnen sie, werfen alles um, bringen das Geschirr durcheinander und so was. Wie ein typischer Poltergeist eben. Wir hatten mal einen, der hat ständig dieses Lied über irgendeinen Bastard und seine Frauen gesungen. Aber wir können nicht mit ihnen reden, so wie du. Wir mussten diesen Idioten exorzieren, um ihn wieder loszuwerden.“

„Also …“, sagte Ted und überlegte, wie er seine Frage am besten formulierte. „Dann ist es also möglich, dass eine Seele Xenon verlässt?“

„Oh nein. Wenn sie erst mal hier sind, dann bleiben sie auch.“ Grell lachte leise vor sich hin. „Sie hängen in dieser Dimension fest. Außer, die Brücke bringt führt sie nach Zebulon.“

„Und wenn sie jemand … entführt?“

„Seltsame Frage.“ Grell sah ihn stirnrunzelnd an. „Denkst du dabei an etwas Bestimmtes, Ted aus Aeon?“

„Ich denke an meinen Freund“, erwiderte Ted. „Da ist dieser kleine Junge, der mir nach Xenon gefolgt ist. Ich will sicher sein, dass er Xenon wieder mit mir verlassen kann, wenn ich gehe.“

„Oh, um den musst du dir keine Sorgen machen.“

„Bist du dir sicher?“

„Ich habe dir doch gesagt, dass ich mich mit Seelen auskenne. Der Kleine ist an dich gebunden.“

„An mich gebunden?“ Ted runzelte die Stirn. „Wie meinst du das?“

„Seelen können an ein Objekt gebunden sein. Ein Ghul ist eine Seele, die an einen toten Körper gebunden ist. Genauso ist dein Geisterjunge an dich gebunden, obwohl du ein lebender Mensch bist“, erklärte Grell. „Das kommt allerdings extrem selten vor. Kannst du dich an einen traumatischen Vorfall erinnern, in den du verwickelt warst? Einen schweren Unfall oder eine besondere Heldentat?“

„Nein.“ Ted wusste nicht, was Grell damit meinte. „Ich habe keine Ahnung, wer der Junge sein könnte. Er ist eines Tages wie aus dem Nichts aufgetaucht.“

„Und das glaubst du?“ Grell sah ihn erstaunt an.

„Natürlich! Es ist die verdammte Wahrheit!“ Ted verlor langsam die Geduld. Es war alles so frustrierend. „Warum verrätst du es mir nicht, wenn du schon so ein verdammter Seelenexperte bist?“

„Ich kann dir nicht verraten, woran du dich nicht erinnerst“, gab Grell zurück.

„Verdammtes Arschloch“, knurrte Ted. „Willst du wissen, was mir der Geist im Schloss geraten hat? Dass ich dir nicht trauen soll!“

„Oh.“ Grell kniff die Augen zusammen. „Und was hat er sonst noch gesagt?“

„Dass ich dir sagen soll, du könntest mich mal am Arsch lecken, du Idiot.“

„Nun, das bezweifle ich sehr. Obwohl man mich vielleicht dazu überreden könnte, wenn …“

„Hey! Ich will endlich ehrliche Antworten hören!“ Ted stellte sich dem König in den Weg und sah ihm direkt ins Gesicht. „Sofort!“

„Hmm …“, brummte Grell und lächelte ihn geziert an. „Ich glaube nicht, dass hier der richtige Ort dazu ist.“

„Fang nicht wieder mit diesem Mist an!“

„Welchem Mist?“, fragte Grell mit Unschuldsmiene.

Ghulk drehte sich seufzend nach ihnen um und warf ihnen einen leidenden Blick zu. Dann ging er wortlos weiter.

„Du weißt genau, welchen Mist ich meine!“ Ted ragte vor Grell auf wie ein Turm. „Diesen Unsinn mit dem Flirten! Ich versuche, hier einen Mordfall zu lösen, in den mich eure dämlichen Gesetze reingezogen haben, obwohl ich nichts damit zu tun habe. Uns geht die Zeit aus und du hast nichts anderes zu tun, als mit mir zu flirten!“

„Ich weiß wirklich nicht, wovon du redest.“

„Könntest du ausnahmsweise ernst sein? Nur für fünf Sekunden?“

„Hier“, zischte Ghulk und zeigte auf ein großes Loch im Waldboden. „Hier ist die Höhle von Silas.“

„Fortsetzung folgt“, schnurrte Grell augenzwinkernd und gab Ted einen Klaps an die Wange. Dann ging er an ihm vorbei zu Ghulk.

Ted brachte vor Wut kein Wort über die Lippen. Er holte tief Luft und fluchte leise vor sich hin.

„Komm schon, Theodore“, rief Grell. „Du wolltest doch einen Mordfall lösen, nicht wahr?“

„Verdammt, ich komme ja …“, knurrte Ted und folgte ihnen zu dem Loch im Boden.

Sie schauten nach unten. Ein steiler Pfad führte in die Tiefe. Ganz unten, wo er endete, flackerte ein schwaches Licht. Ted schob vorsichtig einen Fuß nach vorne und löste dabei versehentlich etwas Erde, die in das Loch rieselte.

Ein unmenschliches Brüllen erdröhnte. Der Boden unter ihren Füßen erbebte und die Bäume verloren für den Bruchteil einer Sekunde ihren Schein.

Ted sprang erschrocken zurück an Grells Seite. „Was war das?“, zischte er.

Grell fasste ihn beruhigend am Arm. „Alles gut. Du bist in Sicherheit.“

Ted drückte sich etwas näher an ihn.

„Hallo!“, rief Ghulk nach unten. „Silas? Ich bin es, Wesir Ghulk!“

Wieder ertönte das laute Brüllen. Ted klapperten die Zähne.

„Silas!“ Ghulk ließ sich nicht einschüchtern. „Bitte! Ich bin es, dein Freund Ghulk! Können wir mit dir reden?“

Dieses Mal war das Brüllen nicht ganz so laut. „Kommt rein!“, fauchte eine Stimme.

„Schnell jetzt“; sagte Ghulk, zog den Kopf ein und verschwand in dem Loch.

„Jawohl“, sagte Ted und schnalzte mit der Zunge. „So ist jetzt mein Leben. Alles vollkommen normal. Ich folge einem Zombie-Einhorn in ein dunkles Loch, um mit einem anderen Monster zu reden. Toll. Ich bin begeistert.“

„Wenigstens regnet es nicht“, meinte Grell fröhlich und drückte ihn aufmunternd am Arm. Dann ging er zu dem Loch und ließ sich nach unten gleiten.

„*Wenigstens regnet es nicht*“, ahmte Ted ihn nach, biss die Zähne zusammen und versuchte, Grell in das Loch zu folgen. Mit der viel zu engen Hose war das nicht einfach. Er verlor die Balance und fiel kopfüber nach unten. Benommen rappelte er sich wieder auf.

Grells starke Hände halfen ihm auf die Beine. „Alles in Ordnung?“

„Könnte nicht besser sein“, zischte Ted.

Das Loch war ein schmaler Tunnel, der in eine große Höhle führte. Die schimmernde Erde warf blasse Schatten an die Wände. In der Mitte der Höhle brannte eine einzige Kerze. Ted musste die Augen zusammenkneifen, um einigermaßen sehen zu können.

„Du hast einen dieser törichten Menschen mitgebracht?“, fauchte Silas angeekelt. „Und den König?“

„Bitte, Silas …“, sagte Ghulk. „Sie müssen mit dir reden!“

Teds Augen hatten sich mittlerweile an das seltsame Licht gewöhnt. Er konnte erkennen, dass Silas ein Asra war. Ihr Fell hatte graue Streifen und die Tentakel an ihren Ohren hingen voller farbenprächtiger Perlen.

Die erste Perle am linken Ohr war sehr groß und leuchtete purpurfarben. Sie glänzte in der Dunkelheit wie Perlmutt, wunderschön und merkwürdig vertraut. Ted überlegte, wo er eine ähnliche Perle gesehen haben könnte, aber es fiel ihm nicht ein.

„Nein!“, fauchte Silas und machte einen Buckel. „Es gibt nichts, worüber ich mit ihnen reden will! Du hast mich ausgetrickst und …“

„Bitte!“, rief Ted. „Ich brauche deine Hilfe!“

Silas zischte und peitschte so wild mit dem Schwanz, dass die Wände der Höhle wackelten. Staub wurde aufgewirbelt und Erde rieselte von der Decke.

Ted schob sich vor Grell und Ghulk. „Hey!“, bettelte er zähneknirschend. „Hör mir bitte zu! Ja, ich bin nur ein törichter Mensch, aber sie wollen mich verurteilen, weil sie denken, ich hätte Mire umgebracht!“

„Du hast Mire nicht ermordet!“, zischte Silas. „Ich hätte deinen Gestank gerochen. Du bist unschuldig.“

„Vielen Dank“, sagte Ted und lächelte nervös. „Ich, äh … ich brauche wirklich deine Hilfe, ja? Bitte, bitte?“

Silas hockte sich auf die Hinterbeine und fletschte die Zähne. „Was willst du, Sterblicher?“

„Warum wollte Mire mit dem König sprechen?“

„Es war eine dringende Angelegenheit.“

„Und welche Angelegenheit könnte das gewesen sein?“

„Eine dringende.“

„Das hilft mir auch nicht weiter.“ Ted rieb sich die Stirn.

„Deshalb hat Mire mich zum König geschickt. Weil er nur mir vertraute.“

„Dann wurde er also ermordet, damit er nicht mit dem König über diese dringende Angelegenheit sprechen konnte?“, versuchte es Ted.

„Ja!“ Silas machte ein zufriedenes Gesicht.

„Warum konnte er nicht direkt zum König gehen?“

„Zu viele Augen.“ Silas schnappte mit den Zähnen. „Zu viele neugierige Blicke.“

„Weißt du, wer Mire ermordet hat?“, versuchte Ted es mit einer direkten Frage.

„Ich weiß, dass du es nicht warst“, erwiderte Silas. „Aber das spielt bald keine Rolle mehr.“

„Oh?“

„Ohne Leiche gibt es keine Mordverhandlung“, schnurrte Silas geheimnisvoll.

„Was zum Teufel soll das denn heißen, hä?“, knurrte Grell. „Hast du vor, es mit schwarzer Magie zu versuchen, oder was?“

„Das wird nicht nötig sein“, erklärte Silas. „Jemand wird mir aushelfen. Ich bekomme, was ich brauche. Dann spielt das alles keine Rolle mehr.“

„Und was bekommst du?“, hakte Ted nach.

„Was ich brauche.“

„Verdammt aber auch …“, stöhnte Ted und drehte sich zu Grell um. „Wir vergeuden hier nur unsere Zeit“, grummelte er. „Wir sollten ins Schloss zurückkehren.“

„Vielleicht liegt es nur an deiner Verhörtechnik“, meinte Grell.

„Kannst du es etwa besser? Dann versuch’s doch.“ Ted machte eine auffordernde Geste mit der Hand.

„Silas“, sagte Grell, baute sich vor Silas auf und sah sie grimmig an. „Das hat doch nicht zufällig etwas mit diesen obskuren Gerüchten über das Sternenkind zu tun, hä?“

Silas fletschte die Zähne. „Raus hier!“, brüllte sie. „Ich habe genug von euch! Es gehört mir, nur mir! Mire wird zurückkehren! Sie werden alle zurückkehren!“

Ghulk kauerte sich an die Wand. „Verzeih uns, Silas!“, sagte er verängstigt. „Bitte verzeih uns. Wir gehen schon …“

Grell ließ sich von Silas’ Ausbruch nicht einschüchtern. Er rollte mit den Augen. „Na gut, wir gehen“, sagte er streng und wackelte mit Zeigefinger. „Aber ich warne dich. Wenn du mir verheimlichst, was du über das Sternenkind weißt, wird dich keine noch so mächtige Magie von dem Ort zurückbringen, an den ich dich schicke.“

Silas knurrte leise und zog sich tiefer in ihre Höhle zurück. „Ich habe dir nichts mehr zu sagen.“

„Gut.“ Grell drehte sich auf dem Absatz um und kletterte den Tunnel hinauf. Ted folgte ihm auf den Fersen. Als Grell oben ankam, streckte er die Hand aus und zog Ted aus dem Loch heraus an seine Seite.

Sie sahen sich an. Ted hätte schwören können, dass Grell ihn nicht loslassen wollte. Jedenfalls dauerte es länger, als nötig gewesen wäre, bevor er die Hand wieder zurückzog. Ted räusperte sich verlegen.

Ghulk kam aus dem Loch gesprungen wie eine Gazelle auf der Flucht. „Es tut mir leid, dass sie so unkooperativ war, Eure Hoheit“, sagte er mit gesenktem Kopf. „Aber vermutlich hätte es noch schlimmer enden können.“

„Es hätte aber auch besser enden können“, mischte Ted sich ein. „Ich bin jetzt vollkommen durcheinander. Hat sie das mit der schwarzen Magie ernst gemeint?“

„Diese Kunst ist schon vor Ewigkeiten in Vergessenheit geraten“, sagte Ghulk schnaubend und musterte Ted mit seinen milchigen Augen. „Silas ist verrückt geworden. Tote können nicht mehr zum Leben erweckt werden, wenn die Seele sich erst auf ihren Weg gemacht hat.“ Damit drehte er sich um und schlug den Rückweg zum Schloss ein.

„Cool. Echt cool. Äh … ja.“ Ted folgte ihm. „Was zum Teufel ist dieses Sternenkind? Könntest du mir das bitte erklären?“, erkundigte er sich bei Grell, der an seiner Seite ging.

„Das Sternenkind ist das wahre Erstgeborene des Großen Azaethoth.“

„Und der ist … der große Gott oder so, dem alle gehorchen?“

„Der Große Azaethoth war immer und wird immer sein“, rezitierte Grell. „Das Sternenkind war sein erstes Kind, ein Wesen aus reinem Sternenlicht, das in seinen Armen starb und …“

Einige Meter entfernt knackte es laut und die Bäume wurden dunkel. Dann war ein tiefes Knurren zu hören.

Ted stellten sich sämtliche Nackenhaare auf. „Was war das?“

„Hmm …“ Grell schaute in den Wald. „Merkwürdig.“

Das Knurren verstummte.

„Eure Hoheit?“ Ghulk hörte sich angespannt an. „Wärt Ihr vielleicht so gut, uns ein Portal zum Schloss zu eröffnen? Wir Eldress sind sehr robust. Der Sterbliche überlebt vielleicht nicht, aber …“

„Einen Moment“, sagte Grell und machte einen Schritt auf die Dunkelheit zu. Er schien auf etwas zu warten.

„Das Zombie-Einhorn hat recht“, meinte Ted. „Könnten wir von hier verschwinden? Schnell?“

Ein dunkler Schatten brach durchs Unterholz und sprang auf Grell zu.

„Scheiße!“, schrie Ted und sah entsetzt zu, wie der Schatten Grell mit sich fortzog und wieder verschwand.

Ghulk wieherte panisch und galoppierte davon.

„Hey, hey!“, rief Ted ihm wütend nach. „Du verdammter Hosenscheißer von einem Pony! Komm sofort zurück!“

Das Knurren wurde lauter und von allen Seiten kamen Schatten auf ihn zu geschlichen. Von Grell war keine Spur zu sehen. Ted griff nach einem der glimmernden Äste und brach ihn ab. Er wurde schwarz in seinen Händen.

Ted hob den Ast über den Kopf und schwang ihn einige Male drohend hin und her. „Hey, ihr Arschlöcher!“, brüllte er, entschlossen, sich nicht kampflos geschlagen zu geben. „Kommt doch, wenn ihr den Mumm dazu habt!“

Ein aufgeregtes Zwitschern war zu hören, dann gaben sich die Schattenwesen zu erkennen. Es waren diese riesigen Fischwürmer, die Ted bisher nur aus dem Schloss kannte und zu denen auch dieser Visseract gehört hatte.

Ihre Unterkörper waren Würmer und sie hatten viel zu viele Arme. Die Gesichter erinnerten an einen Tiefseefisch, bis hin zu dem aufgerissenen Schlund und den langen Zähnen.

„Warum hat hier jeder so entsetzliche Zähne?“, beschwerte sich Ted und holte mit dem Ast aus, als einer der Würmer auf ihn zu geschlängelt kam. Er traf ihn an die rechte Seite des Kopfs und jubelte laut, als der Angreifer zu Boden ging.

Sein Triumph war allerdings von kurzer Dauer, denn der Wurm erholte sich schnell wieder. Nur Sekunden später schlug das Biest seine Zähne in Teds Wade.

„Aua, du Arschloch!“, brüllte Ted und schlug, blind vor Schmerz, mit seinem Ast auf den Wurm ein. „Lass los, verdammt! Sofort!“

Als ein zweiter Wurm auf ihn zukam, wusste er, dass er keine Chance mehr hatte. Er musste an den kleinen Jungen denken und es brach ihm fast das Herz. In diesem Moment spürte er, wie eine kleine Hand ihn an der Hüfte zog.

Ein mächtiges Brüllen erschütterte den Wald, die Bäume erzitterten und wurden schwarz. Der Wurm, der sich in Teds Bein verbissen hatte, ließ panisch los und wollte sich zurückziehen. Er kam nicht weit.

Ein riesiger Asra – der größte, den Ted jemals gesehen hatte – kam durch den Wald gestürmt. Rechts und links von seinem Weg brachen die Äste von den Bäumen. Der Asra schnappte sich den fliehenden Wurm und biss ihn mittendurch.

Ted kam ins Stolpern und fiel auf den Hintern, den Ast immer noch fest umklammert. Mit der freien Hand versuchte er, die Blutung an seinem Bein zu stillen. Er konnte die Augen nicht von dem Asra wenden. Es war ein majestätisches Biest, das sich auf die Würmer stürzte und sie in alle Richtungen davonschleuderte, als wären sie aus Pappe.

Langsam fingen die Bäume wieder an zu leuchten und Ted erkannte den goldenen Schein in den Augen des Asra.

Es war König Grell!

Sein Körper war schlank und geschmeidig. Nur an den Ohren und um die Augen war sein schwarzes Fell mit einigen grauen Haaren durchsetzt. Die Tentakel hinter den Ohren waren in Gold gefasst und mit Dutzenden bunter Perlen verziert.

Selbst die Tentakel seines Schwanzes waren geschmückt und sein riesiger Körper glänzte im Licht der Bäume, als er die Würmer in Stücke riss.

Ted lehnte sich keuchend mit dem Rücken an einen Baum. Auf dem Boden konnte er die Blutspur sehen, die seine Beinwunde hinterlassen hatte. Ihm wurde schwindelig und er schüttelte sich vor Kälte. Seine Kräfte ließen mehr und mehr nach.

„*Die Bibliothek ...*“, flüsterte ihm eine leise Stimme ins Ohr.

Stöhnend vor Schmerz ließ Ted seinen Ast fallen, beugte sich schwankend vor und drückte beide Hände auf die Wunde. „Die Bibliothek?“, murmelte er schwach. „Was ist mit … mit der Bibliothek?“

„*Es ist in der Bibliothek ... geh ...*“

Ted schloss die Augen. Der Lärm des Kampfes wurde leiser und verstummte schließlich ganz. Ted hörte Meeresrauschen und das Kreischen einer Möwe.

Er wusste, es konnte nicht wahr sein. Aber das hielt ihn nicht davon ab, den Sand unter seinen nackten Füßen zu genießen und das Gesicht in die wärmenden Strahlen der Sonne zu halten.

Ted konnte sich nicht erinnern, wann er das letzte Mal am Strand gewesen war. Es musste ewig her sein.

„*Die Bibliothek*“, bettelte die leise Stimme. „*Dort ist es ...*“

„Was … ist dort?“

„Theodore?“ Grells fauchende Stimme hörte sich besorgt an. „Oh nein. Nein, nein, nein! Komm schon, mein Schatz. Wach auf. Aufwachen! Lass uns gehen.“

„Mmm …?“ Eine kalte, feuchte Schnauze stieß ihm sanft an die Wange. „Was …“ Er drehte den Kopf zur Seite, um der Schnauze auszuweichen. „Ich … nur fünf Minuten…“

„Aufwachen! Bitte! Du kannst mich nicht verlassen, mein Schatz! Nicht so!“

„Aber ich muss … die Sonnencreme …“ Teds Augenlider flatterten. Zwei große Pfoten hoben ihn vorsichtig auf und warmes, weiches Fell umgab ihn. Es musste Grell sein, der ihn aufgehoben hatte und wegtrug. Trotzdem kam es Ted immer noch vor, als wäre er an einem anderen Ort.

Er war am Strand und wühlte in einer Stofftasche nach Sonnencreme. Es war ein warmer, wunderschöner Tag. Absolut perfekt für einen Strandausflug. Ted drehte sich zum Meer um und sah einen kleinen Jungen, der ins Wasser lief …

Nein, das konnte nicht wahr sein.

Wie seltsam, dachte er. Dann wurde ihm schwarz vor Augen und er verlor das Bewusstsein.

5

TED FÜHLTE sich wie im Traum, als er wieder zu sich kam. Er war von Wärme umgeben, weich und gemütlich. Er hielt sich daran fest und fuhr mit den Fingern durch das seidige … Fell?

„Hallo, mein Schatz", sagte Grell leise. „Ich hoffe, du hast gut geschlafen."

Ted wollte sich befreien, ließ es aber schnell wieder bleiben. Jede Bewegung verursachte ihm höllische Schmerzen. „Oh … Mist."

„Schhh …", brummte Grell. „Dir kann nichts passieren. Alles ist gut."

Dem purpurroten Glanz und den fehlenden Türen nach zu urteilen, mussten sie sich irgendwo hinten im Schloss befinden. Sie lagen – zusammen – in einem großen Bett, Grell immer noch als Asra in seiner Katzengestalt.

Ted lag zusammengerollt an Grells Seite, von zwei massiven Pfoten gehalten und mit dem Kopf auf Grells breiter Brust. Er fühlte sich schwach und beschloss, erst mal so liegenzubleiben. Er schob diese Entscheidung zwar auf seine Schmerzen und die Erschöpfung, aber wenn er ehrlich war, fühlte es sich auch ganz einfach gut an, so gehalten zu werden.

Er schaute an sich herab. Sein Bein war bandagiert und er trug eine lange Tunika. Sonst nichts. „Äh … danke. Du weißt schon – weil du mich gerettet hast und so."

„War mir ein Vergnügen." Grell gab ihm mit der Schnauze einen Stups an die Schulter. „Du hast fast den ganzen Tag geschlafen. Ich habe mir schon Sorgen gemacht."

„Mist!" Ted schnappte erschrocken nach Luft. „Die Verhandlung! Oh nein! Wie spät ist es? Ist der Mond schon … wo auch immer?"

„Ganz ruhig", tröstete ihn Grell. „Das Gericht hat aufgrund der außergewöhnlichen Umstände einer Vertagung genehmigt. Wir haben noch Zeit bis um Mitternacht in zwei Tagen." Er überlegte. „Obwohl gestern vermutlich schon heute ist, also … äh, ja. Bis morgen um Mitternacht. So ist es."

„Okay. Das ist gut. Ich meine … es ist natürlich nicht gut, dass ich wegen dieses Unsinns angeklagt werde, aber ansonsten ist es gut. Wunderbar."

„Da es jetzt ein Uhr morgens ist, haben wir noch fast achtundvierzig Stunden Zeit." Grell überlegte wieder. „Siebenundvierzig, um genau zu sein."

„Ist es wirklich schon so spät?" Ted warf ihm einen neugierigen Blick zu. „Hast du, äh, auf mich aufgepasst? Die ganze Zeit?"

„Ja. Und auf eine vollkommen unschuldige Weise, wie ich betonen möchte."

„Wow“, schnurrte Ted und musste lachen, als Grell eine putzige Grimasse zog. „Der große, starke König ist ein heimlicher Softie!“

„Der Biss der Vulgora ist extrem giftig“, erklärte Grell, ohne auf Teds Scherz einzugehen. „Dein Bein sollte in einigen Stunden wieder geheilt sein, aber es wird noch dauern, bis dein Körper das Gift ganz verarbeitet ist.“

„Diese Monster waren also Vulgora?“

„Ja. Schade, dass Ghulk nicht geblieben und es selbst herausgefunden hat, dieser verdammte Feigling.“ Grell knurrte leise. „Vielleicht hätten sie ihm in seinen dicken Arsch gebissen.“

„Warum haben uns diese Vulgora angegriffen?“, wollte Ted wissen. Sein Puls flatterte nervös. „Wollten sie uns umbringen?“

„Beruhige dich“, erwiderte Grell und sein langer Tentakelschwanz wickelte sich fürsorglich um Ted. „Sie wollten uns definitiv umbringen. Ich weiß zwar nicht, warum sie hinter uns her waren, aber es muss mit Mires Tod zusammenhängen. Da bin ich mir sicher.“

„Hast du zufällig einen von ihnen am Leben gelassen, damit wir ihn verhören können?“

„Nein, ich habe sie aufgefressen.“

„*Was?*“

„Ich habe sie aufgefressen.“

„Du hast sie aufgefressen.“

Grell hob seinen großen Kopf und sah sich um. „Gibt es hier neuerdings ein Echo?“

„Du hast diese ekelhaften Würmer aufgefressen?“ Ted verzog angewidert das Gesicht. „Ist das hier so üblich? Leute einfach aufzufressen? Wie kann das sein?“ Er kniff die Augen zusammen. „Halt! Bessere Frage! Warum stehst du jetzt nicht vor Gericht, weil du diese Biester um die Ecke gebracht hast?“

„Weil es ganz offensichtlich Selbstverteidigung war“, erwiderte Grell. „Sie haben uns schließlich angegriffen.“

„Einen Moment!“ Ein Funke Hoffnung keimte in Ted auf. „Könnte ich nicht einfach behaupten, Mire hätte mich angegriffen? Meinst du, damit könnte ich durchkommen?“

„Das wäre absurd.“ Grell schnaubte. „Die Geschichte würde dir niemand abnehmen. Schließlich war er schon tot, als du hier angekommen bist.“

„Deshalb bin ich doch unschuldig!“ Ted stöhnte frustriert, als der Hoffnungsfunke erlosch und die Kopfschmerzen anfingen.

„Nun, was das angeht …“ Grell fletschte grinsend die Zähne.

Ted ignorierte ihn. „Ich kann einfach nicht fassen, dass du die Biester alle aufgefressen hast. Wie eklig. Und dämlich. Du hättest sie wenigsten vorher fragen können, wer sie geschickt hat!“

„Ich war etwas abgelenkt, weil du nicht aufgewacht bist“, grummelte Grell und sah ihn verlegen an. „Ich konnte nicht klar denken.“

„Ich hoffe, die Biester liegen dir wenigstens schwer im Magen!“ Ted wollte sich umdrehen, gab es aber auf, als ihm ein heftiger Schmerz durch den Körper zuckte. „Scheiße!“

„Sei vorsichtig.“ Grell legte ihm eine seiner großen Pfoten auf die Brust und hielt ihn fest. „Ich habe dir doch gesagt, dass es noch eine Weile dauern wird. Bei den verdammten Hörnern des Großen Azaethoth, du tust dir nur weh, du kleiner Sturkopf!“

„Ah, wie süß. Wer hätte gedacht, dass diesem verdammten Arschloch so viel an mir liegt?“ Ted grinste ihn schief an und legte ihm eine Hand auf die große Pfote. Sein Herz machte einen kleinen Purzelbaum. Es war unglaublich. Er lag hier mit einem Katzenmonster im Bett, aber anstatt sich zu Tode zu fürchten, kuschelte er mit ihm und fühlte sich zutiefst glücklich und zufrieden.

Kein Telefon, das ihn nachts um vier wecken konnte, weil er eine verstorbene Seele – beziehungsweise ihre sterblichen Überreste – aus einem Badezimmer holen und verstörte Angehörige beruhigen musste, die vom Ableben ihres Familienmitglieds überrascht worden waren. Keine Geister, die von ihm Antworten erwarteten, die er ihnen nicht geben konnte. Ted konnte sich nicht erinnern, wann er das letzte Mal so gut geschlafen hatte.

Die oft deprimierende Routine seines Alltags war abgelöst worden durch die aufregende Lust auf Abenteuer und den überraschend willkommenen Avancen dieses verdammt charmanten Königs, der in jeder Gestalt – ob als Mensch oder Katze – gleichermaßen anziehend war. Teds gegenwärtige Lage war mehr als nur verrückt, aber er wurde das Gefühl nicht los, dass er genau da war, wo er hingehörte.

„Es wäre mir ziemlich unangenehm, wenn dir etwas zustoßen würde“, gestand Grell ausweichend und senkte schnaufend den Blick. „Ich muss schließlich nicht jeden Tag einen Mordverdächtigen verteidigen, verstehst du?“

„Na sicher. Und du machst das spitzenmäßig“, schnaubte Ted.

„Hey! Wir haben einige interessante neue Spuren!“

Ted, der sich eben noch so wohlgefühlt hatte, wurde ärgerlich. „Und welche wären das? Silas hat uns nur mit dämlichen Rätseln überhäuft! Unsere Angreifer hast du alle aufgefressen! Und ich weiß immer noch nicht, was dieses verdammte Sternenkind ist!“

„Beruhige dich. Ich erkläre es dir.“

„Ich bin die Ruhe in Person“, protestierte Ted empört. „Niemand ist so ruhig wie ich.“

Grell wirkte nicht sehr überzeugt.

„Ich … ich habe einfach eine Scheißangst“, sagte Ted seufzend. „Im einen Moment bin ich noch zu Hause und kümmere mich um meine eigenen Angelegenheiten, im nächsten … *Puff!* Bin ich auf einmal hier in Xenon. Ich wusste vorher gar nicht, was Xenon ist und dass es das überhaupt gibt. Ich wusste nicht, dass es euch gibt und dass ihr alle real seid.“

„Und jetzt steckst du plötzlich bis zum Hals mit drin, hm?“ Grell sah ihn nachdenklich an.

„Ich liege mit einem riesigen Katzenkönig im Bett und merkwürdige Fischwesen wollen mich umbringen. Es ist verwirrend. Und verdammt frustrierend.“ Ted tätschelte Grells Pfote und schloss die Augen. „Es ist um Klassen besser, als Leichen abzuholen und sich mit Geistern rumzuärgern, aber es nervt trotzdem.“

„Keine Sorge“, sagte Grell und stupste ihn mit der Schnauze an. „Ich habe nicht vor, dich im Stich zu lassen. Ich helfe dir raus aus diesem Schlamassel. Dann bist du wieder frei.“

„Weißt du was? Du kannst richtig nett sein. Wenn du willst.“ Ted lächelte, als Grell ihn fester an sich zog. „Das macht es fast wett, dass du diese Fischdinger aufgefressen hast.“

„Nicht weitersagen“, flüsterte Grell. „Ich muss auf meinen Ruf achten.“

„Pfft.“ Ted legte den Kopf in den Nacken. „Und was ist dieses Sternenkind? Was hat Silas damit gemeint?“

„Also gut, mein Schatz. Du bist zwar Lucianer, aber du weißt doch, wer der Große Azaethoth ist, ja?“

„Der oberste Boss der Götter?“

„Genau“, erwiderte Grell. „Die meisten Gläubigen halten Etheril und Xarapharos für seine ältesten Kinder. Die beiden sind Zwillinge und alle anderen Götter stammen von ihnen ab.“

„Aber in Wirklichkeit war dieses Sternenkind sein erstes Kind?“ Ted gab sich Mühe, Grells Erklärungen zu folgen.

„Ja. Das Erstgeborene des Großen Azaethoth war ein Kind des Sternenlichts, aber es starb in seinen Armen, bevor es den ersten Atemzug nehmen konnte.“

„Oh. Total schiefgelaufen.“

„Richtig. Und Azaethoth war darüber natürlich auch nicht sehr glücklich, wie du dir gut vorstellen kannst. Seine Trauer war endlos und seine Tränen drohten, das Universum zu überfluten. Seine Tränen wurden in einem extra dafür gegrabenen Brunnen gesammelt, der sich an einem geheimen Ort befindet.“

„Ein … ein Brunnen voller Tränen?“ Ted zog eine Grimasse. „Hört sich sehr salzig an. Und eklig.“

„Aber auch sehr machtvoll“, sagte Grell. „Es sind schließlich die Tränen des Großen Azaethoth. Ihr magisches Potential ist nahezu unbegrenzt. Deshalb sind sie gefährlich. Und sie existieren nur aus einem einzigen Grund.“

„Und der wäre?“

„Das Sternenkind zu vernichten.“

„Das Sternenbaby? Ich dachte, das wäre schon tot!“

„Ja“, erwiderte Grell. „Aber der Große Azaethoth ist ein sehr beharrlicher Gott. Er versucht ständig, sein Kind wieder zum Leben zu erwecken.“

„Um es dann wieder umzubringen? Mit seinen eigenen Tränen?“ Ted konnte es nicht fassen. „Was soll denn das?“, fragte er entsetzt.

„Es gibt Dinge, an denen sollte man nicht rühren." Grell lächelte traurig. „Trauer ist ein mächtiges Gefühl. Der Große Azaethoth bringt das Kind zurück, um seine Trauer zu mildern. Aber diese Trauer korrumpiert das Sternenlicht und verwandelt das Kind in ein ungezügeltes, gefährliches Monster. Das Sternenkind wird zu einer Bedrohung für das gesamte Universum. Es wird nur wiedergeboren, um von seinem Vater getötet zu werden, bevor es die Welt vernichten kann."

„Das ist die beschissenste und deprimierendste Geschichte, die ich jemals gehört habe", grummelte Ted. „Und in meinem Job ist fast alles deprimierend."

„Ja, es ist ein echte Downer", stimmte Grell ihm zu. „Aber leider ist die Geschichte wahr. Sagittarier – also die Weißen – geraten komplett aus der Fassung, wenn jemand über das Sternenkind spricht. Das Thema ist tabu. Aber es ist keine Legende. Kein Mythos."

„Und Silas ist hinter diesem Sternenkind her?"

„Wahrscheinlich. Es heißt, das Sternenkind könne mit seinen magischen Kräften auch Tote wieder zum Leben erwecken. Aber es kann auch Lebenden ihre Lebenskraft rauben. Wie toll."

„Sie glaubt also, das Sternenkind könnte ihr Mire zurückbringen", überlegte Ted.

„M-hm."

„Und wo steckt das verdammte Ding gerade?"

„Die letzte Sichtung sollte vor ungefähr zwanzig Jahren gewesen sein", meinte Grell und zuckte mit den Schultern. „Mir ist nichts aufgefallen. Vielleicht versteckt es sich irgendwo oder ist schon wieder tot. Keine Ahnung."

„Aber du hast diese Gerüchte erwähnt", hakte Ted nach. „Was weißt du darüber?"

„Kleiner Klugscheißer", grummelte Grell und bleckte die Zähne.

„Bin ich nicht. Ich war schließlich dabei, als du es gesagt hast." Ted schnaubte. „Komm schon. Raus damit!"

„Na gut!" Grell schlug genervt mit dem Schwanz. „Das Sternenkind ist wie der Große Azaethoth. War immer da, ist immer und wird immer da sein. Sein Zyklus von Geburt und Tot ist ewig und nicht voraussagbar. Aber es scheint gerne nach einem besonderen Himmelsereignis zu sterben. Warum auch immer. Wir wissen also nie, wann es gerade lebt oder wiedergeboren wird, aber wir wissen, wann es stirbt.

Seine Seele ist nicht so wie die Seelen der anderen Götter. Wenn sie die Brücke überschreitet, wird alles schwarz. Es dauert Monate, bis die Brücke wieder zu leuchten beginnt. Vor ungefähr neunzehn Jahren gab es ein ziemlich spektakuläres Himmelsereignis – der perfekte Zeitpunkt für das Sternenkind, sich umbringen zu lassen. Aber es ist nichts passiert. Und im letzten Jahr gab es wieder ein solches Ereignis und … nichts. Absolut nada.

Trotzdem sind einige merkwürdige Dinge passiert. Dinge, die seit Jahrhunderten nicht mehr vorgekommen sind. Götter sind erwacht und wandeln auf Aeon und – bei den Hörnern des Großen Azaethoth – es sind sogar Götter *ermordet* worden! Und dann noch die verdammten Seelen, die einfach von der Brücke verschwinden …“

„Seelen verschwinden von der Brücke?“, unterbrach ihn Ted und runzelte die Stirn. Er musste daran denken, was Kunst ihm gesagt hatte. Ted hätte Kunsts Warnung fast vergessen, weil Grell ihn abgelenkt hatte. Warum musste dieser Kerl auch so verdammt nett sein? Ted versuchte, sich aus Grells Pfoten zu befreien, um klar denken zu können.

Nicht, dass er Kunst mehr vertraute als Grell. Dazu gab es keinerlei Anlass. Aber andererseits war er von einem Geist auch noch nie belogen worden.

Als er sich aufsetzen wollte, schoss eine Welle des Schmerzes durch seinen Körper. „Verdammte Scheiße!“ Er fasste sich stöhnend ans Bein.

„Was ist los?“, erkundigte sich Grell besorgt und stieß ihn mit der Schnauze an.

„Nichts! Ich meine … *Aua!* Es tut so verdammt weh!“ Ted suchte nach einer schmerzfreien Position. Grell legte die Pfoten um ihn und wollte ihn zurückziehen. „Okay, okay. Können wir mit der Schmuserei kurz aufhören?“

„Du solltest dich nicht bewegen“, sagte Grell tadelnd.

„Ich höre sofort mit dem Bewegen auf, wenn du damit aufhörst, so aggressiv zu kuscheln und mich mit deinen riesigen Pfoten zu betatschen! Könntest du vielleicht, äh … wieder so werden wie vorher? Menschlich, meine ich.“

„Na gut“, grummelte Grell, wurde kleiner und das Fell verschwand. Kurz darauf hatte er wieder seine menschliche Gestalt angenommen.

Ted lag halb auf Grells breiter Brust, und sich zu bewegen war das Letzte, woran er jetzt dachte. Er konnte Grells warmen Körper spüren und seine starken Hände, die ihm zärtlich über den Rücken strichen. Hitze stieg ihm ins Gesicht und er wurde rot.

„Besser so?“, fragte Grell besorgt.

„Das ist, äh … gut.“ Ted traute sich nicht, nach unten zu schauen. Er wusste schon, dass Grell nackt war, und wollte sich durch den Anblick nicht noch mehr in Verlegenheit bringen.

Aber es fühlte sich gar nicht so fremd an, im Gegenteil. So, wie Grell ihn ansah, wollte Ted hier nie wieder weg. Er fühlte sich sicher und behütet.

„Ich dachte, du wolltest dich bewegen?“ Grell zog eine Augenbraue hoch.

„Alles bestens.“ Ted räusperte sich. „Äh … diese vermissten Seelen?“

„Die vermissten Seelen?“

„Fang nicht schon wieder mit dem alten Mist an.“ Ted kniff die Augen zusammen. „Wir haben uns eben noch so nett unterhalten. Warum musst du meine Fragen immer mit einer Gegenfrage beantworten?“

„Wenn du die richtige Frage stellst, bekommst du die richtige Antwort“, sagte Grell grinsend.

„Sind diese Seelen Verstummte?“, wollte Ted wissen und freute sich klammheimlich, als Grell das Grinsen aus dem Gesicht fiel.

„Wer hat das gesagt?“, knurrte Grell. „Etwa dieser kleine Geist, der gemeint hat, ich könne dich mal am Arsch lecken?“

Ted schluckte. „Keine Ahnung. Vielleicht. Warum willst du das wissen? Hast du vor, seinen Rat zu befolgen?“, konterte er.

„Ich würde dir lieber den Schwanz lutschen.“ Grell grinste breit, als er sah, dass Ted rot wurde. „Was hältst du davon?“

„Vielleicht will ich das gar nicht“, sagte Ted. „Vielleicht will ich lieber über diese verstummten Seelen reden und darüber, was dein verrückter Sohn mit meinem Freund vorhat.“

„Oh, unser kleiner Geist ist eine veritable Plaudertasche!“ Grell lachte und fuhr Ted mit den Fingern über den Rücken. „Naja – wenn du darauf bestehst …“

„In der Tat, ich bestehe darauf“, erwiderte Ted.

„Und ich bestehe darauf, dich zum Dinner einzuladen, bevor wir unseren fleischlichen Gelüsten nachgeben.“ Grell sah ihn ernst an.

„Verdammt aber auch!“ Ted wollte von ihm wegrollen, schrie aber auf vor Schmerz, als sich seine geplagten Muskeln bemerkbar machten. „Aua, aua …!“

„Oh Theodore, mein armer Schatz!“ Grell zog ihn lachend wieder in die Arme. „Immer mit der Ruhe. Es tut mir leid. Ich konnte nicht widerstehen“

„Arschloch“, fluchte Ted. Grells Manöver hatte dazu geführt, dass Ted jetzt komplett auf ihm lag.

„Ich bekenne mich schuldig.“ Grell lächelte strahlend und streichelte ihm wieder den Rücken.

Ted war erschöpft von der Rauferei. Er legte den Kopf auf Grells Schulter und gab auf. „Ich ergebe mich.“

„Dinner also?“

„Hä?“

„Darf ich dich zum Dinner einladen?“, fragte Grell. „Wir können unsere Diskussion über Seelen, Monster und Götter beim Essen fortführen. Was meinst du? Oder habe ich etwas vergessen?“

„Grell …“ Ted zögerte. „Wir haben nicht viel Zeit und ich weiß nicht, ob …“

„Oh, natürlich! Der Fellatio! Diesen verführerischen Vorschlag hätte ich fast vergessen.“

„Allen Ernstes?“, knurrte Kunst angewidert. „Ich versuche, dir aus der Patsche zu helfen, und du landest mit ihm im Bett?“

Ted wurde feuerrot. Wie sollte er sich gegen einen Geist verteidigen? Er beschloss, Kunst für den Moment zu ignorieren und sich auf das eigentliche Thema zu konzentrieren. „Warum sind diese verstummten Seelen so wichtig?“

„Die Brücke bezieht ihre Energie aus den verstummten Seelen“, grummelte Kunst ungeduldig.

„Sie sind die Energiequelle der Brücke", erwiderte Grell nahezu gleichzeitig. „Was ist jetzt mit dem Dinner? Ja oder Nein?"

„Nur, wenn du mir erklärst, warum es eine solche Katastrophe ist, wenn ein paar Seelen weniger über die Brücke kommen."

„Ich weiß nicht, ob es dir schon aufgefallen ist, aber die Brücke hat in letzter Zeit ihren Glanz verloren. Es ist nicht nur so, dass einige Seelen vermisst werden und es dadurch weniger geworden sind. Es ist so, dass überhaupt keine Seelen mehr zu uns kommen. In Aeon muss etwas passiert sein. Die Verstummten sterben nicht mehr. Das heißt, dass die Seelen, die nach hundert Jahren die Brücke verlassen und weiterziehen, nicht mehr ersetzt werden."

„Nach hundert Jahren?"

„Alle verstummten Seelen ...", fing Kunst an.

„Alle verstummten Seelen verbringen hundert Jahre auf der Brücke, bevor sie weiterziehen", setzte Grells stärkere Stimme sich gegen Kunst durch.

Kunst knurrte irritiert.

„Sie haben keine eigene Magie und müssen sich die Passage über die Brücke verdienen", fuhr Grell fort, der Kunst nicht hören konnte. „Es dauert mindestens hundert Jahre, bis sie genug Magie angesammelt haben, um sich aufzulösen und nach Zebulon kommen zu können. Was ist jetzt mit dem Dinner heute Abend?"

„Dann sind sie also keine Sklaven hier?", fragte Ted.

„Nein, natürlich nicht", erwiderte Grell pikiert. Teds Frage hatte ihn offensichtlich verletzt.

„Ha! Er lügt!", mischte sich Kunst ein. „Frag ihn doch, was Visseract und Gronoch treiben! Frag ihn nach den Katakomben!"

„So." Ted legte die Hand auf Grells Brust. „Ich will ehrlich sein. Der Geist, von dem ich dir erzählt habe?"

„Nein, nein! Wage nicht, ihm von mir zu erzählen!", zischte Kunst. „Wir haben die Möglichkeit, den Seelen zu helfen, und ..."

„Der Geist, der gesagt hat, ich solle dir nicht trauen?", fuhr Ted etwas lauter fort, um Kunst zu übertönen. „Nun, er ist gerade hier im Zimmer. Und er besteht darauf, dass du mich anlügst und ich dich nach Visseract und Gronoch und irgendwelchen Katakomben fragen soll."

„Gronoch?" Grell riss erschrocken die Augen auf und kniff sie sofort wieder zusammen.

„Wer ist das?"

„Der Gott der Heilung und der Reue. Der zweitälteste Sohn von Salgumel und Urilith."

„Oh", sagte Ted. „Das hört sich doch gar nicht so schlimm an."

„Ist es aber", riefen Kunst und Grell im Chor.

„Verdammte Scheiße", knurrte Ted genervt und zeigte mit dem Finger in die Richtung von Kunsts Stimme. „Du da! Du hältst jetzt kurz den Mund, ja?"

„Unverschämtheit!", empörte sich Kunst.

„Okay!“ Ted atmete tief durch. „Gronoch ist ein böser Gott und Visseract ist dieser Fisch, der mich im Knast sehen will. Habe ich das richtig verstanden?“

„Ja“, erwiderte Grell fauchend. „Genau der.“

„Die Katakomben!“, mischte Kunst sich wieder ein. „Vergiss den anderen Unsinn! Ich weiß, was ich gesehen habe! Frag ihn nach den Katakomben!“

„Hör jetzt endlich mit diesen verdammten Katakomben auf!“ Ted stöhnte frustriert. Es war verrückt, mit jemandem zu reden, den Grell nicht sehen konnte. „Das nervt.“

„Einen Moment“, sagte Grell, schnipste mit den Fingern und hielt die große Glaskugel hoch, die in seiner Hand auftauchte. „Komm her, du Gespenst. Schau dich da drin um, damit wir uns endlich nett und zivilisiert unterhalten können.“

„Das ist eine Falle“, knurrte Kunst.

„Er sagt, es sei eine Falle“, wiederholte Ted.

„Natürlich ist es eine Falle“, bestätigte Grell. „Es ist eine Geisterkugel. Ich binde seinen dämlichen Arsch an diese Kugel. Aber wir können uns wenigstens normal unterhalten.“ Er sah sich suchend um. „Wie gefällt die das, du Gespenst? Du scheinst so viel über mich zu wissen. Willst du es mir nicht wenigstens direkt ins Gesicht sagen?“

„Das werde ich bestimmt noch bereuen“, grummelte Kunst frustriert. Dann leuchtete die Kugel auf und füllte sich mit einem milchig-blauen Licht. „Und jetzt hörst du mir zu, du Königliche Hoheit! Ich bin Professor Emil Kunst und kann persönlich bezeugen, was diese ruchlosen Unholde in den Katakomben ausgeheckt haben! Es ist eine Verschwörung!“

„Herzlichen Glückwunsch! Es ist dir vielleicht noch nicht aufgefallen, aber Verschwörungen gehören zu den zehn beliebtesten Hobbys in Xenon. Es gibt sogar einen eigenen Verein dafür. Mit T-Shirts und allem.“

„Was zum Teufel sind diese Katakomben?“, wollte Ted wissen.

„Unterirdische interdimensionale Kanäle, die unter Xenon verlaufen“, erwiderte Grell hastig. „Manche sind in Xenon selbst, andere weit davon entfernt und einige liegen dazwischen.“

„Hä?“

„Verbindungen – oder Orte – zwischen den Welten, mein Schatz.“ Grell tätschelte ihm die Schulter.

„Und was sollen ein Gott und so ein Fischkerl da unten wollen?“

„Sie bereiten die Katakomben für die verstummten Seelen vor!“, rief Kunst und die Glaskugel flackerte vor Wut. „Ich habe sie gehört! Gronoch hat einen Weg gefunden, die Verstummten als Sklaven zu missbrauchen. Visseract soll ihm mehr Seelen liefern!“

„Ha!“, schnaubte Grell. „Wenn die Seelen erst in Xenon sind, kann sie niemand von hier wegholen. Und – falls dir das noch nicht aufgefallen sein sollte – wir haben momentan selbst Lieferengpässe. Du hast sie bestimmt falsch verstanden.“

„Ich weiß genau, was ich gehört habe!“, fauchte Kunst. „Und ich weiß auch, dass diese Katakomben nur für Mitglieder der königlichen Familie zugänglich sind. Also hast du sie reingelassen! Und du hast damit gegen eure eigenen Vorschriften verstoßen, dass kein lebender Gott Xenon betreten darf!“

„Gibt es noch mehr Diffamierungen oder Verschwörungstheorien, die du uns mitteilen möchtest?“, erkundigte sich Grell trocken.

„Ja! Was immer Gronoch mit diesen verstummten Seelen vorhat – es kann nur bedeuten, dass er Salgumel wiedererwecken und die Welt zerstören will. Sein Bruder Tollmathan hat es auch schon versucht und ich bin gestorben, um ihn daran zu hindern! Ich werde nicht zulassen, dass es noch einmal passiert! Nicht, solange ich noch kämpfen kann!“

„Wie tragisch. Vielen Dank für dein Opfer. Das war sehr lehrreich. Wir können demnächst weiter darüber plaudern. Tschüss!“ Grell schnipste mit den Fingern und die Kugel verschwand. „Irritierender kleiner Kerl, nicht wahr?“

„Hey!“, protestierte Ted. „Hältst du das nicht für wichtig? Vielleicht hat er ja recht.“

„Womit?“

„Damit, dass Götter die Welt zerstören wollen! Ist das etwa keine große Sache für dich?“

„Pfft!“ Grell winkte ab. „Eine Krise nach der anderen. Wir müssen uns jetzt auf einen neuen Mordverdächtigen konzentrieren.“

„Müssen wir?“

„Der Ergebene Visseract ist gerade an die Spitze der Liste vorgerückt“, sagte Grell. „Mit einer Sache hatte dieses Gespenst nämlich wirklich recht – nur Mitglieder der königlichen Familie dürfen die Katakomben betreten.“ Er hob den Finger. „Aber ich habe Mire vor einiger Zeit einen Schlüssel ausgeliehen, damit er einige der alten Gewölbe untersuchen kann.“

„Dann hast du ihn also nicht reingelassen. Und dein verrückter Sohn scheidet auch aus, weil der damit beschäftigt war, mir als Katze auf die Nerven zu fallen.“

„Richtig“, sagte Grell seufzend und massierte sich die Stirn. „Also gibt es nur noch zwei Möglichkeiten. Entweder hat Mire mit ihnen unter einer Decke gesteckt oder – und das halte ich für wahrscheinlicher – er war ein unschuldiges Opfer der Verschwörer.“

„Wieso freust du dich nicht?“ Ted runzelte die Stirn. „Ist das nicht gut? Ob so oder so – ich bin auf jeden Fall unschuldig!“

„Ich freue mich nicht darüber, weil ich jetzt entscheiden muss, ob ich Zebulon den Krieg erkläre.“

„Krieg?“ Ted rutschte das Herz in die Hose.

„Keinem lebenden Gott ist es erlaubt, Xenon zu betreten.“ Grell lächelte schief. „Das ist eine der Bedingungen des Vertrags, den wir mit dem Großen Azaethoth geschlossen haben, als er uns Xenon überließ. Natürlich kann niemand verhindern, dass die Götter nach Xenon kommen. Aber im Sinne des Vertrags ist es ein kriegerischer Akt."

„Krieg. Krieg wie … kämpfende Götter?" Ted wollte sich aufsetzen und stöhnte, als sich seine Muskeln wieder verkrampften. Es schmerzte höllisch, aber er gab nicht auf. „Komm schon! Scheiße! Das kannst du doch nicht ernst meinen, oder …?"

„Ich meine es sogar sehr ernst", sagte Grell und verzog das Gesicht, als er Teds vergebliche Bemühungen sah. „Könntest du das bitte lassen? Es tut schon weh, dir nur zuzusehen."

„Die Katakomben!", rief Ted aufgeregt und ließ sich jammernd wieder zurückfallen. Grell hatte recht. Der Schmerz war nicht auszuhalten. „Mist!"

„Ich habe dir doch gesagt, du sollst es seinlassen", knurrte Grell und rollte sich auf ihn, damit Ted endlich liegenblieb.

„Hör mir zu, verdammt!", rief Ted hilflos. „Wir müssen eine andere Lösung finden!"

„Das ist *mein* Problem. Damit hast du nichts zu tun", grummelte Grell.

„Du hast gesagt, ein Teil der Katakomben wäre nicht in Xenon", keuchte Ted. „Habe ich das richtig verstanden?"

„Ja", erwiderte Grell misstrauisch, als würde er eine Falle befürchten.

„Dann weißt du doch gar nicht, ob dieser Gronoch wirklich in Xenon war!" Ted lächelte ernst. „Also hast du auch keinen Grund, deswegen einen Krieg anzufangen, oder?"

Grell stutzte. „Aber Theodore", schnurrte er. „Was bist du doch für ein süßes kleines Genie! Ich könnte dich küssen."

„Ja?" Ted starrte auf Grells Lippen und schluckte. Er ärgerte sich noch nicht einmal mehr darüber, dass Grell beharrlich einen falschen Namen benutzte. Ihn zu korrigieren war das Letzte, woran er jetzt dachte.

Grell lag auf ihm, nackt. Und natürlich reagierte Ted darauf. Wie konnte es auch anders sein? Er fühlte sich schwach und verwundbar, aber auch unendlich sicher und behütet.

Er fühlte sich … *begehrt.*

Ted hatte schon lange nicht mehr ein solches Verlangen nach einem Mann verspürt. Die Luft zwischen ihnen schien elektrisch aufgeladen. Grell musterte ihn von oben bis unten, als würde er ihn zum ersten Mal sehen. Dann neigte er den Kopf, bis sich ihre Lippen fast berührten.

„Ja", sagte Grell und stieß ihn mit der Nase an. „Ich könnte dich jetzt küssen. Aber natürlich nur, wenn du das auch willst."

„Na ja, wenn du auch willst, dass ich es will …", flüsterte Ted und holte zitternd Luft. „Ich meine … hast du dir die Zähne geputzt, nachdem du diese Fischdinger gefressen hast?"

„Sogar zusätzlich mit Zahnseide." Grells Mund schwebte über seinem, kam nicht näher, entfernte sich aber auch nicht. Ted wusste nicht, ob es eine gute

Idee war. Er wäre vor einigen Stunden fast gestorben und hatte Grell gerade einen Krieg mit den Göttern ausgeredet. Vielleicht wäre ein Kuss im Moment nur ein zusätzliches Risiko…

„Hmm“, brummte Grell und leckte sich über die Lippen. Seine Zunge huschte wie ein Lufthauch über Teds Mund, so nahe waren sie sich. „Ich will nur, dass du es auch willst, wenn du wirklich willst, dass ich …“

Genug damit. Scheiß drauf.

Ted ignorierte seine protestierenden Muskeln und hob den Kopf. Und dann küsste er Grell.

6

GRELL ERWIDERTE den Kuss mit aller Leidenschaft. Er fiel mit seiner rauen Zunge über Teds Mund her und drückte ihn in das weiche Kissen. Grells Zunge erinnerte an die einer Katze, aber sein Kuss war heißer, als Ted es sich jemals vorgestellt hätte. Er wusste, er würde ihn nie wieder vergessen.

Noch vor wenigen Tagen war er in seinem deprimierenden Job gefangen, von Geistern besessen – im wahrsten Sinne des Wortes! – und allein mit seiner Sehnsucht nach Liebe und Zuneigung. Und jetzt? Jetzt küsste er einen unglaublich attraktiven König in einem strahlenden Schloss, das unter den Sternen schwebte.

Sicher, da waren dieser dämliche Mordverdacht und die Tatsache, dass der König sich in ein Katzenmonster verwandeln konnte. Trotzdem. Es war definitiv eine Verbesserung.

Ted stöhnte und packte Grell an den Schultern. Er liebte das Gefühl von Grells rauer Zunge an seiner eigenen. Er liebte Grells weiche Lippen und diese starken Hände, mit denen Grell seinen Körper erkundete.

Ted wollte sich um seinen König schlingen und … *aua, aua*!

Richtig.

Er hätte beinahe das Gift dieser ekligen Fischmonster vergessen.

„Mist!“, fluchte er und unterbrach ihren Kuss, als ihm die Schmerzen durch die Glieder schossen. „Uff. Sorry.“

„Schon gut“, sagte Grell zärtlich und lächelte ihn so liebevoll an, dass er um Jahrzehnte jünger wirkte. Er rieb sich mit dem Gesicht an Teds Wange und drückte ihm einen süßen Kuss auf den Mund. „Hmm… entspann dich. Und versuche, dich nicht zu bewegen.“

„W-was hast du vor?“, fragte Ted nervös.

„Mich um dich kümmern“, erwiderte Grell und seinen goldenen Augen leuchteten hell, als er Ted ansah. Er fuhr ihm mit der Hand über den dünnen Stoff der Tunika, fand Teds Nippel und streichelte sie sanft.

Ted stöhnte wieder auf. Ein Schauer lief ihm über den Rücken und sein Schwanz wurde hart. Er konnte sich nicht verstecken, konnte sich nicht entspannen. Er wollte sich bewegen können, die Initiative übernehmen. „Grell, sollte ich nicht …“, begann er und ballte die Fäuste.

„Theodore“, unterbrach Grell ihn streng und küsste ihn wieder. „Wenn ich aufhören soll, musst du es nur sagen. Wenn nicht, dann bleib liegen und entspann dich, damit ich deine kleine Welt erschüttern kann, ja?“

„O-okay“, sagte Ted und versuchte es. „Ich kann das. Absolut kein Problem.“

„Du bist es gewohnt, die Kontrolle zu übernehmen, nicht wahr? Deshalb fühlst du dich jetzt wie ein Versager.“ Grell fuhr ihm mit dem Finger über die Brust nach unten. Die Tunika verschwand. „Du wünschst dir jemanden, der die Initiative übernimmt, aber du weißt nicht, wie du darauf reagieren sollst. Es ist schon so lange her …“

„Mist“, sagte Ted. Grell küsste ihn auf die nackte Brust und den Bauch. Ted wimmerte leise. Sein Schwanz zuckte. Es war ein erregendes Gefühl, so unter Grell zu liegen und sich nicht rühren zu können. Er konnte nichts tun, außer Grells Verlangen nachzugeben. „Ja“, flüsterte er.

„Alles gut“, versprach ihm Grell und bedeckte seine Hüfte mit feuchten Küssen. „Überlass alles mir. Ich bin für dich da.“

„Was, äh, machst du da?“, fragte Ted neugierig.

„Ich habe eine wunderbare Idee“, neckte ihn Grell, leckte sich die Lippen und streichelte Ted über die muskulösen Schenkel. „Ich glaube, ich werde dir jetzt den Schwanz lutschen.“

Ted konnte den Blick nicht von Grells Zunge abwenden. Ihm war vorher noch nicht aufgefallen, wie lang sie war – viel länger als bei einem normalen Menschen.

Grell, dem Teds faszinierter Blick offensichtlich aufgefallen war, streckte die Zunge noch weiter raus und zwinkerte ihm zu. Ja. Definitiv lang und dick und wie gemacht für sündhafte Dinge.

„Oh Mann …“, entfuhr es Ted.

„Oh ja.“ Grell schaute nach unten und senkte den Kopf. Er rieb sich mit der Wange an Teds hartem Schwanz und atmete seufzend ein. „Mmm … das schmeckt bestimmt fantastisch. Ich weiß es jetzt schon.“

„Wie heiß“, keuchte Ted. „Nur …“ Er brachte den Satz nicht zu Ende, weil er sich nicht blamieren wollte.

Sei sanft? Sei geduldig? Wundere dich nicht, wenn es nur Sekunden dauert?

„Keine Sorge, mein Schatz. Ich werde dich morgen früh auch noch respektieren“, scherzte Grell und öffnete den Mund. Seine Lippen schlossen sich um Teds Schwanz.

Die feuchte Hitze ließ Ted laut aufstöhnen. Er musste sich zusammenreißen, sonst hätte er sich wieder bewegt. Mit großen Augen sah er zu, wie sein Schwanz in Grells Mund verschwand. „Verdammt … so gut!“, quiekte er.

Grell saugte ihn langsam ein und leckte ihn von oben bis unten mit seiner rauen Zunge. Es war ein merkwürdiges Gefühl und so unglaublich gut, dass Ted nicht glaubte, es lange aushalten zu können. Er atmete einige Male tief durch und konzentrierte sich ganz darauf, es so lange wie möglich genießen zu können. Es fiel ihm nicht leicht.

Was Grell dann machte, sollte eigentlich unmöglich sein. Er wickelte seine lange Zunge komplett um Teds Schwanz, drückte damit leicht zu und bewegte sie kreisend auf und ab.

„Oh … verdammt!“ Ted klammerte sich mit beiden Händen am Laken fest. Es war ein so intensives Gefühl, von allen Seiten in diese pulsierende Wärme eingehüllt zu sein.

Grell schaute auf und schaffte es irgendwie, dabei noch ein zufriedenes Gesicht zu machen. Seine Zunge hörte nicht auf, um Teds Schwanz zu kreisen, während er Ted immer tiefer in sich hineinschob.

Bis es nicht mehr gab, was er in sich hineinschieben konnte.

Teds Hüften zuckten und er stöhnte in einer Mischung aus Lust und Schmerz. Grell drückte ihn in die Matratze, damit er sich nicht mehr bewegen konnte, was die Sache nur noch geiler machte. Teds Eier zogen sich zusammen und er gab auf. Seine Hoffnung, noch länger durchhalten zu können, war zum Scheitern verurteilt.

Grell ließ sich nicht irritieren. Er schien fest dazu entschlossen, Ted um den Verstand zu bringen. Seine starken Hände packten ihn an den Hüften und streichelten ihm über die Schenkel. Es war der beste Blowjob in Teds Leben.

„Grell!“, rief er warnend, aber es war schon zu spät. Er zitterte am ganzen Leib, zuckte zusammen und kam. Sein Rücken bog sich durch – glücklicherweise spürte er die Schmerzen kaum – und spritzte tief in Grells enge Kehle.

Grell packte ihn knurrend am Arsch und hielt ihn still, während er alles schluckte, was Ted ihm zu bieten hatte. Er hörte nicht auf zu saugen, als wollte er auf keinen Tropfen verzichten, den er aus Ted herauslocken konnte.

„Arghh … oh … oh Gott!“ Ted hörte sich selbst für seine eigenen Ohren hysterisch an. Grell hörte nicht auf und er konnte auch nicht aufhören. Normalerweise müsste er schon so überstimuliert sein, dass es wehtat, aber das war nicht der Fall. Grells sündhafte Zunge hatte ihn total verhext. Teds Orgasmus wollte nicht enden.

Er atmete ein – und kam immer noch.

Er atmete aus – und kam immer noch.

Tränen traten ihm in die Augen und er wusste nicht, ob schreien sollte oder weinen. Oder beides. Dann knurrte Grell und das Feuerwerk der Sensationen ebbte langsam ab. Wie eine Feder, die vom Wind davongetragen wurde und zu Boden sank, ebbte es endlich ab. Ted war fix und fertig.

Grell ließ ihn wieder auf die Matratze sinken und leckte ihm noch einmal mit dieser unglaublichen Zunge über den Schwanz.

„Verdammt …“, röchelte Ted. Grell kam nach oben gekrochen und küsste ihn zärtlich. Teds Lippen kribbelten und ihm rauschten immer noch die Ohren von dem unbeschreiblichsten Orgasmus seines Lebens.

„Womit wir deine Welt erschüttert hätten." Grell grinste zufrieden und drückte ihm einen Kuss auf die Nasenspitze. „Mmm. Du hast besser geschmeckt als erwartet, Theodore."

„Wie toll." Mehr brachte er nicht über die Lippen.

„Warte nur ab, bis du erst meine Schwänze in dir gespürt hast", schnurrte Grell.

„*Schwänze?*", wiederholte Ted ungläubig.

Grell musste sich versprochen haben.

Er konnte unmöglich…

Grell grinste ihn stolz an.

„Oh. Verdammt."

Ted fragte sich, wie er das überleben sollte. Andererseits sprach nichts gegen einen Versuch. „Willst du …?" Er machte eine vage Geste. „Du weißt schon. Es ausprobieren?"

„Hmm … ich glaube nicht, dass du in deinem derzeitigen Zustand dazu in der Lage bist." Grell rollte sich lachend von ihm herunter. „Ich habe es nicht eilig. Es war auch so schon gut, mein Schatz."

„Ja?" Ted grinste.

„Aber sicher", sagte Grell und grinste zufrieden zurück. „Fühlst du dich besser, Liebster?"

„M-hm." Ted schaffte es, sich ebenfalls auf die Seite zu rollen. Er war immer noch etwas erschöpft von seinem Orgasmus. „Du hast es vorhin wirklich ernst gemeint, nicht wahr? Verdammt aber auch, Eure Hoheit."

„Oh, das war noch gar nichts", versicherte ihm Grell, schnipste mit den Fingern und hielt plötzlich ein Glas mit Alkohol in der Hand. „Ich stehe jederzeit zur Verfügung."

„Es war lange her für mich", gestand Ted. Er wusste nicht, wie Asra zu Bettgeflüster standen, war sich aber unsicher, ob der Sex die Beziehung zwischen ihnen verändert hatte.

Vielleicht hatte er keinerlei Bedeutung.

Vielleicht aber doch …

„Für mich auch", erwiderte Grell und schnipste wieder mit den Fingern. Ein zweites Glas tauchte auf, dieses Mal für Ted. „Trotz meines unwiderstehlichen Charismas passiert es mir nicht oft, dass mich jemand begehrt. Jedenfalls nicht, ohne sich davon etwas zu versprechen."

„Weil du der König bist", sagte Ted und wollte sich aufsetzen, um einen Schluck zu trinken. Er verzog das Gesicht.

„Genau." Grell kräuselte die Nase und ein langer, gebogener Strohhalm tauchte in Teds Glas auf. Jetzt konnte er trinken, ohne sich setzen zu müssen.

„Danke."

„Warum ist es bei dir so lange her?“, fragte Grell neugierig. „Du bist ein prachtvolles Exemplar Mann. Du stinkst nicht und es macht Spaß, sich mit dir zu unterhalten.“

„Und du überschüttest mich geradezu mit Komplimenten.“

„Ich meine es ernst!“, protestierte Grell.

„Es ist nicht so, dass ich keine Verabredungen gehabt hätte!“ Ted runzelte die Stirn und saugte an dem Strohhalm. „Aber ich habe mich vor einem Jahr von einem festen Freund getrennt und es war nicht sehr angenehm. Seitdem bin ich vorsichtiger geworden.“

„Was ist denn passiert? Hat er dir das Herz gebrochen? Dich hinterhältig betrogen?“

„Nein. Er hat mir einen Heiratsantrag gemacht.“ Ted verzog das Gesicht.

„Wie bitte?“ Grell schnaubte. „Eure Beziehung ist zerbrochen, weil er dich heiraten wollte?“

„Es war noch zu früh“, erklärte Ted hastig. „Wir waren erst seit einem Jahr zusammen und …“

„Seit einem Jahr? Ist das für euch Menschen nicht ein ziemlicher langer Zeitraum? Ihr werdet doch nur ein halbes Jahrhundert alt oder so.“

„Hey! Wir können locker achtzig werden!“, rechtfertigte sich Ted. „Und es ist nicht so, dass ich ihn nicht geliebt hätte. Ich war nur noch nicht bereit, diesen Schritt zu gehen. Ich habe Angst bekommen. Und als ich seinen Antrag ablehnte, hat er Schluss gemacht.“

„Autsch.“

Ted saugte kräftig an seinem Strohhalm und stöhnte, als ihm der Alkohol in der Kehle brannte. „Ich habe mir dafür schon mehr als genug Vorwürfe gemacht, ok? Ich bin mir sicher, ich habe damit meine einzige Chance auf ein Happy End vermasselt.“

„Warum?“ Grell runzelte die Stirn.

„Ich finde einfach nicht mehr den Richtigen“, antwortete Ted traurig. „Und wenn ich doch mal einen Mann kennenlerne und Zeit für eine Verabredung finden will, macht mein Job es nahezu unmöglich. Keiner hat Lust, ständig zu warten oder versetzt zu werden, weil gerade jemand gestorben ist. Sie verlieren schnell das Interesse.

Ich frage mich oft, was wohl passiert wäre, wenn ich seinen Antrag angenommen hätte. Vielleicht wäre ich dann jetzt nicht so einsam. Vielleicht wäre ich nicht jedes Mal eifersüchtig, wenn ich eine glückliche Familie sehe. Und vielleicht würde es auch meine Arbeit erträglicher machen, wenn es jemanden gäbe, der mich zuhause erwartet.“

„Nun, ich bin jedenfalls froh, dass du ihn nicht geheiratet hast“, meinte Grell.

„Ach ja? Und warum?“

„Wenn du ihn geheiratet hättest, würdest du nicht mit deinem Mitbewohner die Wohnung teilen“, erklärte Grell. „Und dann hättest du meinem Sohn nicht auf die Nerven fallen können und wärst nicht durch das Portal nach Xenon geschickt worden. Wir hätten uns nie kennengelernt."

„Mist." Ted wurde rot. „Du hast recht." Er nippte an seinem Drink. „Und was ist mit dir?"

„Mit mir?" Grell blinzelte verständnislos.

„Ich arbeite den ganzen Tag und der Gestank nach Formaldehyd ist nicht gerade ein Aphrodisiakum. Deshalb bin ich Single. Was ist bei dir der Grund?"

„Ich arbeite auch den ganzen Tag und bisher konnte niemand meinen Gefährten ersetzen." Grell lächelte bittersüß. „Nach seinem Tod war ich sehr … wütend. Ich war wütend, weil ich ihn nicht retten konnte – trotz meiner Macht als König."

Ted fasste ihn an der Hand, obwohl ihn die Bewegung immer noch schmerzte.

Grell verschränkte ihre Finger miteinander. „Es war die Seuche, die ihn mir genommen hat. Hunderte wurden krank und starben und dieser Sturkopf bestand darauf, ihnen zu helfen." Er lachte bitter. „Hat sich angesteckt, der dämliche Kerl."

„Das tut mir leid", sagte Ted, aber seiner Worte hörten sich leer an.

„Er war mein Licht." Grell lächelte traurig. „Nach seinem Tod hat alles seinen Glanz verloren." Er trank sein Glas aus. „Unser Sohn hat es auch nicht gut verarbeitet."

„Dann war er also nicht immer so ein Rotzbengel?", fragte Ted vorsichtig.

„Ha!" Grell lachte. „Doch, das war er. Aber nach Vaels Tod wurde er noch schlimmer."

„Vael. War das sein Name?"

„M-hm." Grell fuhr ihm mit dem Daumen über die Knöchel. „Vael Crem. Wir waren sechshundertsechsundfünfzig Jahre zusammen."

„Mein Gott", murmelte Ted und sah ihn fragend an. „Sechshundertund … wie alt bist du eigentlich?"

„Eine Dame spricht nicht über ihr Alter." Grell klimperte ihn an.

„Ihr Asra werdet wirklich steinalt, nicht wahr?"

„In der Tat", sagte Grell. „Und in all den Jahren habe ich nie wieder jemanden wie Vael kennengelernt…" Er grinste. „Bis du gekommen bist, natürlich."

„Ich?" Ted fühlte sich geschmeichelt. „Ich erinnere dich an deinen Mann? Meinst du das ernst?"

„Ja", sagte Grell. „Ihr seid beide hoffnungslos sture Bastarde."

„Süßholzraspler."

„Und du bringst mich zum Lachen", fuhr Grell fort und küsste Ted auf die Lippen. „Es ist lange her, seit ich so gelacht habe. Seit ich mich so gefühlt habe… Danke."

„Ja", murmelte Ted und ihm wurde warm ums Herz, als er Grell ansah. „Gern geschehen."

Grell lächelte und küsste ihn wieder. Ted wollte ihm näher sein und drückte sich an ihn, zuckte aber mit einem leisen Aufschrei wieder zurück.

„Mist!“

„Hmm, vielleicht sollten wir erst unsere Geduld etwas trainieren, bevor wir uns wieder aufregenden Aktivitäten widmen“, meinte Grell.

„Wahrscheinlich hast du recht“, grummelte Ted und schaute auf, als ihn jemand am Bein zog. Es war der kleine Junge. „Hallo, kleines Kerlchen.“

„Dein Freund?“, erkundigte sich Grell höflich und setzte sich auf, um sein Glas zu füllen und einen tiefen Schluck zu trinken.

„Ja“, sagte Ted und sah sich suchend im Zimmer um. „Ich glaube, ich soll ihm folgen.“ Wieder zog jemand an seinem Bein. „Ja, definitiv.“

„Wohin denn? Zurück in die Bibliothek?“

„Vielleicht.“ Ted versuchte, sich zu konzentrieren. „Da ist etwas… Mist. Ich kann mich nicht erinnern. Er wollte mir etwas sagen. Wenn er so beharrlich ist, muss es wichtig sein.“

„Zeigt er dir oft Sachen, die du finden sollst?“

„Nein“, antwortete Ted und zuckte zusammen, als er aufstehen wollte. „Aua. Nein, das tut er nicht. Es ist nur so ein Gefühl von mir. Als ob es wirklich sehr, sehr wichtig wäre.“

Grell schnalzte mit der Zunge. „Nun, was immer es auch sein mag, es muss warten, bis es dir besser geht.“

„Oh, komm schon!“

„Nein.“ Grell schüttelte den Kopf. „Du bleibst hier, bis ich dich für fit befinde und wieder ermitteln lasse.“

„Ich bin aber schon fit!“, protestierte Ted.

„Wirklich?“ Grell schlug ihm grinsend auf die Schulter. „Dann geh doch! Folge deinem kleinen Freund! Wir werden ja sehen, wie weit du kommst.“

Ted riss seine ganze Kraft zusammen. Er war fest entschlossen, diesem verdammten König zu zeigen, aus welchem Holz er geschnitzt war. Er ignorierte die Schmerzen in seinem Bein und versuchte stöhnend, sich aufzurichten. Fast geschafft …

Ted ließ sich wieder aufs Betten fallen, versteckte das Gesicht im Kissen und gab auf.

„Und? Wie war’s?“, schnurrte Grell zuckersüß.

„Leck mich“, fluchte Ted erschöpft.

Grell half ihm, sich wieder auf den Rücken zu rollen. Dann deckte er ihn vorsichtig zu. „Du bleibst jetzt brav hier liegen, bis dieses eklige Gift endlich seine Wirkung verliert.“

„Ja, mein Schatz“, grummelte Ted und lächelte, als Grell ihn liebevoll an die Brust zog. „Na gut, ich bin brav.“ Er sah sich im Zimmer um. „Sorry, Kleiner. Ich muss noch warten.“

Er war sich nicht sicher, glaubte aber, ein frustriertes Seufzen zu hören.

„Hey, was war das noch, worüber du vorhin gesprochen hast?"

„Ich habe über vieles gesprochen." Grell streichelte ihm über den Kopf. „Du musst schon etwas deutlicher werden, mein Schatz."

„Über mich und den Jungen", erklärte Ted.

„Ah, *das* meinst du."

„Ja, genau *das*!" Ted verzog das Gesicht. „Komm schon, Herr Seelenexperte. Wenn eine Seele nicht an eine lebende Person gebunden werden kann, erklär mir doch bitte, wie das passieren konnte."

„Die einfachste Erklärung wäre, wenn wir davon ausgingen, dass du gar keine lebende Person bist", meinte Grell grinsend.

„Sorry, aber dieses Argument überzeugt mich nicht sonderlich."

„Und du kannst dich an keinen Unfall erinnern?" Grell streichelte ihm über die Brust. „Den Fuß angestoßen oder von einer Klippe gestürzt? Während eines Gewitters im Freien geduscht? Mit dem Handy in der Hand getankt? Wirklich gar nichts in dieser Art?"

„Nein." Ted beobachtete misstrauisch, wie Grell ihm die Hand aufs Herz legte. „Es schlägt doch noch, oder?"

„Natürlich schlägt es noch."

„Warum fragst du mich dann über Unfälle aus?" Ted lachte nervös.

„Wenn der Große Azaethoth sich nicht höchstpersönlich eingemischt haben sollte, gibt es nur zwei Möglichkeiten, eine Seele mit einem Lebenden zu verbinden", erklärte Grell ernst. „Die eine erfordert ein verstummtes Gefäß, was du nicht bist. Bei der anderen ist es gewissermaßen optional, ob man noch am Leben ist."

Ted runzelte die Stirn. „Optional, ob man noch am Leben ist? Das verstehe ich nicht. Was meinst du damit genau?"

„Tot", sagte Grell.

Ted musste lachen. Er hoffte, Grell hätte nur einen Scherz gemacht. Aber Grell sah ihn nur ernst an. Ted verstummte. „Aber ich bin nicht tot!", rief er.

„Im Moment nicht", gab Grell ihm recht. „Jedenfalls habe ich nicht diesen Eindruck." Er stupste Ted mit dem Finger an die Nase. Ted zuckte zusammen. „Nein, bist du nicht. Ich wollte nur auf Nummer sicher gehen. Du lebst."

„Ich könnte mich doch wohl daran erinnern, wenn ich gestorben wäre!", schnappte Ted ihn an.

„Vielleicht", sagte Grell, nahm Teds Hand und legte sie ihm auf die Brust. „Andererseits … vielleicht auch nicht."

Ted spürte, wie sein Herz schlug. Es war eindeutig. Es schlug jetzt sogar etwas schneller. Vermutlich, weil er so aufgeregt war. Oder weil Grell ihn berührte. Warum auch immer.

„Hör zu", sagte Grell und seine goldenen Augen glänzten, als er die Hand fester an Teds Brust drückte.

Ted versuchte es, schloss die Augen und konzentrierte sich auf den Rhythmus seines Herzschlags.

Es schlug schneller und schneller. Und dann…

Noch ein Schlag.

Neben seinem Herzschlag war noch ein zweiter zu hören, der *nicht* ihm gehörte. Er war nur sehr schwach, kaum zu spüren. Aber er war definitiv da und hatte seinen eigenen Rhythmus.

„Das verstehe ich nicht“, flüsterte Ted und klammerte sich an Grells Hand fest. „Was hat das zu bedeuten?“

„Das kann ich dir auch nicht erklären“, erwiderte Grell. „Es ist ein Wunder. Aber ich bin mir sicher, es muss ein Unfall oder eine andere Tragödie sein, die dich und deinen kleinen Freund zusammengeführt hat. Du bist mit ihm gestorben. Ihr seid beide gestorben. Zum selben Zeitpunkt.“

„Und … aber … aber ich lebe noch!“ Ted drehte sich der Magen um. „Das kann nicht sein! Ich bin nicht tot!“

„Ich weiß“, beruhigte ihn Grell. „Weil jemand – oder etwas – dich zurückgebracht hat.“

„Was?“

„So.“ Grell schnalzte mit der Zunge. „Nachdem wir jetzt alle Rätsel gelöst haben, wäre es Zeit für unser Dinner. Was meinst du? Sagst du jetzt endlich Ja?“

7

„ICH GLAUBE, mir wird schlecht“, murmelte Ted entsetzt.

„Ich halte dir die Haare zurück.“ Grell lächelte freundlich.

„Du meinst das ernst“, flüsterte Ted und suchte in Grells Gesicht vergeblich nach Anzeichen dafür, dass der König ihm einen Streich spielte. „Du glaubst wirklich, ich wäre gestorben und wiedererweckt worden.“

„Ich weiß es sogar“, erwiderte Grell nickend und schaute auf ihre Hände, die immer noch auf Teds Brust lagen. „Ich bin alt genug, um schon einiges erlebt zu haben, Liebster. Ich kenne den Preis für Nekromantie.“

„Und der wäre?“

„Ein Opfer“, sagte Grell. „Ein Leben für ein Leben.“

Ted zog erschrocken die Hand zurück. Ihm wurde schlecht, als ihm die Bedeutung von Grells Worten klarwurde. „Du meinst … es ist jemand für mich gestorben?“

„Nur ein kleines bisschen“, beruhigte ihn Grell und streichelte ihm über die Haare. „Jemand hat einen Teil seines Lebens für dich gegeben.“

„Ist das bei Ghuls nicht genauso?“

„Nein“, sagte Grell. „Ein Ghul ist ein Lesezeichen in einer Geschichte, die schon abgeschlossen ist.“

„Und ich?“

„Deine Geschichte hat noch eine Fortsetzung.“

„Mist“, flüsterte Ted erschüttert. „Das muss ich erst verdauen.“

„Haben sich deine Eltern vielleicht zufällig mit Magie befasst? Oder hat einer deiner Freunde mit verbotenen Zaubersprüchen experimentiert?“, erkundigte sich Grell. „Oder hat gar einer deiner Geisterfreunde dich in die Kunst der Nekromantie eingeweiht, hä?“

„Nein.“ Ted schüttelte den Kopf und saugte schlürfend an seinem Strohhalm. „Mein Leben ist verdammt langweilig. Ich arbeite, arbeite noch etwas mehr, komme nach Hause und arbeite wieder. Manchmal telefoniere ich mit meinen Eltern. Es ist deprimierend.“

„Wirklich?“

„Ja. Es war nicht viel los, bis ich hier gelandet bin und mich bei einem heißen König eingenistet habe.“ Ted grinste schüchtern, weil er sich seine Angst nicht anmerken lassen wollte.

„Hmm … dann nimmst du meine Einladung zum Dinner also an?“ Grell strahlte übers ganze Gesicht. „Wo du doch sonst keine Termine hast in deinem überfüllten Sozialkalender.“

„Ja“, sagte Ted und biss sich in die Unterlippe. „Ich meine … falls du auch Zeit hast. Schließlich bist du sehr beschäftigt. Du musst diesen Mordfall aufklären, in den ich unschuldig verwickelt worden bin. Noch sechsundvierzig Stunden, ja?“

Grell seufzte dramatisch. „Ich habe sehr hart daran gearbeitet! So hart, dass ich sogar schon einen Haftbefehl erlassen habe. Für Visseract.“

„Kein Scheiß?“ Ted runzelte die Stirn. „Halt mal … und wann willst du das veranlasst haben?“

„Nachdem dieses Gespenst uns von dem belauschten Gespräch erzählt hat. Noch vor dem welt-erschütternden Fellatio.“ Er grinste. „Ich habe eine mentale Textnachricht geschickt. Ein kleines Talent, das ich von einem Absola aufgeschnappt habe, der Hilfe bei Besitzstreitigkeiten brauchte. Ich wollte die Stimmung nicht ruinieren, mein Schatz. Das verstehst du doch, oder?“

„Sehr rücksichtsvoll von dir.“

„M-hm. Ich habe Wesir Ghulk aufgetragen, sich umgehend darum zu kümmern. Visseract muss sich gedacht haben, dass wir ihm auf die Spur kommen. Er hat sich irgendwo versteckt, der kleine Dreckskerl“, sagte Grell. „Und der Rest seines Klans hat natürlich keine Ahnung, wo er stecken könnte. Aber mach dir keine Sorgen. Wir finden ihn schon noch.“

„Dann hat er Mire also umgebracht, um an den Schlüssel für die Katakomben zu kommen? Oder weil Mire dich über seine Verschwörung mit diesem Gott informieren wollte?“

„Das alles können wir ihn fragen, sobald wir ihn gefunden haben“, meinte Grell. „Mein Sohn hatte Visionen über das bevorstehende Ende der Welt. Das Verschwinden deines Mitbewohners spielte dabei eine wichtige Rolle.“

„Ist es, äh … normal, dass Asra solche Visionen haben?“, fragte Ted.

„Ungefähr so normal wie für Sterbliche, sich mit toten Seelen zu unterhalten. Es ist eine Form des Sternenlichts, ein Geschenk der Götter. Nur wenige von uns haben diese Gabe. Bei euch Menschen kommt sie etwas häufiger vor.“

„Hat die Vision deinem Sohn noch mehr verraten als nur, dass die Welt untergeht und er Jay retten muss?“

„Nein“, erwiderte Grell. „Diese Visionen sind oft sehr obskur. Aber offensichtlich benötigt Gronoch für seinen Plan die Verstummten und – warum auch immer – Jay. Visseract hilft ihm dabei, diesen Plan in die Tat umzusetzen. Das macht ihn zu einem Verräter. Ein Mörder ist er vielleicht auch. Er wird für seine Verbrechen bezahlen, nachdem er mir mehr über diesen perfiden Plan verraten hat. Aber Jays Sicherheit hat oberste Priorität. Was immer sie auch mit ihm vorhaben mögen, er darf ihnen nicht in die Hände fallen.“

„Danke“, sagte Ted erleichtert. „Es nervt, sich so hilflos zu fühlen. Er ist ein sehr guter Freund.“

„Irgendwie hängt das alles miteinander zusammen. Wenn wir die Wahrheit über Mires Tod wissen, erfahren wir vielleicht auch, was Gronoch mit den verstummten Seelen vorhat.“

„Kunst sagt, sie sollen zu Sklaven gemacht werden“, erinnerte ihn Ted. „Aber die Seelen können Xenon nicht verlassen, oder?“

„Nein. Außer …“ Grell verstummte. „Vielleicht sind sie gar nicht hinter den Seelen her und wollen aus einem ganz anderen Grund in die Katakomben. Vielleicht suchen sie dort etwas Bestimmtes.“

„Was gibt es dort unten denn noch?“

„Gräber, alte königliche Artefakte, alte Bücher“, sagte Grell. „Nicht von Bedeutung. Nichts, was einen Gott interessieren könnte.“

„Sollten wir nicht vorsichtshalber in die Katakomben gehen und nachsehen?“, schlug Ted vor und schlürfte an seinem Drink. „Gronoch und Visseract würden sicherlich keinen Krieg riskieren, wenn sie sich dort nur treffen und privat unterhalten wollten.“

„Das stimmt“, gab Grell ihm recht. „Aber erst ruhst du dich aus. Wir können nach dem Dinner auf Entdeckungsreise gehen. Es macht bestimmt Spaß!“

„Dieses Dinner hat es dir mächtig angetan, wie?“, fragte Ted grinsend und lachte laut, als Grell einen Schmollmund zog.

Grell schnipste mit den Fingern und ihre Drinks verschwanden. „Darf ich nicht auch mal romantisch sein?“

„Du bist so süß.“ Ted fielen die Augen zu und er musste ein Gähnen unterdrücken. „Du bist verrückt, aber verdammt süß. Vielleicht finde ich danach auch endlich mehr über deine zwei Schwänze raus, hm?“

„Wenn du Glück hast“, neckte Grell und küsste ihn auf die Wange. „Schlaf jetzt.“

Kaum hatte Grell die Worte ausgesprochen, war Ted auch schon friedlich eingeschlafen. Er fühlte sich gut behütet. Grell hielt ihn in den Armen.

Er musste träumen, denn er hörte das Rauschen des Meeres und fühlte Sand unter den Füßen. Er war wieder am Strand, wusste aber nicht, mit wem.

Ted war aufgeregt, sein Magen drehte sich und ihm war schlecht. Er suchte in einer Tasche nach Sonnencreme, konnte sie aber nicht finden. Doch das war nicht der Grund für seine Aufregung.

Irgendetwas stimmte nicht …

Er sah einen kleinen Jungen in den Wellen spielen und bekam plötzlich Angst. Dann war der Junge verschwunden und Ted hörte laute Schreie.

Ted wachte erschrocken auf. Er fühlte sich an, als würde er immer noch fallen.

Oder *versinken.*

„Theodore?“, hörte er Grells Stimme an seiner Seite und starke Hände hielten ihn fest.

„Grell?“, flüsterte Ted.

„Schlecht geträumt?“, fragte Grell und sah ihn besorgt an.

„Ich … ich weiß nicht.“ Ted stellte fest, dass er sich wieder schmerzfrei bewegen konnte. Er setzte sich auf, schlang die Arme um Grell und drückte sich keuchend an seine Brust. „Ich kann mich nicht erinnern.“

„Ich bin bei dir, Liebster.“ Grell streichelte ihm beruhigend über den Rücken und küsste ihn auf den Kopf.

Liebster. Teds Puls flatterte, als Grell ihn so nannte. Es ging alles viel zu schnell. Er hätte auf der Stelle die Flucht ergreifen sollen, aber stattdessen genoss er es. Er hatte lange genug Pech damit gehabt, auf konventionelle Weise versucht, sein Glück zu finden. Vielleicht war es an der Zeit, einen Hauch von Abwechslung in sein Leben zu bringen.

Wie beispielsweise diesen Katzenmonsterkönig mit seinen strahlenden Augen und scharfen Zähnen, der ihm den besten Blowjob seines Lebens gegeben hatte.

„Solange ich bei dir bin, wird dir keiner etwas antun“, fuhr Grell fort. „Das verspreche ich dir.“

„Ha! Du frisst sie einfach auf, ja?“ Ted lächelte zaghaft.

„Aber sicher. Was machst *du* denn mit deinen Feinden?“

Ted lachte. „Danke. Und … sorry.“

„Ich habe keine Angst vor Gefühlen“, versicherte ihm Grell und streichelte ihm über die Wange. „Nur vor Menschen, die sich beim Husten nicht die Hand vor den Mund halten oder unterschiedliche Socken tragen.“

„Gut zu wissen. Hmm … wie spät ist es eigentlich?“

„Fast vier Uhr am Nachmittag. Sieh mich nicht so an. Du hast deinen Schlaf gebraucht. Wie geht es deinem Bein jetzt?“

„Äh … gut?“ Ted bewegte das Bein und wollte gerade den Verband abnehmen, als er verschwand und ein perfekt verheiltes Bein sichtbar wurde. „Ja, gut. Danke. Wir haben also noch dreißig Stunden. Ist etwas Interessantes passiert, während ich die Zeit verschlafen habe?“

„Nein. Immer noch Drama, Mord und Totschlag. Und Ghulk vergießt immer noch heiße Tränen, weil die Vulgora ihn fast aufgefressen hätten. Ah! Da wir gerade von Vulgora sprechen … Visseract ist immer noch wie vom Erdboden verschluckt.“

„Das schreit nur so nach schlechtem Gewissen. Er ist bestimmt schuldig.“

„Wahrscheinlich.“ Grell streichelte ihm über den Kopf und küsste ihn zärtlich.

Ted seufzte zufrieden und erwiderte den Kuss. Er hätte sich auf diese verdammte Gerichtsverhandlung konzentrieren sollen, aber Grells Kuss war besser. Es war kaum zu glauben, wie sehr er sich nach Grells zärtlichen Berührungen sehnte.

Wahrscheinlich lag es daran, dass er nicht gewohnt war, so viel Aufmerksamkeit und Zuneigung geschenkt zu bekommen. Er war so lange allein gewesen…

„Wie geht es dir?“, fragte Grell und sah ihn prüfend an. „Wirklich?“

Es war eine so einfache, alltägliche Frage, und doch wurde sie Ted viel zu selten gestellt.

Und wenn, dann war es nur eine Geste der Höflichkeit.

Ted wusste nicht, wie er Grell antworten sollte. Er war gewohnt, einfach nur *Bestens* oder *Gut, danke* zu sagen, aber diese Floskeln entsprachen selten der Wahrheit. Seine Arbeit deprimierte ihn und er war so verdammt einsam.

Was er bei der Arbeit zu Gesicht bekam, ließ ihn oft lange nicht los. Es gab Dinge, die ließen sich einfach nicht abschütteln. Die meisten Menschen bekamen im Laufe ihres Lebens ab und an Tote zu sehen – meistens verstorbene Angehörige. Aber die waren bekleidet und lagen friedlich in ihrem Sarg.

Ted hatte schon Tausende gesehen und es war alles andere als friedlich, wenn man eine Leiche aus der Toilette holen musste, nachdem sie dort schon seit einer Woche unbemerkt gelegen hatte. Er hatte Tote schon aus engen Fluren geholt, aus ihrem Wohnzimmer oder vom Balkon. Einmal sogar aus der Umkleidekabine einer Boutique.

Er hatte Jahre mit Toten verbracht und es gab kein Ventil, über das er diese Erfahrung loswerden konnte. Seine ungewöhnliche Begabung machte es nur noch schlimmer. Sicher, trotz des Schreckens gab es auch Momente, an die er sich gerne erinnerte. Aber darüber konnte er mit niemandem darüber reden, ohne für verrückt erklärt zu werden.

Da war die kichernde Familie, die ihm einen Tanga mit Leopardenmuster brachte, den er ihrer Großmutter – unter dem eleganten Hosenanzug – anziehen sollte. Das Lächeln des Mannes, der mit dem ausgestopften Hahn bestattet wurde, den er zu seinen Lebzeiten so geliebt und der Jahre vor ihm gestorben war. Oder die bittersüßen Gefühle, als er ein verstorbenes Kind in das Kostüm seines Lieblingssuperhelden kleidete.

Die Großmutter hatte sich darüber beschwert, zu Lebzeiten nie Unterwäsche getragen zu haben. Der alte Mann zählte ihm sämtliche Titel und Auszeichnungen auf, die sein Hahn jemals gewonnen hatte.

Aber diese amüsanten Erinnerungen verblassten vor dem endlosen Strom der tränenreichen Abschiedsszenen, die Ted bis in den Schlaf verfolgten. Das Kind hatte geweint und sich gewehrt, weil es lieber bei seinen Eltern bleiben als ein Superheld werden wollte.

Ted versuchte, seine deprimierenden Gedanken abzuschütteln, aber es war zu spät. Sie schlugen über ihm zusammen und ließen ihn nicht mehr los. Er wusste nicht, wie er auf Grells ehrliche Frage antworten sollte, weil er ihn nicht mit einem höflichen Okay abspeisen wollte.

Es zog ihm die Brust zusammen, bis er kaum noch atmen konnte. Dann sagte er das Erstbeste, was ihm in den Sinn kam.

„Ich … habe Angst."

„Wovor?" Grell sah ihn besorgt an und fasste nach seiner Hand.

„Die Sache mit der Mordverhandlung?" Ted lachte nervös. „Und … dass meine Religion sich als Illusion erwiesen hat? Das habe ich immer noch nicht verdaut. Und dann wollten uns verrückte Fischmonster umbringen und, ja … gestorben bin ich auch noch irgendwann.

Ich habe Angst, weil das alles keinen Sinn ergibt. Ich habe keine Ahnung, was eigentlich los ist. Was hier vor sich geht. Ich fühle mich hilflos und weiß nicht, wie es weitergeht. Und selbst hier – in einer anderen Welt – bin ich vom Tod umgeben. Ich will das alles nicht. Ich will …" Er verstummte.

„Was willst du?", fragte Grell.

„Ich will einfach nur glücklich sein", erwiderte Ted hilflos. „Bei dir zu sein, macht mich glücklich. Und trotzdem habe ich auch vor dir Angst."

„Vor mir?" Grell sah ihn überrascht an. „Warum denn das, Liebster?"

„Was immer auch zwischen uns sein mag, ich bin darin nicht gut. Wir haben uns gerade erst kennengelernt und ich weiß nicht, was es ist. Ich weiß noch nicht einmal, ob dieser Blowjob wirklich der beste war."

„Theodore", flüsterte Grell eindringlich. „Hör mir zu, Liebster. Wir haben noch viel Zeit. Ich verspreche dir, dass du freigesprochen wirst – und wenn es das Letzte ist, was ich tue. Du wirst bald wieder ein freier Mann sein. Du hast herausgefunden, dass dein Lichtgott nicht real ist. Dabei kann ich dir nicht helfen. Aber ich kann dir helfen, mehr über die alten Götter und den sagittarischen Glauben zu lernen. Wenn es dir hilft, bringe ich dir sogar bei, wie man in ihrer Sprache spricht."

„Das meinst du ernst, nicht wahr?", flüsterte Ted. „Du würdest das wirklich für mich tun."

„Ja", versprach ihm Grell und räusperte sich. „Was den Blowjob angeht, hoffe ich, dass er nur ein Anfang war und es noch besser wird. Ich mag dich sehr gern, ok? Ich bin mir nicht sicher, ob es Datingregeln für Könige und Sterbliche gibt, aber das ist mir auch scheißegal. Wenn es sein muss, denke ich mir die passenden aus."

„Dating?" Ted wurde rot.

„Das wäre doch eine gute Idee, oder?" Grell grinste.

„Ich dachte, du wärst noch nicht bereit für eine neue Beziehung", erinnerte ihn Ted.

„Ich bin noch nicht bereit für eine neue Königin. Aber mit einem neuen Geliebten könnte ich mich sehr gut anfreunden", erklärte Grell vorsichtig. „Du weißt schon, was ich meine. Nur wir beide, exklusiv. Neuer Beziehungsstatus bei Facebook und so."

„Wow." Ted musste wider Willen lachen und küsste ihn fest auf den Mund. „Hmm … du bist wirklich verrückt."

„Ein bisschen, ja", gab Grell ihm recht. „Und es würde mir einen Heidenspaß machen, dich nach der Verhandlung für jeden anderen Liebhaber zu verderben und nach Aeon zurückzuschicken, aber … ich befürchte, ich würde dich vermissen."

„Das dürfen wir auf keinen Fall zulassen, nicht wahr?" Ted grinste.

„Ganz bestimmt nicht." Grell schnaubte und küsste ihm die Hand. „Wir werden eine Lösung finden. Gemeinsam. Ob es um die Verhandlung geht oder deinen Tod oder um die Frage, ob und wie du zwei Schwänze…"

„Ja. Das. Dazu habe ich definitiv noch einige Fragen …"

„Oh! Und ich leihe dir sogar den Sweater meiner Unimannschaft aus. Und reserviere dir einen Platz am Esstisch."

„Okay, okay. Woher kennst du dich eigentlich so gut mit menschlichen Angewohnheiten aus? Du bist ein wandelndes Lexikon der Popkultur."

„Ich nehme das als Kompliment. Und der Grund dafür ist euer Fernsehen."

„Du hast einen Fernseher?"

„Logo." Grell schnipste mit den Fingern und am Fuß des Bettes tauchte ein riesiger Flachbildschirm auf. „Verrate es nicht weiter, aber ich bezahle keine Gebühren für den Kabelanschluss."

„Hey! Du hast sogar Food Network!" Ted musste lachen, als Grell durch die Programme zappte. „Ernsthaft, du spinnst. Aber trotzdem vielen Dank. Fürs Zuhören und Kümmern, ja?" Ted grinste übers ganze Gesicht.

„Kümmern ist eines meiner unzähligen Talente", erwiderte Grell stolz. „Ich bin auch gut in Mario Kart und Battleship. Und ich kann süße Amigurumis häkeln."

„Warum habe ich deine Einladung nur angenommen?" Ted stöhnte theatralisch.

„Keine Sorge. Wenn sie dich verurteilen, schreibe ich dir Liebesbriefe ins Gefängnis. Und ich verlange eheliches Besuchsrecht."

„Wow. Ich glaube, ich verliere den Verstand."

„Heißt das, wir können jetzt essen gehen?" Grell klimperte mit den Wimpern. „Es ist zwar noch ziemlich früh, aber du siehst aus, als könntest du etwas Nahrhaftes brauchen." Er leckte sich anzüglich über die Lippen.

„Ja, bitte." Ted ignorierte Grells Anzüglichkeit. Ihm knurrte schon der Magen, wenn er nur ans Essen dachte.

Grell schnipste mit den Fingern und sie fanden sich in einem gemütlichen Esszimmer wieder, wo sie sich an einem kunstvoll verzierten Holztisch gegenübersaßen. Im Kamin knisterte ein fröhliches Feuer und sie trugen frisch gereinigte, schicke Anzüge. Ted hätte schwören können, dass Grell – kurz bevor sie auf den Stühlen landeten – noch Zeit gefunden hatte, ihm den Hintern zu tätscheln.

Grells trug einen Dreiteiler aus grellem Purpurrot und Grau mit einer Seidenrose am Revers. Für Ted hatte er glücklicherweise eine dezentere Kombination ausgewählt, nämlich einen schwarzen Anzug mit dunkelgrünem Schlips.

„Du siehst umwerfend aus“, sagte er und griff über den Tisch nach Teds Hand.

„Du machst dich auch nicht schlecht“, erwiderte Ted und lächelte verlegen. Ein Schwarm Schmetterlinge flatterte in seiner Brust und ließ ihn leichter atmen. „Was wollen wir essen?“

„Das überlasse ich ganz dir, mein Schatz.“ Zwei leere Teller tauchten vor ihnen auf. „Was immer du magst. Ich bin nicht wählerisch.“

„Nein?“ Ted überlegte einen Moment. „Wie wäre es mit einem Steak?“

„Das ist alles? Ein Steak?“

„Aber ein richtig *großes* Steak.“

Grell schnipste grinsend mit den Fingern und auf Teds Teller lag ein riesiges Lendensteak. „Ich hoffe, medium ist nach deinem Geschmack.“

„Perfekt.“ Ted seufzte und starrte verträumt auf das Steak. Grell hatte sich für Filet Mignon mit einer Ofenkartoffel und Spargeln entschieden. „Ich hätte mir denken können, dass du mehr der Filet-Typ bist.“

„Ich mag mein Fleisch eben saftig“, sagte Grell augenzwinkernd.

„Könnte ich noch …“

Mit einem schnellen Fingerschnipsen zauberte Grell ein Glas Rotwein und Eiswasser herbei.

„Danke.“ Ted schnitt das Steak an und überlegte, worüber er reden könnte. Er war immer noch verlegen, nachdem er Grell vorhin sein Herz ausgeschüttet hatte.

„Also …“, brach Grell das Schweigen. „Erzähl mir mehr über dich.“

„Über mich?“ Ted blinzelte. „Äh, ja. Ich heiße Ted, arbeite mit Toten und … ich weiß auch nicht. Ich komme mir vor, als hätte ich schon viel zu viel gesagt.“ Er stocherte an seinem Steak. „Wo soll ich denn anfangen?“

„Wir haben den ganzen Abend Zeit.“ Grell griff nach seinem Weinglas und trank einen kleinen Schluck. „Wir können nicht viel tun, bevor Visseract gefunden wird.“

„Doch. Wir wollten in die Bibliothek gehen. Hast du das schon vergessen?“

„Nein, ich habe es nicht vergessen.“ Grell schnaufte. „Nach dem Essen werden wir die Bitte deines kleinen Geistfreundes erfüllen und in die Bibliothek gehen. Aber jetzt würde ich lieber … Es mag sich dumm anhören, aber jetzt würde ich lieber das Dinner mit dir genießen.“

Ted wollte ihm widersprechen, aber es ging ihm genauso. Er war seit Monaten nicht mehr mit einem Mann ausgegangen. Außerdem könnte dieses Dinner sein letztes Mahl als freier Mann sein. Also beschloss er, die tickende Uhr zu ignorieren und es ebenfalls zu genießen.

„Na gut, einverstanden. Detektivarbeit erst wieder nach dem Dessert.“ Er hob die Gabel. „Aber es ist eine ernste Angelegenheit, also keine Ablenkungen mehr, ja?“

„Abgemacht.“ Grell grinste. „So. Du hast also Familie, ja? Erzähl mir mehr über sie.“

„Normale Eltern. Lucianer. Glücklich verheiratet“, sagte Ted und schon sich ein Stück Steak in den Mund. Es schmeckte köstlich. Er stöhnte leise „Oh, ist das gut.“

„Das freut mich. Brüder oder Schwestern?“

„Nur einen jüngeren Bruder. Er ist adoptiert. Wurde uns wortwörtlich vor die Haustür gelegt. Meine Eltern haben ihn immer sehr behütet. Hielten ihn für ein Geschenk Gottes.“

„Du meinst den Herrn des Lichts?“

„Ja.“ Ted runzelte die Stirn. „Und den gibt es gar nicht. Auch die Geschichten und die Gebete und so. Ist das wirklich alles nur ausgedacht?“

„Wenn man es genau betrachtet, sind alle Religionen nur Fantasie“, meinte Grell nachdenklich. „Die Sagittarier haben nur den Vorteil, dass ihre Rituale und der ganze Rest von echten Göttern stammen. Der Herr des Lichts war ein unbedeutender kleiner Bastard, der aus dem Nichts kam und sich eine Geschichte ausgedacht hat, an die alle fraglos glauben müssen, die ihm folgen wollen. Und dann hat er sich wieder aus dem Staub gemacht.“

„Aber er hat Wunder vollbracht“, warf Ted ein. „Er war der einzig wahre Gott, der auf die Erde herabstieg, um der Menschheit seinen Glauben…“

„Ah – das! Nein, er hat nur *behauptet*, dass er Wunder vollbracht hätte. Und er hat auch gesagt, er würde zurückkommen und die Sterblichen besuchen, um ihnen eine neue Offenbarung zu bringen. Trotzdem hat ihn seit fünfzehnhundert Jahren niemand mehr gesehen oder ein Wort von ihm gehört.“

„Na ja, die anderen Götter hat auch niemand gesehen. Es ist schließlich nicht so, als würden sie regelmäßig auf der Erde rumhängen und Hallo sagen.“

„Aber nur, weil dein verehrter Herr des Lichts ihnen die Gläubigen abspenstig gemacht hat!“ Grell schnalzte mit der Zunge. „Der Große Azaethoth war darüber so deprimiert, dass er beschlossen hat, ein kleines Nickerchen zu machen. Damals haben sich alle Götter schlafengelegt. Aber das heißt nicht, dass es sie nicht mehr gibt. Sie sind immer noch dort oben in Zebulon und träumen. Dass du es noch nicht akzeptieren kannst, macht es nicht weniger wahr.“

„Ich versuche es doch“, grummelte Ted. „Es ist trotzdem verrückt, dass alles, woran ich so fest geglaubt habe, plötzlich Einbildung sein soll. Also brauche ich einen kleinen Moment, um mich daran zu gewöhnen, ok?“ Er trank einen Schluck Wein. „Also gut. Wer war er wirklich?“

„Wer?“

„Der Herr des Lichts.“

„Keine Ahnung. Vielleicht ist er auch nur Fantasie. Vielleicht haben irgendwelche dämlichen Menschen sich eure Überlieferungen ausgedacht und aufgeschrieben und dann behauptet, ein nagelneuer Gott – von dem noch nie jemand ein Wort gehört hat – hätte sie ihnen diktiert oder so.“

„Wenn meine Eltern das erfahren, werden sie am Boden zerstört sein“, meinte Ted niedergeschlagen. „Die Überlieferungen bedeuten ihnen alles. Sie richten ihr ganzes Leben danach aus. Sie hielten meinen Bruder Elliam für ein Geschenk Gottes, weil …"

„Halt, halt", unterbrach ihn Grell. „Sie hielten ihn für ein Geschenk Gottes und nannten ihn Elliam?" Grell schnaubte. „Was ist denn *das* für ein Name?"

„Du heißt schließlich Thiazi!", empörte sich Ted. „Und was soll *das* für ein Name sein?"

„Es ist ein traditioneller Name der Asra. Er bedeutet *Stolzer Krieger*." Grell lachte. „Komm schon. Für einen Menschen ist Elliam wirklich ein merkwürdiger Name. Findest du nicht auch?"

„Ha!" Ted biss triumphierend in das nächste Stück Steak. „Warte nur, bis ich dir meinen Namen verrate."

„Hä?" Grell überlegte. „Heißt du etwas *nicht* Theodore?"

Ted grinste ihn an. „Tedward."

Grell starrte ihn an und brach in lautes Gelächter aus. „Komm schon … Jetzt willst du mich verarschen!"

„Oh nein." Teds Grinsen wurde noch breiter. „Mein voller Name ist Tedward Beauseph Sturm und mein Bruder heißt Elliam Jimantha Sturm."

„Deine Eltern spinnen", befand Grell kichernd. „Ist das eine dieser seltsamen lucianischen Traditionen, von denen ich noch nie gehört habe? Seinen Kindern lächerliche Namen zu geben? Bei allen Göttern, aber ihr tut mir echt leid."

„Und du?", konterte Ted. „Was ist denn dein vollständiger Name?"

„Thiazi desu Grell Tirana Diago Tazha Mondet", intonierte Grell pflichtbewusst.

„Oh mein Gott…", rief Ted. „Was soll das denn alles bedeuten?"

„Es ist die Abstammungslinie. Meine Eltern haben mich Thiazi genannt."

„Und der Rest?"

„Sind die Namen der Generationen vor mir, bis zur Revolution gegen die Götter. Wir geben immer den Namen des Elternteils weiter, welches das Kind ausgetragen hat. Schließlich ist das die Hauptarbeit, nicht wahr?"

„Das ist schön", gab Ted zu. „Ich werde mir die vielen Namen zwar nie merken können, aber es gefällt mir."

„Danke. Tedward."

„Warum wirst du nicht König Thiazi genannt?"

„Wir Asra sind empfindlich mit unseren Namen. Sie werden nur von Familienmitgliedern benutzt. Also sprechen wir uns mit dem Nachnamen an, wenn wir nicht miteinander verwandt sind."

„Und wenn du einen Bruder hättest? Würde der dann auch Grell genannt? Und deine Mom wäre auch eine Grell gewesen."

„Ich habe nicht gesagt, dass es nicht verwirrend wäre."

„Also, Thiazi de Dingsbums … Hast du Geschwister oder nicht?"

„Ich bin Einzelkind. Und deshalb fürchterlich verwöhnt."

„Stimmt." Ted lachte.

„Das Wort *desu* heißt übersetzt übrigens Einzelkind. Wenn ich Geschwister hätte, wäre mein Name Thiazi *aesu* Grell, weil ich der Älteste von mehreren wäre. Meine jüngeren Geschwister wären *mesu*, *leusu* und so weiter. Immer in der Reihenfolge ihrer Geburt."

„Hat das auch mit den Klunkern an deinen Ohren zu tun?"

„Ja, das hat es", erwiderte Grell. „Nur gut, dass ich keine Geschwister habe. Ich teile nicht gern."

„Wer hätte das gedacht."

„Und du? Verstehst du dich gut mit deinem kleinen Bruder?"

„Anfangs schon." Ted aß ein Stück von seinem Steak und dachte nach. „Nach einigen Jahren wurden meine Eltern merkwürdig. Haben angefangen, ihn in Watte zu packen. Er durfte sein Zimmer kaum verlassen."

„Warum? War er, äh … kränklich?"

„Nein. Ich dachte mir, es müsste damit zu tun haben, dass er ein Findelkind ist." Ted zuckte mit den Schultern. „Sie waren wie besessen davon, ihn zu behüten. Während ich auf Partys unterwegs war und … du weißt schon."

„Du hast ausgenutzt, dass sie mit ihm beschäftigt waren?"

„Na ja, vielleicht war ich auch etwas eifersüchtig", gab Ted zu. „Einmal habe ich versucht, ihn umzubringen."

„Sitze ich etwa mit einem verhinderten Mörder am Tisch?" Grell zog die Augenbrauen hoch.

„Ja, vermutlich schon." Ted grinste schief.

„Sag das nur nicht vor Gericht. Es reicht, wenn sie dir *einen* Mord anhängen wollen."

„Es war keine Absicht! Ein Unfall. Als er ungefähr sechs war, habe ich versucht, ihn mit einem seiner Stofftiere zu ersticken."

„Und wie alt warst du damals, mein kleiner Psycho?"

„Zehn oder elf", sagte Ted. „Und ich hatte offensichtlich keinen Erfolg damit."

„Gut zu wissen." Grell lachte und prostete ihm zu.

„Und du?" Ted schob sich ein Stück Steak in den Mund. „Irgendwelche Familiendramen?"

„Nein. Meine Familie ist ziemlich langweilig und überwiegend tot."

„Das tut mir leid", sagte Ted ernst. „Du weißt schon … die Sache mit Vael."

„Schon gut." Grell lächelte traurig. „Wir hatten ein wunderschönes Leben zusammen. Meine Eltern sind schon seit Ewigkeiten tot, also gibt es nur noch mich, mein süßes Junges und eine Handvoll Cousins, die ich bei Hof im Auge behalte."

„Bist du gerne König?", fragte Ted, ignorierte das Eiswasser und trank einen Schluck Wein.

„Aber natürlich." Grell grinste. „Ich kann Befehle erteilen und ständig kommt jemand angekrochen, weil er etwas von mir will. Sie jammern mir vor, dass sie jemand beleidigt oder ihre Ehre verletzt hätte, und beschweren sich, wenn jemand ihnen etwas schuldig bleibt. Es wird nie langweilig."

„Jetzt bist du aber sarkastisch", meinte Ted.

„M-hm. Ich bewundere deinen Scharfsinn."

„Arschloch", gab Ted grinsend zurück.

„Wie sieht's aus? Willst du noch ein Steak, du Fleischfresser?"

„Wohl kaum", meinte Ted. „Ich kann froh sein, wenn ich das hier schaffe. Es ist wunderbar. Ich hatte schon lange kein so lustiges Date mehr. Wahrscheinlich noch nie."

„Gut", erwiderte Grell zufrieden. „Ich habe noch etwas Besonderes als Nachtisch geplant. Bist du interessiert?"

„Oh?" Das Funkeln in Grells Augen verriet ihm, worauf es hinauslief. Teds Herz fing zu pochen an. „Was könnte das wohl sein?", fragte er mit Unschuldsmiene. „Wird es mir gefallen?"

„So, wie du über dein Steak herfällst, gehe ich davon aus, dass du es fleischig liebst." Grell mustere ihn lüstern.

„Proteine sind gut für die Gesundheit", feuerte Ted zurück. „Aber ich dachte, wir wollten uns erst die Bibliothek vornehmen."

„Ich würde mir lieber dich vornehmen."

„Das nehme ich zustimmend zur Kenntnis. Aber wir müssen auch noch in die Katakomben."

„Wie langweilig."

„Du bist ein Spinner."

„Wollen wir einen vorher kleinen Spaziergang machen?"

„Wohin?"

„Du hast die Stadt noch nicht gesehen", sagte Grell und griff nach Teds Hand. „Sicher, mein Schloss ist wunderbar. Aber die Stadt auch. Und du hast gesagt, du willst erst nach dem Dessert wieder mit der Detektivarbeit beginnen. Ich will dir meinen Lieblingsort für Süßigkeiten jede Art zeigen. Und danach können wir vielleicht zu dem Dessert übergehen, das man am besten unbekleidet genießt."

„Sicher", meinte Ted und drückte seine Hand. „Das hört sich …"

Die Welt drehte sich und sie standen plötzlich auf einem riesigen Marktplatz.

„Uff. Gut. Das hört sich gut an."

Es gab Dutzende Buden, in denen die unterschiedlichsten Waren verkauft wurden. Die Gebäude, die den Marktplatz begrenzten, waren aus schwarzen Backsteinen und denselben lila glänzenden Steinen gemauert, aus denen auch das Schloss bestand. Es roch nach Gegrilltem und Parfüm – süß, aber mit einem Hauch Moschus. Ted kam sich vor wie auf einem Jahrmarkt.

Wo immer er auch hinschaute, wimmelte es nur so von fantastischen bis furchterregenden Monstern. Es gab viele Asra, aber nichts, was an einen Menschen erinnerte. Oder erinnern wollte. Ein Eldress war mit zwei Fohlen unterwegs und eine Gruppe Vulgora stritt sich über einen Ballen Stoff.

Der Rest? War Ted ein Rätsel.

Es gab bleiche Ungeheuer mit kleinen, durchscheinenden Flügeln, deren Haut nicht zu ihrem Körper passen wollte und ihnen in dicken Falten von den Knochen hing. Er sah glibberige Kobolde mit einer dichten Mähne aus Tentakeln auf den riesigen Köpfen und hagere Trolle mit großen Hauern und langen, spitzen Schwänzen. Das Menschenähnlichste, das er zu Gesicht bekam, war ein buckeliges Monster mit schwarzer Haut und einem bunt bemalten Gesicht. Es erinnerte ihn entfernt an einen Clown.

„Wollen wir?“ Grell bot ihm seinen Arm an.

„Ja, sicher. Nur … eine kleine Sache noch“, wisperte Ted ihm zu. „Was zum Teufel sehe ich hier?“

„Im Moment nur mich.“

„Nein! Der ganze Rest! Alles hier!“

„Einen Markt. Das ist ein Ort, an dem sich Leute treffen, um Waren und Dienstleistungen auszutauschen.“

Ted funkelte ihn wütend an.

Grell klopfte ihm lachend auf die Schulter. „Du solltest dein Gesicht sehen!“ Er zeigte auf die Menge. „Was ein Eldress ist, weißt du schon. Sie sind die vierte Schöpfung des Großen Azaethoth.“

„Und die Fischwürmer sind Vulgora?“

„Sehr gut“, schnurrte Grell und hielt ihm am Arm, als sie den Markt betraten. „Sie sind die zweite Schöpfung. Die hübschen Katzen sind natürlich Asra. Wir waren die erste Rasse. Die bleichen Riesen mit den kleinen Flügeln sind Faedra, Nummer fünf.“

Ted zog eine Grimasse. Die Faedra hatten keine Augen. Und keine Nasen. Nur große Mäuler mit – natürlich – spitzen Zähnen.

„Die mit den Hauern sind Absola und die mit dem bemalten Gesicht Mostaistlis. Sie sind die Nummern sechs und sieben der Schöpfung. Als Nummer acht erschuf der Große Azaethoth zum Schluss die Menschen. Oh! Und die kleinen Kobolde mit den Tentakeln sind Devarach, Nummer drei. Pass auf deine Sachen auf, wenn sie in der Nähe sind. Sie bedienen sich gern.“

„Dann sind sie also Diebe?“

„Nicht ganz. Sie glauben an gemeinschaftliches Eigentum. Alles gehört jedem. Deshalb können sie nicht stehlen, was ihnen sowieso schon gehört.“

Die Wesen machten respektvoll Platz und verbeugten sich, wenn Grell und Ted an ihnen vorbeikamen. Einige der Jungen starrten Ted mit großen Augen an und einer versteckte sich sogar weinend hinter seinen Eltern.

„Warum starren die mich alle an, als wäre ich nicht ganz normal?“, grummelte Ted, den die Aufmerksamkeit nervös machte.

„Die meisten von ihnen haben noch nie einen Menschen gesehen“, erklärte Grell. „Meine geliebten Untertanen reisen nicht oft nach Aeon.“

„Sieht deshalb keiner von ihnen menschlich aus?“

„Nicht alle können ihre Form ohne Magie ändern. Außerdem haben sie keinen Grund, sich zu verbergen. Sie sind hier schließlich zu Hause.“

Ted winkte einigen der Wesen schüchtern zu, bekam aber nur Knurren und Zischen als Antwort. Er wusste nicht, ob das ein gutes oder schlechtes Zeichen war.

Grell blieb oft stehen, um sich mit dem einen oder anderen zu unterhalten. Er erkundigte sich nach ihrer Gesundheit, gratulierte einer Eldress zur Geburt ihrer Kinder und wünschte einem Faedra viel Erfolg, der einen neuen Beruf ergreifen wollte. Einen der Asra ermahnte er, in Zukunft weniger zu trinken.

Sie blieben vor einer der Buden stehen. Sie gehörte einem Faedra, der einer Art Zuckerwatte verkaufte, die um eine Stange aus Kandiszucker gewickelt war. Der Faedra wollte keine Bezahlung annehmen, aber Grell bestand darauf. Als sie wieder gingen, schnipste er mit den Fingern und auf der Theke tauchten einige Münzen auf.

„Eigentlich bis du gar kein so schlechter König“, bemerkte Ted.

„Seh´ mich nicht so überrascht an“, erwiderte Grell grinsend und die Welt drehte sich unter ihren Füßen. „Ich bin ein höchst anständiger König.“

Sie standen jetzt auf dem Dach eines der höchsten Gebäude und schauten auf die Stadt hinab. Hinter ihnen lagen das Schloss und die Brücke und der unheimliche Wald, der sich jenseits der Stadtmauern bis zum Horizont erstreckte. In der Ferne erhoben sich schroffe, steile Berge aus dem Wald wie eine Reihe spitzer Zähne.

„Wow.“ Ted verschluckte sich fast an der Zuckerwatte, als er feststellte, dass sie nach Alkohol schmeckte. Er schluckte und räusperte sich. „Das, äh, ist eine sehr schöne Aussicht.“

„Ich komme manchmal hierher, wenn ich nachdenken will“, sagte Grell und machte sich über seine Zuckerwatte her, bis nur noch der Kandisstiel übrig war. „Es entspannt und erinnert mich an meine Aufgaben als König. Der Blick auf mein Reich gibt mir die richtige Perspektive und stimmt mich demütig.“

„Gut gesagt, wirklich“, meinte Ted. „Aber dann solltest du vielleicht öfter hierherkommen.“

„Meinst du? Warum?“

„Weil Demut nicht zu deinen herausragenden Eigenschaften gehört.“ Ted kicherte.

„Selbstbewusstsein ist auch kein Fehler“, scherzte Grell. „Ich kann schließlich nichts dafür, dass ich so verdammt umwerfend bin, auch wenn es sonst niemandem auffällt.“

„Nun, mir ist es aufgefallen.“ Ted lehnte sich lächelnd an ihn. „Und einigen deiner Untertanen dort unten scheint es auch nicht entgangen zu sein. Ein so großes Ego ist schließlich kaum zu übersehen.“

„Du kannst auch ziemlich umwerfend sein, Tedward." Grell zwinkerte ihm zu.

„Oh … danke." Ted schaute ihm in die goldenen Augen. Ihre Hände berührten sich und ein Schauer lief ihm über den Rücken.

„War mir ein Vergnügen", sagte Grell, hob Teds Hand an den Mund und küsste sie sanft.

Ted konnte sich nicht erinnern, einen Mann jemals so sehr begehrt zu haben. Aber er hatte schon einige Ideen, wie er dieses neue Gefühl erkunden wollte. Grell hatte von einem besonderen Dessert gesprochen und Ted hatte Appetit auf mehr als Süßigkeiten. „Was jetzt diese beiden Schwänze angeht …", sagte er beiläufig, nachdem er seine Zuckerwatte aufgegessen hatte.

„Oh?" Grell knabberte an seiner Kandisstange. „Bist du immer noch neugierig?"

„Ja. Ich will wissen …"

„Ob du sie beide aushältst? Mit der richtigen Menge Gleitgel und Willenskraft ist nichts unmöglich."

„Jetzt."

„Sofort?" Grell machte ein gespielt verlegenes Gesicht. „Wir haben doch kaum unseren Nachtisch aufgegessen, mein Schatz. Ich bewundere dich zwar dafür, einem König Befehle erteilen zu wollen, aber …"

„Jetzt sofort, Grell", unterbrach ihn Ted.

„Oh." Grell wischte sich geziert den Mund ab und grinste breit. „Jawohl, mein Herr."

8

TED WUSSTE nicht, was ihm bevorstand. Er wusste nur, dass er es wollte. Er begehrte Grell mehr, als er in Worte fassen konnte. Und dieses Begehren wurde durch die absurde Lage, in der er sich befand, nur noch gesteigert.

Mordanklage, sein eigener Tod und eine Welt, in der es den Herrn des Lichts gar nicht gab. Er hatte sein Leben lang an eine Fantasie geglaubt.

Ted war hier nicht in seinem Element. Er fühlte sich hilflos, wollte sein Leben wieder selbst in die Hand nehmen. Oder wenigstens einen Teil seines Lebens. Bei Grell konnte er das. Bei Grell konnte er selbst entscheiden, was zwischen ihnen geschah und was nicht.

Und Grell war so verdammt sexy.

Und lustig und charmant und – auch wenn er sich das nicht anmerken lassen wollte – liebenswert und einfühlsam.

Als sie wieder in Grells Schlafzimmer waren, sah Ted ihn bewundernd an. Grell war zwar kleiner als er, aber ein sehr attraktiver Mann. Und dieser Mann legte jetzt seine kräftigen Arme um ihn.

„Du entscheidest, was wir tun oder lassen.“ Grell streichelte ihm über den Rücken und küsste ihn.

„Hmm. Alles. Ich will alles.“ Ted gab sich dem Kuss hin und erwiderte ihn leidenschaftlich.

„Dann komm“, sagte Grell atemlos. „Ich bin für dich da.“

Ted drehte sich der Kopf, als Grell sie ins Bett teleportierte und ihn auf den Rücken stieß. Er liebte es, wie der König die Initiative übernahm.

Ihre Kleider verschwanden wie von Zauberhand. Ted stöhnte leise auf, als Grell ihm die Hand auf den nackten Bauch legte. Grells dominante Position und der heiße Kuss erregten ihn. „Mehr …“

„Alles zu seiner Zeit, mein Liebster“, neckte ihn Grell und leckte ihm über die Unterlippe. „Mmm …“

„Es tut mir leid“, sagte Ted unvermittelt, als Grell ihm die Hand zwischen die Beine schob. „Dass ich nicht besser bin, meine ich. Es ist so lange her und … äh … normalerweise liege ich nicht unten.“

„Liebster, ich habe das seit Jahrhunderten nicht mehr gemacht“, beruhigte ihn Grell. „Ich bin sicher, du wirst fantastisch sein. Aber wenn du willst, können wir tauschen und …“

„Nein!“, unterbrach ihn Ted. „Ich will dich so. Bitte. Aber … darf ich sehen, womit ich es zu tun habe?“

„Sicher“, erwiderte Grell und rollte sich auf die Seite. Auf den ersten Blick wirkte sein Schwanz menschlich, dick und unbeschnitten. Dann erkannte Ted, dass unter der Vorhaut eine zweite Eichel hervorlugte.

„Darf ich …?“ Er streckte zögernd die Hand danach aus.

„Mach nur, Liebster“, forderte Grell ihn auf. „Sie beißen nicht.“

Ted brach in lautes Gelächter aus. „Mist, Mann … sorry. Aber nach allem, was ich hier erlebt habe, hätte mich das auch nicht mehr gewundert.“

Grell grinste. „Schon gut.“

Ted küsste ihn lachend und legte ihm die Hand auf die Brust. Er ließ sie langsam über Grells Bauch nach unten gleiten, bis er sein Ziel erreichte. Grells Schwanz war so dick, dass er ihn nicht umfassen konnte. „Wow.“

„M-hm“, sagte Grell grinsend.

Ted wollte ihn wieder küssen, aber er war zu neugierig. Er beobachtete gebannt, wie Grells Vorhaut sich zurückzog. Zwei dicke Schwänze tauchten auf und tropften ihm auf die Hand.

Er fuhr mit den Fingern erst über den einen, dann über den anderen. Sie waren so heiß. Ted wurde rot, als er sich vorstellte, auch nur von einem dieser Monster gefickt zu werden. Aber von beiden? Er wusste nicht, ob er das konnte, aber er wollte es auf jeden Fall versuchen.

Die beiden Schwänze waren ungefähr gleich groß, aber der eine saß hinter dem anderen. Ted spielte mit ihnen. Sie glänzten feucht. „Mann, die sind so nass …“

„Das ist normal für einen Asra“, erklärte Grell und drückte Teds harten Schwanz. „Du aber auch. Kannst es nicht mehr abwarten, wie?“

„Nein.“ Ted stieß in Grells Hand und drückte ihm einen Schwanz. „Ich, äh … bin soweit. Ich will das. Dich.“

Grell küsste ihn lächelnd. „Dann stell dich darauf ein, um den Verstand gebracht zu werden, Liebster.“

Grell glitt nach unten und spreizte ihm die Beine. Ted legte sich die Arme unter den Kopf und wartete ab. Es war geil.

Grell streichelte ihm über die Beine und schob die Hände unter seinen Hintern. „Du bist verdammt schön, Liebster.“ Er neige den Kopf und leckte Ted über den Schwanz, die Eier und das Loch. „Hmm … Und dein Arsch ist perfekt.“

„Du bist auch nicht zu verachten“, neckte ihn Ted, aber das Grinsen fiel ihm aus dem Gesicht, als er Grell feuchte, warme Zunge spürte. „Oh …“

Grell ließ sich Zeit. Er genoss es offensichtlich, den engen Muskel zu lecken. Nach einer Weile streichelte er Ted zärtlich über die Oberschenkel und schob die Zunge in ihn hinein.

„Oh … verdammt“, stöhnte Ted. Da war kein Schmerz, kein Brennen – nur ein leichter Druck, als der Muskel nachgab und sein Körper sich öffnete.

Es war so lange her seit dem letzten Mal und Grell magische Zunge machte es noch besser. Ted hatte sich noch nie so gefühlt. Er befürchtete nur, dass er vorzeitig kommen würde. Also versuchte er, ganz ruhig zu atmen und die Spannung zu kontrollieren, die sich zwischen seinen Beinen aufbaute.

Grell schien zu ahnen, wie es um Ted stand. Er fing an, ihn mit seiner riesigen Zunge zu ficken. Tiefer und tiefer drang sie in Ted ein, ein unaufhörliches Stoßen, so feucht und warm, dass es sich besser anfühlte als jeder Schwanz, den Ted jemals in sich gespürt hatte.

„Fuck, fuck, fuuuuck!“, schrie Ted wie im Delirium. Er konnte Grells Zunge spüren, die um seine Prostata kreiste und ihn erbarmungslos in Richtung Höhepunkt trieb. Seine Beine zitterten unkontrolliert. „Grell … ich … ich komme jetzt!“

Es war als Warnung gedacht, aber Grell schien es als Anfeuerung zu verstehen. Er stieß wieder und wieder mit seiner feuchten, dicken Zunge zu und traf dabei mit erbarmungsloser Präzision Teds Prostata.

„Oh …!“, wimmerte Ted, dann brach ihm die Stimme und er kam. Kurz darauf war sein Bauch mit einer dicken Ladung Sperma bedeckt. Ted konnte es kaum glauben – all das nur von Grells fantastischer Zunge?

Und diese Zunge hörte nicht auf, ihn zu ficken. Ted vibrierte am ganzen Leib. Er plapperte unverständlichen Unsinn vor sich hin und kam und kam…

„Oh, so gut, so verdammt… fuck, fuck, fuck … ich kann nicht mehr … es ist … *oooh*!“

„Mmm.“ Grell zog stöhnend die Zunge zurück und befreite Ted aus seinem orgasmischen Strudel. Er hockte sich auf und grinste Ted zufrieden an. Dann beugte er sich vor und leckte ihm mit seiner riesigen Zunge den Bauch ab. „Absolut köstlich, mein Schatz.“

„Du auch“, murmelte Ted benebelt und schaute an sich herab. Es war unfassbar. Sein Schwanz war immer noch hart und das nach diesem unglaublichen Orgasmus. „Grell, du bist unbeschreiblich.“

„Du auch, Liebster“, sagte Grell und leckte ihm weiter über den Bauch, bis alles sauber war. „Mmm … davon will ich definitiv mehr.“

„Was immer du willst, ich bin dabei.“ Ted lachte, verstummte aber sofort wieder, als er plötzlich Grells Finger spürte, die sich in sein feuchtes, gedehntes Loch schoben. „Mann, was hast du nur mit mir angestellt?“

„Dich für mehr von mir vorbereitet“, sagte Grell mit rauer Stimme und küsste ihn auf den Mund. „Du fühlst dich so perfekt an, Liebster.“

„Komm schon“, drängelte Ted und schob sich auf Grells Hand. In seinen Adern pulsierte immer noch dieses wilde Verlangen, diese Gier, Grell in sich zu spüren. „Gib’s mir.“

„Geduld“, ermahnte ihn Grell zärtlich, legte sich zwischen Teds Beine und hob sie hoch. „Wir lassen uns Zeit und …“

„Grell“, knurrte Ted, packte einen seiner Schwänze und drückte zu. „Nein. Jetzt.“

„Zu Befehl, mein Herr." Grell grinste frech, belohnte ihn mit einem Biss in die Schulter und drückte sich mit den Hüften an ihn.

„Fuck!" Ted schrie erschrocken auf und fing an zu stöhnen, als einer der dicken Schwänze sich langsam in ihn drängte.

Trotz Grells liebevoller Vorbereitung erwartete er, dass es sich unangenehm anfühlen würde, aber das war nicht der Fall. Es war sogar fantastisch. Ted konnte spüren, wie sein Körper nachgab, als Grell sich bis zum Anschlag in ihn hineinschob.

Grell ließ Teds Schulter los und rieb sich mit der Nase an seinem Hals. „Oh, mein Liebster …", schnurrte er. „Du fühlst dich so unglaublich gut an, so heiß und eng … Ich bringe dich zu einem Orgasmus nach dem anderen, die ganze Nacht."

„Grell", flüsterte Ted. Seine eigene Stimme kam ihm fremd vor, so erschöpft und verzweifelt hörte er sich an. Er packte Grell mit beiden Händen an den Schultern.

Genau das hatte sich Ted gewünscht – einen Mann, der ihn in Besitz nahm. Diesen Wunsch endlich erfüllt zu bekommen, machte ihn verletzlich, was Grell ihm offensichtlich sofort ansah.

„Ich bin bei dir", flüsterte er und seine goldenen Augen glänzten. „Ich bin für dich da, Liebster. Ich will nur, dass du dich gut fühlst. Wenn du mich lässt. Ich will nur dich. So, wie du bist."

Ted traten Tränen in die Augen. Ihm fehlten die Worte. Er stöhnte leise, als Grell sich in ihm bewegte – erst langsam, aber bald schneller und härter. Ted fing an zu wimmern.

Nichts und niemand konnte sich mit Grell vergleichen, der Ted in ein unkontrolliert plapperndes Wesen verwandelte. Jeder Stoß war perfekt. Und dann, kaum vorstellbar, wurde Grell noch größer.

Er konnte es spüren und dachte zunächst, Grell hätte jetzt auch seinen zweiten Schwanz in ihn geschoben. Aber das konnte nicht sein, weil der ihm noch am Hintern durch die Spalte glitt. Was immer es auch sein mochte, es war fantastisch. Ted krallte sich stöhnend an Grells Schultern fest.

„Oh fuck, das … mach weiter!", bettelte er und schrie auf, als Grell in ihn hineinrammte. Es kam ihm fast vor, als hätte sich sein Bauch bewegt. Ted warf den Kopf nach hinten. „Grell!"

Grell knurrte leise. Er klang mehr wie ein Tier als ein Mensch, aber das machte er wieder wett durch die Worte, die er Ted ins Ohr flüsterte. „Ich ficke dich, bis du dich nicht mehr rühren kannst, Liebster …" Und das war nur der Anfang.

„Ja", wimmerte Ted.

„Ich pumpe dich so voll, bis es dir wieder aus dem Arsch rausläuft. Ich will dich schreien hören."

„Ja, verdammt …" Ted stöhnte, als Grell ihm die Beine nach oben drückte und seine Stöße noch mehr Fahrt aufnahmen und noch härter wurden. Ted drehte sich der Kopf. Er vibrierte am ganzen Leib und ihm blieb nichts mehr übrig, als es mit sich geschehen zu lassen.

Grell ließ nicht nach. Er schob die Hand unter Teds Hals, hob seinen Kopf vom Bett und küsste ihn leidenschaftlich.

Ted fühlte, dass es gleich soweit sein würde. „Komm jetzt, Eure verdammte Hoheit, komm …"

Grell bleckte fauchend die Zähne und fickte ihn in die Matratze. Er gab jede Zurückhaltung auf, senkte den Kopf und biss Ted in die Schulter.

Ted heulte auf und kam. Und *wie* er kam. Er kam sich vor, als würde er in einen tiefen Abgrund fallen. Es war wunderbar. Und Grell hörte immer noch nicht auf, ihn zu ficken.

Ted schlang ihm stöhnend die Arme um den Hals, um Halt zu finden. Er bekam kaum noch Luft, aber sein Orgasmus wollte nicht enden. Es war zu viel, zu gut… Ted traten die Tränen in die Augen.

Grell drückte ihm einen Kuss nach dem anderen aufs Gesicht. „Oh, mein Liebster, mein Schatz … du bist so wunderbar", flüsterte er.

Teds Beine fielen nach unten auf Grells Hüften. Er hielt immer noch Grells Hals umklammert, als er spürte, wie Grell in ihm kam. Sein König hatte nicht zu viel versprochen – das Sperma quoll ihm aus dem Arsch. Ted ließ sich keuchend nach unten fallen. Er war schweißgebadet und zitterte am ganzen Leib.

„Verdammt …", flüsterte Ted. Mehr fiel ihm dazu nicht ein. Er sah Grell mit großen Augen an und streichelte ihm zärtlich über die Haare. So? Hatte er sich noch nie gefühlt. Er küsste Grell innig und hoffte, sein Kuss würde die fehlenden Worte wettmachen.

Grell erwiderte den Kuss mit derselben Leidenschaft und drückte Ted mit seinen starken Armen fest an sich. „So", sagte er dann und lächelte glücklich. „Das war doch recht gut, oder?"

Ted lachte und wischte sich mit dem Handrücken über die Augen. „Du verdammter Klugscheißer. Das war … umwerfend. Unglaublich."

„Du warst auch nicht schlecht", neckte ihn Grell und drückte ihm einen Kuss auf die Nasenspitze. „Hmm … brauchst du eine Pause?"

„Eine Pause? Wovon?", fragte Ted naiv.

„Von mir. Beziehungsweise vom Rest von mir", erwiderte Grell und lächelte unschuldig.

Ted fiel auf, dass Grells zweiter Schwanz sich immer noch an ihm rieb, heiß und hart. Sein Bauch zog sich zusammen.

Aber er hatte keine Angst, er war erregt.

„Wir können auch aufhören", beruhigte ihn Grell, der seine Reaktion offensichtlich falsch verstand. „Asra können sich stundenlang lieben, aber wir…"

„Nein, nein … Ich will es auch", unterbrach ihn Ted und wurde feuerrot. Dann drehte er sich um und rappelte sich auf, um Grell seinen Arsch zu präsentieren. „Dieses Mal so. Komm schon", forderte er Grell auf.

„Oh, beim Großen Azaethoth“, flüsterte Grell und zog ihm die Arschbacken auseinander. „Du bist ein göttlicher Anblick, Liebster.“

Ted drückte sich das Gesicht in die Hände und bog den Rücken durch. Er konnte immer noch Grells Samen fühlen, der ihm aus dem Arsch tropfte. „Nur … mach langsam, ja?“, flüsterte er.

„Mache ich“, versicherte ihm Grell und rutschte näher heran. Dann schob er vorsichtig seinen zweiten Schwanz in Teds Loch.

Ted schnappte überrascht nach Luft, als Grell in ihn eindrang. Er konnte nicht glauben, wie locker und feucht er noch war. Es gab keinerlei Widerstand und sein Körper öffnete sich, als hätte er nur darauf gewartet, Grell wieder in sich zu spüren. Es war ein merkwürdiges Gefühl, einen Schwanz in sich zu haben, während gleichzeitig ein zweiter schlaff auf seinem Hintern lag. Aber das störte ihn nicht.

Er dachte schon darüber nach, wie es wohl wäre, die beiden Schwänze gleichzeitig in sich zu fühlen – was seinen eigenen Schwanz dazu brachte, interessiert zu zucken und den Kopf zu heben. Allein der Gedanke daran war atemberaubend.

Es dauerte nicht lange, bis der Grells zweiter Schwanz auch wieder hart wurde. Zu diesem Zeitpunkt war Teds ganze Aufmerksamkeit allerdings schon auf den anderen gerichtet. Er stöhnte laut, als Grell zu stoßen begann.

„Du bist so wunderschön“, flüsterte Grell und streichelte ihm seinen starken Händen über die Hüften und den Rücken. „Gefällt es dir so? Fühlst du dich gut?“

„Ja“, krächzte Ted und spreizte die Beine noch weiter. „Das fühlt sich verdammt gut an …“

„Entspann dich“, sagte Grell. „Ich bin da.“ Er ließ langsam die Hüften kreisen und zog den Schwanz fast ganz aus Ted heraus, bevor er wieder zustieß.

Ted schmolz dahin. Er griff nach einem Kissen und schob es sich unter den Kopf, um bequemer zu liegen. Es war unvergleichlich gut. Er konnte sich ganz Grell überlassen. Grell kümmerte sich um ihn und Grell machte das gern. Ted konnte sich nicht erinnern, wann – und *ob* – er sich jemals so gut gefühlt hatte.

Der harte Fick vorhin war gut gewesen, aber dieser innige, viel intimere Rhythmus war himmlisch.

Oder heißt das hier *zebulonisch*? fragte er sich und lächelte glücklich in sein Kopfkissen.

Wie immer es auch heißen mochte: Ted war glücklich. Er war noch nie so glücklich gewesen. Eine Hitzewelle schoss ihm über den Rücken nach unten. Er schnappte nach Luft und fing zu stöhnen an, als Grell sich wieder schneller bewegte. Schon wieder? Konnte das sein?

Grells Hüften drückten ihn nach unten, bis er wieder flach auf dem Bett lag. Seine scharfen Zähne kratzten ihm zärtlich über den Hals. Ted erschauerte und drückte wimmernd das Kissen zusammen. Ihre schweißnassen Körper klatschten rhythmisch aneinander.

Grell ließ die Hüften kreisen. „Oh mein Liebster … du bist so verdammt gut … ich komme gleich *schon* wieder."

„Grell…" Ted war sprachlos. Er schrie auf, als der Druck in ihm stärker wurde.

„Komm, Liebster", knurrte Grell. „Ich will dich mitnehmen."

Ted wusste nicht, wie ihm geschah. Seine Muskeln fühlten sich bleischwer an, und doch …

Er stöhnte, als Grells Schwanz ihm wieder über die Prostata glitt. Dann schnappte er nur noch nach Luft und versuchte, nicht laut zu schreien. Noch ein Stoß und … er kam. Wieder. Ted ließ den Kopf aufs Kissen fallen und heulte auf.

Der Orgasmus ließ ihn am ganzen Leib erbeben. Seine Muskeln schienen sich zu verflüssigen. Dann verlor Grell die Kontrolle über seine Bewegungen und er kam ebenfalls.

Ihre Herzen schlugen im Takt. Grells Schwanz pulsierte in Teds Arsch. Die Haut kribbelte ihm bis in die Fingerspitzen. Er wimmerte hilflos in sein Kissen.

Dann verließ auch Grell die Kraft. Er ließ sich auf Teds Rücken fallen und küsste die Bissspuren, die er an Teds Schulter hinterlassen hatte. „Hmm, Tedward aus Aeon. Du bist und bleibst ein Wunder."

Ted hob den Daumen.

Grell lachte und knuddelte sich mit einem zufriedenen Seufzer an ihn. „Brauchst du jetzt eine Pause, Liebster?"

„M-hm", brummte Ted. Er war müde und vollkommen erschöpft, fühlte sich aber zugleich warm und zufrieden. Er stöhnte, als Grell vorsichtig den Schwanz aus ihm zog und sich auf die Seite rollte.

Grell sah ihn an und drückte ihm einen zärtlichen Kuss auf den Mund. „Ist alles in Ordnung, Liebster? Habe ich dir wehgetan?"

„Nein", erwiderte Ted hastig und räusperte sich. „Alles bestens. Ich fühle mich fantastisch." Er rollte mit den Schultern und verzog das Gesicht. Muskelkater. „Aber ich spüre es sicher noch ´ne Weile."

„Ich heile dich", versprach Grell. „Aber erst will ich den Anblick noch genießen. Er gefällt mir. Ich meine den Biss an deiner Schulter. Als ob ich dich markiert hätte und du jetzt mir gehörst."

„Ja, ich gehöre dir", sagte Ted lächelnd. „Schließlich hatten wir ein Date, oder?" Er streckte sich wieder und stöhnte leise. „Nach allem, was wir gerade getan haben, gehört dir mehr als nur ein Stück von mir. Ich glaube, du hast mich komplett in Besitz genommen."

„Gut", sagte Grell und grinste zufrieden. Dann küssten sie sich wieder, nahmen sich in die Arme und schmusten. „Das ist sogar sehr gut. Weil ich das auf jeden Fall bald wiederholen will."

„Bald?"

„Sehr bald."

Ted versuchte zwar immer noch, seine Gedanken zu sortieren und einen klaren Kopf zu bekommen, aber er musste trotzdem lächeln. Grells Begeisterung war ansteckend. „Oh Gott, ich habe ein Monster erschaffen", sagte er kichernd.

„Ich bekenne mich schuldig." Grell lachte fröhlich.

„Warte nur ab …", neckte ihn Ted. „Wenn ich erst wieder auf den Beinen bin und wir darüber reden, wie wir deine beiden Schwänze gleichzeitig …"

„Eure Hoheit!" Plötzlich stand ein Asra neben dem Bett.

Ted zuckte zusammen und wurde rot vor Verlegenheit. „Mist! Ich hasse das!!!"

Grell deckte ihn mit einem Fingerschnipsen zu. „Was ist denn?", erkundigte sich Grell irritiert bei dem Asra. „Ich habe doch gesagt, dass ich nicht gestört werden will. Wie du sehen kannst, arbeiten wir gerade intensiv an der Verteidigung des Angeklagten."

„Wesir Ghulk wünscht Euch zu sprechen", sagte der Asra. „Er sagt, er habe wichtige Neuigkeiten und müsse Euch sofort sehen!"

„Na gut", knurrte Grell. „Richte ihm aus, ich wäre in zehn Minuten im Thronsaal."

„Sofort, Eure Hoheit", bestätigte der Asra, verbeugte sich und verschwand wieder.

„Das wird lustig", grummelte Grell.

„So viel zu der zweiten Runde Nachtisch", murmelte Ted. „Oder war es schon die dritte?"

„Oh, mach dir keine Sorgen, Liebster", beruhigte ihn Grell. „Runde drei steht definitiv noch auf dem Plan."

„Sicher?" Ted grinste und hob den Kopf, um sich einen Kuss abzuholen. „Hmmpf … ich hätte ja gerne mehr Schwanz…"

„Du meintest wohl *Schwänze*. Plural, Liebster." Grell lachte.

„Also gut. So gerne ich mehr *Schwänze* hätte, möchte ich dich doch daran erinnern, dass du mir versprochen hast, wir würden uns nach dem Dessert wieder um meine Verteidigung kümmern."

„Bist du sicher, dass du mich da nicht verwechselst?" Grell runzelte die Stirn. „Das hört sich ganz und gar nicht nach mir an."

„Oh doch."

„Hmm. Na gut. Sobald du wieder ein freier Mann bist, Tedward aus Aeon, werde ich *Tage* damit verbringen, jede saftige Zelle deines Körpers zu befriedigen."

„Versprochen?"

„Pfadfinderehrenwort."

9

GHULK ZITTERTE schon vor Aufregung, als Ted und Grell vor ihm auftauchten. Mires aufgeblähte Leiche lag immer noch hier und stank vor sich hin. Ted rümpfte die Nase.

Wahrscheinlich waren sie deshalb allein. Niemand sonst wollte sich diesen Gestank antun.

Er und Grell hatten sich angezogen, aber es war ihnen – trotz Fingerschnipsen – nicht leichtgefallen. Sie wären beinahe wieder im Bett gelandet, weil sie die Hände nicht voneinander lassen konnten. Und es wäre definitiv angenehmer gewesen, als hier mit Ghulk in dem stinkenden Thronsaal zu stehen. Aber sie mussten einen Fall lösen. Die Zeit verging wie im Flug und wurde langsam knapp.

Ghulks kam mit klappernden Hufen auf sie zu und verbeugte sich. „Eure Hoheit!", rief er. „Vielen Dank, dass Ihr gekommen seid! Ich habe Neuigkeiten über den Ergebenen Visseract!"

„Hat er ein Geständnis unterzeichnet und sich selbst in den Kerker geworfen?", fragte Grell optimistisch.

„Wie?" Ghulk sah ihn erschrocken an und schüttelte seinen riesigen Kopf. „Nein, Eure Hoheit! Ich glaube, ich kenne seine Motive für den Mord an Ihrem geliebten Cousin! Ich habe Gerüchte gehört und erfahren, dass Ihr Mire Euren Schlüssel…"

„Ja. Den Schlüssel für die Katakomben!", unterbrach ihn Grell. „Das wissen wir schon."

„Äh… ja?"

„M-hm", mischte Ted sich ein.

„Dann … hmm." Ghulk überlegte einen Moment, dann sprang er kurz hoch. „Ha! Ich habe aber noch mehr Neuigkeiten, Eure Hoheit! Wusstet Ihr, dass er mit Gronoch, dem Gott der Heilung und der Reue unter einer Decke steckt?"

„Yup", sagte Grell und ploppte das *P* extra laut. Dann verschränkte er unbeeindruckt die Arme vor der Brust. „Als Nächstes willst du mir wohl erklären, dass die beiden sich in den Katakomben getroffen haben und wir deshalb im Krieg mit den Göttern sind. Habe ich recht?"

Ghulk riss seine milchigen Augen auf und ließ enttäuscht den Kopf hängen. „Ja, Eure Hoheit", schnaubte er.

„Zu schade", sagte Grell und zwinkerte Ted zu. „Unser attraktiver und so appetitlich muskulöser Mordverdächtiger hat mich darauf aufmerksam gemacht, dass wir nicht genau wissen, wo sie sich getroffen haben. Und da der größte Teil der Katakomben – rein formal gesehen – nicht zu Xenon gehört, gibt es keine unumstößlichen Beweise dafür, dass Zebulon den Vertrag gebrochen hat. Ich fürchte also, es wird keine Kriegserklärung geben."

Ted lächelte verlegen vor Stolz.

„Aber Eure Hoheit!", rief Ghulk.

„Es ist unfassbar. Und dafür habe ich aufs Schmusen nach dem Sex verzichtet." Grell stöhnte. „Halt den Mund, bitte."

Ghulk hatte allerdings nicht vor, ihm seine Bitte zu erfüllen. Ted ging einige Schritte zur Seite, damit die beiden sich in Ruhe streiten konnten. Als er vor Mires Leiche stand, stellte er zu seiner Beruhigung fest, dass die Verwesungsprozesse hier denselben Verlauf nahmen wie auf Aeon.

Es war ihm ein gewisser Trost.

Mires Augen warn dehydriert und eingesunken, sein Bauch von Gasen aufgebläht. An Mires Ohr glänzte etwas im Licht. Ted wurde aufmerksam. Es kam ihm irgendwie bekannt vor …

Jemand zog ihn am Ärmel. Er wusste sofort, wer es war. „Hey, Kumpel."

Das Zuppeln hörte nicht auf.

Ted sah sich schnell um. Der Junge – beziehungsweise sein Schatten – stand in einer Ecke und winkte ihm aufgeregt zu.

Die Bibliothek.

Er wusste nicht, woher er es wusste, aber er wusste es. Er drehte sich zu Grell um, der immer noch mit Ghulk diskutierte. Ted räusperte sich. „Äh … Eure Hoheit? Wir müssen gehen."

„Was ist?", fragte Grell und hielt Ghulk die Hand vor den Mund, um ihn zum Schweigen zu bringen. „Was ist passiert?"

„Der Kleine meint, wir müssen gehen", erwiderte Ted.

„Gut. Das reicht jetzt!", sagte Grell zu seinem Wesir. „Ich weiß deine Versuche, dem Ergebenen Visseract auf die Spur zu kommen, durchaus zu schätzen. Noch besser wäre allerdings, du würdest dir etwas mehr Mühe geben. Los jetzt! Und pass auf dich auf, Ghulk."

Grell ließ den schmollenden Ghulk stehen und kam zu Ted, nahm ihn an der Hand und zog ihn hinter sich her. Schon ihr erster Schritt führte sie direkt in die Bibliothek.

„Dann wollen wir sehen, was dein kleiner Freund hier entdeckt hat, ja?" Grell sah sich neugierig um. „Siehst du ihn irgendwo?"

„Nein. Aber er ist bestimmt hier", sagte Ted und ging zu einem der Bücherregale. „Ghulk ist wirklich sehr bemüht, dir zu helfen."

„Er ist einer der vielen hier, die Visseract nicht ausstehen können. Und meinen Cousin konnte er auch nicht leiden."

„Gibt es hier überhaupt jemanden, der jemanden leiden kann?"

„Nein. Eine typische Regierung eben.“ Grell fuhr mit der Hand über die Buchrücken. „Keiner mag keinen. Wir tun nur gelegentlich so, als würden wir uns vertragen.“

„Hört sich fast an wie in meiner Welt.“ Ted drehte sich schnaubend zu ihm um. Der König stand immer noch vor dem Bücherregal und lächelte versonnen. „Wart ihr früher oft hier? Du und Vael?“, fragte Ted.

„Es war sein Lieblingsort hier im Schloss. Wir haben oft tagelang hier gesessen und gelesen. Deshalb hängt sein Bild dort an der Wand. Ich dachte mir, dass … dass er sich freut, wenn man hier an ihn denkt.“

Ted griff nach Grells Hand.

„Liest du gerne?“, erkundigte sich Grell und drückte ihm die Hand.

„Eigentlich nicht“, gestand Ted. „Es fällt mir schwer, die Ruhe zu finden. Ich kann mich nicht konzentrieren. Wahrscheinlich war ich deshalb kein guter Schüler. Zu viele Bücher.“

„Oh.“ Es fiel Grell nicht leicht, seine Enttäuschung zu verbergen.

„Vielleicht … könntest du mir vorlesen?“, überlegte Ted. „Ich höre dir gerne zu. Du könntest mir deine Lieblingsbücher vorlesen und ich kann dir versprechen, dass sie alle neu für mich sind.“

„Danke.“ Grell lächelte liebevoll. „Das wäre schön.“

„Ich liebe dein Lächeln“, flüsterte Ted und beugte sich vor, um ihn zu küssen. Er konnte nicht widerstehen. Erst, als Grell den Kuss erwiderte, überlegte er, ob es vielleicht unangemessen gewesen war.

„Mmm … kommt mit“, sagte Grell. „Wir haben noch Arbeit vor uns.“ Er gab Ted einen Klaps auf den Hintern.

„Aua!“ Ted wurde rot, rieb sich den Hintern und wandte sich wieder den Bücherregalen zu. Jemand zog ihn am Arm. Er drehte sich um und sah, wie der kleine Junge weglief.

Ted folgte ihm und nutzte die Gelegenheit, sich bei Grell für den Klaps zu revanchieren. Er musste sich beeilen, um mit dem Jungen mitzuhalten, der ihn in eine dunkle Ecke führte. Hier standen kaum Bücher, aber auf den Regalen lagen unzählige Schriftrollen. Eine von ihnen fiel Ted vor die Füße.

„Was willst du mir zeigen, Kumpel?“ Ted hob die Schriftrolle auf und betrachtete sie neugierig. Kleine Metallstücke fielen daraus hervor. „Mist!“

Sie waren vorsichtig in die Rolle eingewickelt gewesen. Jetzt lagen sie auf dem Boden verstreut.

Grell schnipste mit den Fingern. Die Metallstücke schwebten vor ihm in der Luft und er inspizierte sie neugierig. Dann setzte er sie wie ein Puzzle zusammen, bis er eine kleine, purpurglänzende Perle in der Hand hielt, die an einen Ring oder ein Band erinnerte.

„Hey, ist das eines von euren Ohrdingern?“, fragte Ted und schaute sich die Perle genauer an.

„Ja. Das ist eine Hochzeitsperle. Diese Perlen werden in einem Stück hergestellt und bei der Hochzeit in zwei Hälften zerteilt. Für jeden Partner eine."

„Kann man erkennen, wem sie gehörte?"

„Nein", sagte Grell und zeigte ihm eine Bruchstelle. Einige Teile fehlten immer noch. „Ich kann es nicht lesen. Das wichtigste Teil fehlt natürlich." Er verzog das Gesicht. „Dein kleiner Freund ist wirklich eine große Hilfe."

„Hey, er weiß genau, was er tut!", protestierte Ted. „Jedenfalls denke ich das." Er rieb sich über die Stirn. „Er wollte, dass wir das verdammte Ding finden. Also muss es wichtig sein."

„Hmm …"

„Dir fällt schließlich auch nichts Besseres ein!", rief Ted und schaute wieder auf das Band. Die Farbe kam ihm bekannt vor. Er hätte schwören können, sie schon gesehen zu haben.

„Tut mir leid, wenn ich in den letzten Stunden zu sehr damit beschäftigt war, dich um den Verstand zu ficken!", grummelte Grell. „Und jetzt will ich nachdenken!"

„Dann denk halt schneller. Und außerdem will ich nachher immer noch das Schmusen nachholen!"

„Ich auch!"

„Nach unten", flüsterte eine leise Stimme. „Wir müssen nach unten gehen."

Ted drehte sich zu der Stimme um, konnte aber nichts sehen. „Bist du das, Kleiner?"

„Oh, der schon wieder." Grell verdrehte die Augen. „Vielleicht könnte er uns das Bild von einem Fuß zeigen und sagen, das wäre der Mörder. Sehr hilfreich."

„Pssst …", zischte Ted und ging zu der Sitzecke. Er konnte den Jungen hinter einem der großen Sessel erkennen und beugte sich zu ihm hinab. „Hallo, Kumpel Was ist los? Was willst du mir sagen?"

Der Junge schaute hinter dem Sessel hervor. „Ihr müsst nach unten gehen", flüsterte er. „In die Katakomben. Ihr müsst es selbst sehen."

„Die Katakomben", wiederholte Ted laut. „Wir müssen in die Katakomben, um es zu sehen."

„Was?" Grell runzelte die Stirn.

„Vielleicht, warum Mire ermordet wurde? Warum Visseract dort unten war? Oder beides?" Ted stand auf. „Können wir jetzt dorthin gehen?"

„Das können wir, aber …"

„Was?"

„Dort gibt es Dinge, die du nicht kennst und die dich vielleicht aufregen", warnte Grell. „Ich weiß, dass du dich mit menschlichen Bestattungsritualen verdammt gut auskennst, aber wir Asra haben etwas andere Sitten."

„Was zum Teufel meinst du denn damit?" Ted schluckte.

„Komm", sagte Grell und fasste ihn an der Hand. „Ich zeige es dir."

Ted vertraute ihm, aber er war trotzdem nervös. Die Welt drehte sich und aus der Hand, an der er sich festklammerte, wurde eine riesige Tatze.

Sie standen in einer großen Höhle und Grell hatte seine Katzengestalt angenommen.

Ted sah sich ehrfürchtig um. Nein, es war keine Höhle.

Es war ein Mausoleum.

In den Wänden befanden sich unzählige große Nischen, die vom Boden bis unter die Decke reichten. Jede einzelne der Nischen war in den Felsen gehauen und enthielt eine Leiche – in unterschiedlichem Zustand der Verwesung. Die meisten waren schon skelettiert oder wenigstens mumifiziert, aber einige waren noch feucht und faulten vor sich hin.

Ted sah keinerlei Särge oder Grüfte. Die Leichen waren einfach in die Nischen geschoben worden, wo sie langsam verwesten. Und obwohl nur wenige frisch waren, stank es entsetzlich.

„Wir bringen unsere Toten in die Katakomben“, erklärte Grell. „So, wie ein König über sein Volk herrschen und ihm dienen muss, muss er auch ihre Gebeine beschützen.“

„Beschützen? Vor was denn?“, fragte Ted und grinste krampfhaft, weil er sich sonst übergeben hätte.

„Vor Grabräubern“, erwiderte eine nur allzu bekannte, schnippische Stimme. „Als die Asra noch auf Aeon lebten, wurden ihre Gräber oft von Menschen geschändet. Es gibt auch Berichte, dass andere Rassen, wie beispielsweise die Faedra oder die Vulgora, daran beteiligt waren.“

„Und manchmal sogar andere Asra“, sagte Grell bitter und ging auf die Stimme zu. Er schwang die Tatze und traf eine kleine Glaskugel. „Ah, Professor Kunst. Wie schön, Sie wiederzusehen.“

Die Kugel rollte Ted vor die Füße. Er hob sie auf. „Hallo, Mann.“

„Schön, dass ihr beiden euch endlich hierher bequemt habt. Es wurde auch langsam Zeit“, beschwerte sich Kunst. „Ich warte schon seit Stunden auf euch!“

„Kannst du mir meine Zukunft verraten, wenn ich dich schüttele?“ Ted grinste und hob drohend die Hand mit der Kugel.

„Das werde ich nicht tun!“, fauchte Kunst. „Ich bin doch kein billiger Wahrsager! Ich bin eine lebende Seele, die in diesem höllischen Ball gefangen ist, bis sie endlich befreit wird. Und wage nicht, auch nur …“

Aus einer der Nischen war ein leises Stöhnen zu hören. Die dazugehörige Leiche bewegte sich.

„Scheiße!“, rief Ted erschrocken.

„Kein Grund zur Sorge“, beruhigte ihn Grell und klopfte ihm auf die Schulter. „Achte nicht darauf.“

„Grell, diese Leiche hat sich gerade bewegt.“ Ted klammerte sich an der Kugel fest. „Sind sie … sind sie nicht alle tot? Werden hier auch Leute bestattet, die noch am Leben sind?“

„Mein lieber Tedward“, sagte Grell. „Ich will es dir erklären. Die Rassen von Xenon wurden von den Göttern erschaffen und sind nahezu unsterblich. Besonders wir Asra werden sehr alt. Schließlich wurden wir dazu erschaffen, den Göttern zu dienen. Aber manche von uns empfinden dieses lange Leben als Last.

Wenn ein Asra bereit ist, die Welt der Lebenden zu verlassen, richten wir eine Bestattung für ihn aus und bringen ihn hierher, damit er schlafen kann, wie die Götter es tun. Die Friedhöfe der Asra waren immer geheim. Nur der König erfährt, wo die Gräber sich befinden. Es ist seine heilige Pflicht, sie zu beschützen.“

„Aber sie sind noch nicht tot“, widersprach Ted. „Sie schlafen nicht wie die Götter oder wer auch immer. Sie sterben.“

„Sobald die Bestattungszeremonie abgeschlossen ist, sind sie tot“, sagte Grell. „In den Augen der Asta sind sie verstorben.“

„Aber sie sind trotzdem nicht richtig tot.“

„Okay, nach menschlichen Standards sind sie nicht tot. Sie sind noch ein klitzekleines Bisschen am Leben und träumen nur“, gab Grell zu und seufzte erschöpft. „Aber für uns sind sie sehr tot.“

„Mist“, flüsterte Ted. Er fragte sich, wie viele der Asra wohl noch gelebt haben mochten, bevor sie hier in eine der Nischen geschoben wurden. Es fiel ihm schwer, sich sein Unbehagen nicht anmerken zu lassen.

„Schon tausend Jahre können unerträglich lange werden“, sagte Kunst ruhig. „Die Welt ändert sich und sie … sie bleiben immer gleich. Manchmal wird das zu viel.“

„Ich … ich kann mir einfach nicht vorstellen, dass …“

„Du musst es nicht verstehen, um es zu respektieren“, erwiderte Kunst. „Es ist eben das, was die Asra tun.“

„Ich weiß. Du hast recht. Es ist nur so, dass ich nicht damit gerechnet habe. Es hat mich … überrascht.“ Ted schaute zu Grell auf. „War es das, was du mir nicht zeigen wolltest?“

„Ja“, murmelte Grell und zuckte nervös mit dem Schwanz.

„Schon gut.“ Ted tätschelte ihm die Schulter. „Ich habe schon viel Verrücktes und Unheimliches gesehen. Der Tod gehört nicht dazu. Er kann eklig und erschreckend sein, aber auch … schön.“

Grell schaute auf.

„Machst du das mit allen Verstorbenen?“, fragte Ted. „Bringst du sie alle hierher und kümmerst dich um sie?“

„Ja“, sagte Grell. „Eines Tages, wenn ich zu müde bin, um diese Aufgabe zu erfüllen, wird mein Sohn sie übernehmen.“

„Siehst du? Und das ist schön“, erklärte Ted. „Es ist eine Familientradition. Ich finde das cool.“ Sein Blick fiel auf die Nische, in der sich eine der *Leichen* bewegt hatte. „Aber … warum würde jemand ein Grab ausrauben wollen?“

„Die Knochen“, sagten Grell und Kunst im Chor.

„Bitte sehr“, grummelte Grell. „Rede nur weiter. Ich überlasse es gern dem toten Menschen, dem lebenden Menschen unsere Gebräuche zu erklären.“

„Vielen Dank, Eure Hoheit“, schnaubte Kunst in seiner Glaskugel beleidigt und ignorierte Grells unüberhörbaren Sarkasmus. „Vor langer Zeit, bevor die Götter sich zum Träumen legten, lebten alle Kinder des Großen Azaethoth gemeinsam auf Aeon.“

„Die Asra waren schon in Xenon“, unterbrach ihn Grell. „Jedenfalls die meisten von uns.“

„Ja“, schnappte Kunst ihn an. „Die Asra waren in Xenon, die Vulgora lebten in den Meeren, die Faedra in den Wäldern, und so weiter und so fort. Viele lebten friedlich mit den Menschen zusammen. Jedenfalls so lange, bis die Götter sich schlafen legten. Danach hatten die anderen Rassen keinen Schutz mehr und die Menschen fingen an, sie wegen ihrer verschiedenen Teile zu jagen.“

„Wegen ihrer verschiedenen Teile?“, fragte Ted. „Was meinst du damit?“

„Sie jagten die Eldress wegen ihrer Hörner, die Faedra wegen der Flügel und die Asra wegen der Knochen. Alle, die nicht nach Xenon flohen, wurden gejagt. Sie wurden niedergemetzelt, weil sie in der Unterzahl waren.“

„Einigen ist es gelungen, sich zu verbergen“, fügte Grell hinzu. „Obwohl sie Aeon verlassen haben, leben sie in ihren Nachkommen weiter.“

„In ihren Nachkommen? Hatten sie … Kinder mit Menschen?“ Ted kratzte sich am Kopf. „Ich würde mich ganz bestimmt daran erinnern, wenn ich jemals einem halben Fischmonster begegnet wäre.“

„Die Nachkommen sahen äußerlich oft menschlich aus“, erklärte Grell. „Ein Olympiasieger – beispielsweise im Dauerlauf – kann entweder ein wirklich guter menschlicher Sportler sein oder eine Vorfahrin haben, die sich vor Urzeiten mit einem Eldress eingelassen hat. Und eine alte Dame mit einem grünen Daumen? Ist entweder nur eine gute Gärtnerin oder ihr Großvater war mit einer Faedra liiert. Perfekte Liebhaber? Haben natürlich Asra-Gene.“

Ted rieb sich verlegen den Nacken. „Vielleicht bin ich nur ein ignoranter Lucianer, aber davon habe ich noch nie gehört.“

„Die Lucianer haben es nur noch schlimmer gemacht“, knurrte Kunst. „In ihren Überlieferungen werden die alten Rassen als Dämonen und Ungeheuer dargestellt, die ausgerottet werden müssen, weil ihre Existenz dem Herrn des Lichts ein Grauen wäre. Das hat den Vernichtungsfeldzug noch zusätzlich angeheizt.“

„Und unsere Toten wurden weiter geschändet“, sagte Grell mit bitterer Stimme.

„Wie schrecklich“, murmelte Ted. „Wie die Menschen, die Elefanten erschießen, weil sie glauben, das Elfenbein würde ihnen zu einem größeren Schwanz verhelfen oder so.“

„Mit dem Unterschied, dass unsere Körperteile tatsächlich magische Eigenschaften besitzen.“ Grell lächelte müde. „Asra waren wegen ihrer Bestattungssitten ein leichtes Opfer. Unzählige Gräber wurden geschändet und …“

Er verstummte und drehte sich zu einem Torbogen um, der offensichtlich in die nächste Höhle führte.

„Grell?“ Ted sah ihn fragend an. „Was ist los?“

„Komm mit.“ Grell lief plötzlich los, direkt auf den Durchgang zu.

„Hey!“ Ted klemmte sich Kunsts Glaskugel unter den Arm und lief ihm nach. Er konnte kaum mit Grell mithalten. Sie kamen durch mehrere Höhlen, die alle zu dem Mausoleum gehörten. Ted fiel auf, dass die Leichen in den Nischen immer älter wurden. Natürlich nicht in dem Sinne, dass sie später gestorben wären, sondern rein verwesungstechnisch. Ihr Tod lag schon länger zurück.

Als er Grell endlich eingeholt hatte, waren selbst die Knochen in den Nischen schon zu Staub zerfallen.

Nein. Kein Staub.

Sie waren weg. Verschwunden.

Ted sah sich erschrocken um. Alle Nischen in diesem Raum waren leer. Risse in den Wänden zeigten, dass sie manche gewaltsam geleert worden waren. Grell brach vor einer kleinen Nischengruppe zusammen.

„Oh nein“, flüsterte Kunst mit gebrochener Stimme.

„Grell“, rief Ted. „Es tut mir so verdammt leid.“ Er wagte nicht, sich Grell zu nähern, der am ganzen Leib bebte vor Wut.

„Meine Königin“, fauchte er wütend. „Sie haben ihn mitgenommen. Meine verdammte Königin. Und meine Eltern und meine Großeltern. All die Vorfahren! Sie sind verschwunden!“ Er stand wieder auf und schlug mit dem Schwanz. „Ich werde diesen Visseract finden und bei lebendigem Leib auffressen! Ich reiße ihm die Eingeweide einzeln raus!“

„Er, äh, braucht einen Moment“, flüsterte Ted Kunst zu und brachte wohlweislich etwas mehr Abstand zwischen sich und Grell. „Kannst du mir verraten, wer hinter den Knochen her gewesen sein könnte? Und warum?“

„Sie können einem nicht-Asra helfen, eine andere Gestalt anzunehmen. So, wie die Asra es können“, erklärte ihm Kunst. „Und sie helfen, die Dimension zu wechseln, Portale zu öffnen und eine andere Welt zu betreten. Oder Astralreisen zu ermöglichen.“

„Astralreisen?“

„Eine Astralreise ist, wenn deine Seele den Körper verlässt“, erklärte Kunst. „Wer diese Kunst beherrscht, kann seinen Körper jederzeit verlassen und große Entfernungen zurücklegen.“

„Und warum sollten Gronoch und Visseract das tun wollen?“

„Keine Ahnung.“ Kunst schnaubte frustriert. „Ich weiß nur, was ich gehört habe. Und es ergibt wenig Sinn. Ich weiß, dass sie darüber gesprochen haben, die verstummten Seelen zu versklaven, aber ich kann mir nicht erklären, warum sie das wollen und wozu sie die Knochen brauchen. Gronoch ist ein Gott. Er braucht die Knochen nicht, um in eine andere Welt zu reisen. Und die Verstummten können auch mit den Knochen keine Magie praktizieren.“

„Auch nicht mit den speziellen Kätzchenmonsterknochen?“

„Nein. Sie mögen Knochen, die ihre eigene Magie besitzen, für kleine Tricks benutzen können, aber das ist etwas anderes. Die Magie ist nicht auf sie übertragbar.“

„Mist.“

Grell verneigte sich vor einer der Nischen und heulte erbärmlich. Seine Wut ließ langsam nach und ihm blieben nur noch Trauer und Schmerz.

Ted konnte es nicht länger ertragen, Grell so untröstlich zu sehen. Er legte Kunsts Glaskugel auf den Boden, lief zu ihm und kniete sich an seine Seite. Dann schlang er die Arme um seinen Hals und bedeckte sein Fell mit Küssen. „Hey, ich bin bei dir.“

Grell zuckte zusammen, entspannte sich aber schnell wieder. „Ich habe versagt. Ich habe sie im Stich gelassen. Meine eigene Familie.“

„Was redest du denn da?“ Ted schüttelte den Kopf. „Es ist nicht deine Schuld!“

„Ich bin dafür verantwortlich, die Gräber zu beschützen“, sagte Grell. „Ich hätte wissen müssen, dass sie in Gefahr sind.“

„Nein“, widersprach ihm Ted. „Nein, es ist nicht deine Schuld. Du konntest nicht wissen, was Visseract plant! Wir werden ihn finden und zu Hackfleisch verarbeiten, ja?“

Grell sah ihn mit großen Augen an. „Das meinst du ernst, nicht wahr?“

„Oh ja!“ Ted drückte ihn an sich. „Gegen uns beide haben diese Fischkerle keine Chance. Das haben wir ihnen im Wald schon gezeigt, nachdem wir mit der verrückten Katzendame gesprochen haben.“ Er kratzte sich am Kopf. Da war doch was…

Die verrückte Katzendame. *Silas!*

„Um das klarzustellen …“, neckte ihn Grell halbherzig, „*Ich* war es, der sie in die Flucht geschlagen hat. Du warst viel zu beschäftigt damit, in Ohnmacht zu fallen. Obwohl ich dir natürlich für deine moralische Unterstützung dankbar bin.“

„Erinnere dich“, flüsterte der kleine Junge Ted ins Ohr und legte ihm die Hand auf den Arm. „Du musst dich erinnern!“

Ted hörte das Rauschen des Meeres, die lauten Schreie und…

Die Perle. Die purpurfarbene Perle. Er hatte sie schon zuvor gesehen. Zweimal sogar.

„Was ist?“, fragte Grell und zog einen besorgten Schmoll… eine besorgte Schmoll*schnauze*. „Ted? Ist alles okay mit dir?“

„Silas“, rief Ted aufgeregt. „Die alte Katzendame in der Höhle! Wir müssen sofort mit ihr reden!“

„Wozu denn das?“, knurrte Grell. „Ich bin hier gerade mit einem zutiefst persönlichen, emotionalen Kollaps beschäftigt. Ich muss jetzt meinen Pyjama anziehen, mich ins Bett setzen und Eiscreme essen. Können wir mit dem Besuch bei Silas noch etwas warten?“

„Das Ohrdingsbums!“, rief Ted. „Die zerbrochene Perle, die wir gefunden haben! Ich habe sie schon gesehen! Das fehlende Stück hat bei Mires Leiche gelegen! Und ich weiß, wer die andere Hälfte hat!“

„Aha. Und wer, zum Teufel aber auch?“

„Sie natürlich! Silas!“

„Scheiße.“

10

KUNST DROHTE damit, sich aus der Glaskugel zu befreien und sie bis an ihr Lebensende heimzusuchen, wenn sie ihn hier unten in den Katakomben ließen. Also hob Ted ihn wieder auf, bevor Grell sie zurück in den Thronsaal teleportierte.

Außer Mire war niemand da.

Grell nahm seine menschliche Gestalt an und beauftragte die Wachen, Wesir Ghulk zu suchen und zu ihm zu bringen. Kurz darauf kamen sie zurück und berichteten, sie hätten ihn nicht angetroffen, würden aber weiter nach ihm suchen. Grell bleckte die Zähne.

„Hmpf", schnaubte er. „Wenn man das dämliche Pony braucht, ist er nicht zu finden. Nur wenn man ihn loswerden will, ist er wie eine Klette."

Ted beruhigte ihn. „Sie finden ihn bestimmt bald. Dann kann er uns zu Silas bringen und wir fragen sie, warum Mires Hälfte der Hochzeitsperle in der Bibliothek in einer Schriftrolle versteckt war. Vielleicht weiß sie es."

„Bist du dir wirklich sicher, dass es Mires Perle war?"

„Hast du die Bruchstücke aus der Bibliothek noch?"

„Hier", sagte Grell und schnipste mit den Fingern.

Das zerbrochene Band schwebte zusammengesetzt über Teds Hand. Mit einem weiteren Fingerschnipsen tauchte das Bruchstück von Mires Leiche auf und fügte sich nahtlos in die kleine Lücke ein. Jetzt war Mires Hälfte der Hochzeitsperle komplett.

„Siehst du?", rief Ted. „Es passt. Ha! Prima. Das ist … was bedeutet das?"

„Dass mein Cousin, dieser hinterhältige Kerl, mit Thulogian Silas verheiratet war", sagte Grell und fuhr sich mit beiden Händen übers Gesicht.

„Warum wusstest du das nicht? Solltest du so was nicht wissen?"

„Ich wusste es nicht!" Grell warf frustriert die Hände in die Luft. „Jedenfalls kann ich mich nicht erinnern, eine Einladung zum Hochzeitsessen bekommen zu haben."

„Sie waren insgeheim schon seit Jahren verheiratet", mischte sich Kunst ein. „Das weiß doch jeder."

„Halt!", rief Ted und starrte die Glaskugel irritiert an. „Das wusste eben nicht jeder! Worüber redest du eigentlich?"

„Mire sollte jemanden aus dem Klan der Vulgora heiraten, aber die Verhandlungen wurden aufgeschoben", erklärte Kunst ungeduldig.

„Das zumindest weiß ich“, mischte Grell sich wieder ein. „Asra sind keine Freunde von arrangierten Ehen, aber die Vulgora sind ganz wild danach.“

„Können Vulgora und Asra, äh …?“ Ted machte einen Kreis mit Daumen und Zeigefinger der einen Hand und schob den Zeigefinger der andern durch die Öffnung. „Du weißt schon.“

„Mit etwas Fantasie ist nichts unmöglich“, erklärte Grell. „Aber es ist sehr unwahrscheinlich, dass sie Nachkommen gezeugt hätten. Die Vulgora waren nur an Mire interessiert, weil er ein Mitglied der königlichen Familie ist. Weiß der Teufel, warum Mire bei dem Spiel überhaupt mitgemacht hat.“

„Zumal er schon mit Silas verheiratet war.“ Ted drehte sich wieder zu Kunst um. „Und woher weißt du darüber so gut Bescheid, hä?“

„Ich schleiche schließlich schon seit Wochen durch dieses Schloss!“, rief Kunst. „Wenn man erstochen wird, endet man so gut wie sicher als ruheloser Geist!“

„Hast du nicht gesagt, dein Tod hätte die Welt gerettet?“

„Das hat er auch!“, erklärte Kunst leidenschaftlich. „Ich habe mich für ein uraltes Ritual geopfert, das …“

„Ein Illusionszauber“, unterbrach ihn Grell. Er kniete sich neben Mires Leiche auf den Boden, streckte die Hand aus und zog eine Grimasse. Dann stand er wieder auf.

„So ähnlich wie eine Creme, die man auf Pickel schmiert?“

„Ja, nur viel mächtiger“, erwiderte Grell. „Ein Illusionszauber kann an bestimmte Objekte, beispielsweise Schmuck, gebunden sein und das Äußere einer Person komplett verändern. Mire muss ihn benutzt haben, um seine Hochzeitsperle zu verbergen. Als er starb, wurde der Zauber wirkungslos.“

„Und der Mörder musste sie vernichten, damit niemand erfuhr, dass Mire schon verheiratet war?“

„Scheint so.“

„Eure Hoheit!“ Ghulk kam mit klappernden Hufen in den Thronsaal galoppiert. „Ihr wolltet mich sprechen?“

„Du musst uns noch einmal zu Silas bringen“, befahl Grell. „Sofort.“

„Äh, selbstverständlich“, erwiderte Ghulk und riss seine milchigen Augen auf. „Wie Ihr wünscht, Eure Hoheit.“

Im Wald übernahm Ghulk die Führung. Grell war angespannt und ungewöhnlich schweigsam. Seine Augen glänzten nicht so hell wie üblich. Ted folgte ihm, Kunsts Gaskugel unter den Arm geklemmt.

Am Nachthimmel war die Brücke zu sehen. Ihr Glanz wurde gelegentlich von den Bäumen verdeckt, aber sie war wunderschön. Ted pochte das Herz. Diese Sache wurde von Minute zu Minute rätselhafter, aber es gab kein Zurück mehr.

Glücklicherweise war er nicht allein.

Grell griff nach seiner Hand und lächelte angespannt.

Ted konnte sich nicht vorstellen, unter welchem Stress Grell stand. Er drückte seine Hand. „Wenn sie in die Sache verwickelt ist, weiß sie vielleicht auch, was mit den Knochen passiert ist, oder?“

„Vielleicht“, sagte Grell mit einem kurzen Lachen. „Aber wenn ich ehrlich bin, erwarte ich mir nicht viel.“

Vor ihnen verschwand Ghulk in dem Erdloch. „Eure Hoheit!“, rief er Sekunden später. „Eure Hoheit! Oh nein! Kommt schnell, bitte!“

„Warte hier“, sagte Grell, verwandelte sich in seine Katze und sprang Ghulk nach.

„Nein, verdammt“, knurrte Ted. „Warte auf mich!“

„Vielleicht sollten wir doch hier oben …“, wollte Kunst ihm widersprechen.

„Halt den Mund!“ Ted rutschte in die Höhle, dieses Mal vorsichtiger als bei ihrem ersten Besuch. Es war vollkommen dunkel. Er hielt Kunst wie eine Taschenlampe in die Höhe. „Was ist hier los? Warum ist es so dunkel und…“

Der Boden war glitschig – *was war das?* -, er rutschte aus, fiel nach vorne und versuchte, sich mit den Händen aufzufangen. Stöhnend sah er auf und sah vor sich Kunsts Glaskugel über den Boden rollen, tiefer in die Höhle hinein.

Dann blieb sie liegen, direkt neben…

Neben dem offenen Maul eines Asra, dessen tote Augen im trüben Licht der Kugel glänzten.

„Wie eklig! Nimm mich hier weg, sofort!“, heulte Kunst und wackelte hektisch hin und her bei dem vergeblichen Versuch, selbstständig aus der Blutlache zu rollen. „Igitt!“

Ein Schnipsen war zu hören und es wurde hell. Grell hatte sich in einen Menschen zurückverwandelt. Er streckte die Hand aus und zog Ted hoch. „Alles in Ordnung, Liebster?“

„Ich … ich …“ Ted starrte die Leiche an und erkannte Thulogian Silas. „Scheiße.“

„Sie ist tot“, flüsterte Ghulk mit gebrochener Stimme. Seine Vorderläufe gaben nach, er sackte zu Boden und legte den Kopf auf ihre Brust. „Oh, Thulogian … meine liebe Thulogian … oh nein.“

„Sieht aus, als hättest du jetzt einen Doppelmord am Hals“, murmelte Grell und zeigte auf die Blutflecke an der Hose, die Ted sich bei seinem Sturz zugezogen hatte.

„Oh, verdammte Scheiße!“, stöhnte Ted und zeigte empört auf Ghulk. „Und was ist mit ihm? Der hat den Kopf auf ihr liegen!“

„Rein technisch gesehen hast du sie zuerst berührt“, meldete sich Kunst hilfreich zu Wort. „Und die Gesetze der Asra sind in dieser Hinsicht…“

„Halt den Mund!“

„Entschuldige, Liebster.“ Grell verzog das Gesicht. „Aber er hat recht. So will es das Gesetz.“

„Leck mich doch“, fluchte Ted.

„Später, Liebster.“

„Noch eine Mordanklage? Komm schon …“ Ted hätte sich am liebsten die Haare gerauft. Er stöhnte frustriert und schaute auf Silas’ Leiche. „Okay. Alles bestens. Keine große Sache. Nur ein zweiter Mord. Einfach nur ein großes Katzenmonster, das erstochen worden ist. Cool. Keine Tatwaffe. Auch in Ordnung. Wunderbar. Und … und … warum zum Teufel frisst Ghulk ihren Fuß?“

„Lass die Leiche in Ruhe, Ghulk!“, fauchte Grell.

„Es tut mir leid, Eure Hoheit!“, heulte Ghulk und ließ den Fuß los.

„Sie ist eine Asra“, brüllte Grell und wäre fast aus allen – menschlichen – Nähten geplatzt, als seine Katzenform um Kontrolle kämpfte. „Sie wird bei ihrem Volk begraben, nicht zum Dinner serviert!“

„Ich habe sie geliebt!“, schnappte Ghulk ihn an, stand auf und bleckte wütend seine riesigen Zähne. „Ich habe sie mehr geliebt als alles andere auf der Welt! Mire hat sie wie eine Last behandelt, hat ihr befohlen, in diesem erbärmlichen Loch zu leben, damit niemand von der Hochzeit erfuhr!“

„Was zum Teufel ist hier eigentlich los?“, wollte Ted wissen. „Warum willst du sie auffressen, wenn du sie angeblich so geliebt hast?“

„Die Eldress haben früher alle ihre Toten aufgefressen, besonders geliebte Familienangehörige“, informierte ihn Kunst, hilfsbereit wie immer. „Diese alte Tradition lebt heute noch, obwohl sich mittlerweile die Einbalsamierung mehr und mehr durchsetzt.“

Ted schlug die Hände vors Gesicht.

„Du warst in Thulogian Silas verliebt?“, erkundigte sich Grell barsch, um den Faden nicht zu verlieren. „Und du wusstest von der Hochzeit?“

„Ja!“, schluchzte Ghulk. „Wir waren Freunde! Die besten Freunde! Sie war immer so nett zu mir! Was glaubst du wohl, warum ich der Einzige war, der sie besuchen durfte?“

„Die ist hoffentlich klar, dass du damit zum Hauptverdächtigen wirst für den Mord an Mire“, sagte Grell.

„Das ist mir egal!“ Ghulk ließ heulend den Kopf hängen. „Ich wünschte … ich wünschte, ich hätte ihn wirklich umgebracht. Ich wünschte, ich könnte ihn wieder zum Leben erwecken und ein zweites Mal umbringen! Er hat sie unmöglich behandelt, aber dieser verfluchte Visseract ist mir zuvorgekommen! Es ist so schrecklich!“

„Visseract dachte vielleicht, sie würde über ihn auspacken.“ Ted kratzte sich nachdenklich am Kinn. „Aber warum sollte sie das tun, wenn Visseract ihr dieses Ding … dieses Sternenkind geben wollte?“

„Es hört sich nicht sehr logisch an, nicht wahr?“ Grell überlegte. „Hmm …“ Er sah sich nach Kunst um. „Was meinst du, Professor? Hast du etwas Sinnvolles beizutragen?“

„Oh, hmm … ich bin mir nicht sicher“, meinte Kunst und seine Stimme wurde hysterisch. „Wie soll ich nachdenken, wenn ich hier an dieser Leiche klebe? *Überall ist Blut!*“

„Heulsuse“, grummelte Ted, machte einen vorsichtigen Schritt über die Blutlache und hob ihn auf. Da seine Kleidung sowieso schon ruiniert war, wischte er die Glaskugel an seinem Hemd ab. „So. Zufrieden?“

„Besser, danke“, erwiderte Kunst herablassend. „Hmm … Mire und Silas waren Gefährten. Wer immer diese Hochzeitsklunker versteckt hat, wollte nicht, dass diese Tatsache bekannt wurde.“

„Wer hätte das gedacht?“, kommentierte Ted. „Das hilft uns auch nicht viel weiter.“

„Es ist spät und ich bin müde. Ich will jetzt ins Bett“, knurrte Grell irritiert und drehte sich zu Ghulk um. „Du! Informiere den Rest des Hofs über das, was hier passiert ist. Und wage nicht, an der Leiche zu knabbern!“

„Ja, Eure Hoheit“, sagte Ghulk und verbeugte sich gehorsam.

„Und du!“ Grell schnappte sich Kunst. „Dich schicke ich jetzt in die Bibliothek.“

„Um nach Spuren zu suchen? Zu recherchieren?“, fragte Kunst eifrig. „Ich helfe gerne aus und…“

„Nein. Weil du mir auf die Nerven fällst und mir der Schädel brummt“, knurrte Grell und sah Ted an. „Und du, Ted aus Aeon, kommst mit mir. Mach dich auf Einiges gefasst.“

„Auf was? Warum?“

„Falls du beim Teleportieren halbiert wirst oder so.“

„Halt, ich …“

Grell zog ihn an sich, die Höhle verschwand und sie tauchten wieder an dem Pool mit den glänzenden Aalen auf. Ted war froh, noch in einem Stück zu sein. Er trug jetzt eine Badehose, aber Grell war nackt, als er in den Pool sprang.

Ted setzte sich an den Beckenrand und wartete, bis Grell wieder an die Oberfläche kam. „Danke, dass du mich nicht zweigeteilt hast. Wie, äh, geht es dir?“

„Beschissen.“ Grell nahm kein Blatt vor den Mund. „Ich muss zwei Morde aufklären und meine Königin und meine Familie finden. Und ich habe verdammte Kopfschmerzen.“

„*Wir* müssen zwei Morde aufklären“, korrigierte ihn Ted. „Weil mir ständig neue Untaten vorgeworfen werden, seit ich mit dir rumhänge.“

„Hmmpf.“

Ted sah zu, wie Grell wieder abtauchte und einige Kreise schwamm. Er wusste nicht, was er sagen sollte. Grell war sichtlich aufgebracht und Ted hätte ihn gerne getröstet.

„Hey“, sagte er nach einer Weile, als Grell wieder auftauchte. „Wir finden die Knochen deiner Königin bestimmt bald wieder. Und die der anderen auch. Wir lösen dieses Rätsel.“

„Und wenn nicht?“, fragte Grell und kam zu ihm geschwommen. „Was soll ich meinem Sohn sagen, wenn er von Aeon zurückkommt? *Ups, wir haben die Knochen deiner Mama verloren. Tut mir leid...?*“

„Du sagst ihm einfach die Wahrheit“, antwortete Ted. „Dass einer dieser verdammten Götter die Knochen gestohlen hat. Du hast sie nicht verloren. Es ist nicht so, als ob du sie, äh … in der anderen Hosentasche vergessen hättest. Sie sind gestohlen worden!“

Grell knurrte und verzog das Gesicht.

„Weißt du …“, fuhr Ted zögernd fort und zog sich Grell zwischen die Beine. „Es gibt noch andere Sachen, die du tun könntest.“

„Andere Sachen?“ Grell schlang ihm die Arme um die Hüften, zog die Augenbrauen hoch und sah ihn erwartungsvoll an.

„Menschen führen Beerdigungen auch dann durch, wenn es keine Leiche gibt“, erklärte Ted vorsichtig. „Manchmal benutzen sie einen leeren Sarg, um den Verlust sichtbar zu machen. Manchmal legen sie bestimmte Gegenstände in den Sarg, die der verstorbenen Person viel bedeuteten. Etwas Besonderes.“

„Was könnte das sein?“, fragte Grell leise. Er hörte sich nicht beleidigt an, nur neugierig.

„Nun, das ist sehr unterschiedlich“, erwiderte Ted. „Es können Fotos, Briefe oder andere persönliche Dinge sein. Manche Familien bringen uns Kleidung, die wir in den Sarg legen, als würde die verstorbene Person sie tragen. Ich kann mich an eine Witwe erinnern, die uns alte Socken gebracht hat, weil ihr Mann sie vor seinem Tod getragen hat.“

„Ich glaube nicht, dass die alten Socken meiner Königin ein würdiger Ersatz für ihre Leiche sind.“

„Kein Ersatz, nein“, erklärte Ted. „Aber sie wären ein Versprechen. Ein Versprechen, dass du nach ihren Knochen suchst, bis du sie wiedergefunden hast. Und ich helfe dir dabei.“ Er blinzelte, als Grell ihn mit großen Augen ansah. „Was ist los?“

„Bist du sicher, dass du nur ein normaler Sterblicher bist?“, fragte ihn Grell und streichelte ihm über den Rücken.

„Eigentlich schon. Warum?“

„Weil du wunderbar bist“, sagte Grell lächelnd. „Du bist bedachtsam und fürsorglich. Ich muss gestehen, ich mag dich mehr als nur gern.“

„Ich … ich dich auch“, gestand Ted und wurde rot. „Ich will dir helfen. So, wie du mir hilfst. Nur, äh …“ Er verlor sich in Grells zärtlichem Blick und verstummte.

Grell drückte ihn an sich und hob ihn ins Wasser. Er legte sich Teds Beine um die Hüften und küsste ihn.

Es war ein süßer, fast träger Kuss. Ted hätte ihn stundenlang so küssen können. Sie ließen sich durchs Wasser treiben. Die leuchtenden Aale glitten rechts und links an ihnen vorbei und über ihnen glänzte die Brücke am Nachthimmel.

Ted streichelte Grell über die Haare und die breiten Schultern. Er stöhnte leise, als die unvermeidbare Leidenschaft zwischen ihnen wieder aufflammte.

„Grell“, flüsterte er. Seine Lippen waren feucht und warm vom Küssen.

„Wenn ich die Hand auf deinem Arsch habe, kannst du mich ruhig Thiazi nennen.“ Grell drückte ihm das Hinterteil.

„Okay, Thiazi!“ Ted lachte und küsste ihn wieder. Dann musste er schnell den Kopf abwenden, um Grell nicht in den Mund zu gähnen. „Ah, sorry.“

„Schon gut“, sagte Grell grinsend. „Es war ein langer Tag, Liebster. Ich falle morgen über dich her, ja?“

„Vor oder nach der Gerichtsverhandlung?“

„Sowohl als auch?“

„Wir haben doch noch bis morgen um Mitternacht Zeit, nicht wahr?“ Ted lächelte gespielt selbstbewusst. „Dann könnte es klappen. Und du wolltest noch mit mir kuscheln, stimmt’s?“

„Oh ja. Schließlich habe ich es dir versprochen.“ Grell schnipste mit den Fingern und teleportierte sie ins Bett, warm und trocken und in Strampelanzüge gekleidet, die – im Partnerlook – mit Einhörnern und Regenbögen bedruckt waren.

Ted tastete nach der Kapuze auf seinem Kopf. Sie hatte tatsächlich kleine Ohren und ein Horn in der Mitte. „Oh mein Gott. Du spinnst.“

„Wie bitte?“ Grell blinzelte. „Ist das nicht üblich, wenn man ein Paar ist?“

„Ja, nur …“ Ted musste lachen. Der Anblick des mächtigen Königs der Asra in seinem Strampelanzug war einfach zu gut. Er zog Grell die Kapuze über den Kopf. „So.“

„Besser?“

„Viel besser.“ Ted kicherte leise vor sich hin, rollte sich neben Grell zusammen und umarmte ihn. Grell hielt ihn fest an sich gedrückt. Ted fühlte sich behütet und wie schwerelos, als die Last des Tages von ihm abfiel.

Es war erst eine Stunde her, da hatte er sich die zweite Mordanklage eingehandelt, aber jetzt war er einfach nur glücklich. Ted wusste nicht, wie lange dieses Gefühl anhalten würde, aber er war fest entschlossen, es auszukosten.

„Ich habe unseren Tag für morgen geplant“, sagte Grell und grinste ihn an.

„Ja? Und wie sieht dein Plan aus?“

„Erstens Sex, heiß und wild“, zählte Grell mit ernster Miene auf. „Mindestens drei Position und jede endet mit einem Orgasmus. Dann frühstücken wir und sorgen dafür, dass Ghulk nicht auf die Idee kommt, Silas zu verspeisen. Danach verhören wir alle und jeden.“

„Was ist mit dem Mittagessen?“, fragte Ted lächelnd.

„Das auch. Dafür legen wir eine kurze Pause ein“, sagte Grell. „Wir müssen bei Kräften bleiben, weil mein idiotischer Hofstaat uns nicht viel Neues zu sagen haben wird. Es wird also kein leichter Tag für uns und wir müssen damit rechnen, dass es spät wird, bevor wir zum Abendessen kommen.“

„In Ordnung", murmelte Ted schläfrig. „Vielleicht sollten wir zuerst die Fischleute verhören. Mire hatte ständig mit ihnen zu tun und sie haben uns angegriffen. Irgendwas stimmt da nicht. Und wenn sie es uns nicht verraten, kannst du sie auffressen."

„Sehr gute Idee, mein kleiner Detektiv", sagte Grell lachend, küsste ihn auf den Kopf und zog an dem kleinen Horn. „Aber jetzt müssen wir schlafen."

„Gute Nacht, Thiazi", flüsterte Ted und schloss seufzend die Augen.

„Gute Nacht, Ted."

Ted schlief kurz darauf ein. Er träumte von Dunkelheit und dem Rauschen des Meeres – ein ruhiger Traum. Aber nach einer Weile wurde das Rauschen zu einem ohrenbetäubenden Tosen, dem er nicht mehr entkommen konnte. Er wachte auf.

Sein Herz pochte heftig. Er schaute sich um, konnte Grell aber nirgends sehen. Nur ein kleiner Junge war da. „Kleiner Freund?"

Der Junge stand neben einer Asra mit silbernen Streifen und einer purpurfarbenen Perle am Ohr. „Silas muss mit dir reden, bevor sie geht", sagte der Junge und streichelte sie.

„Thulogian Silas", flüsterte Ted, als er sie erkannte. „Hey! Wer hat dich umgebracht? Was ist passiert?"

Silas schüttelte nur schweigend den Kopf und ging.

„Folge ihr", drängte der Junge, nahm ihn an der Hand und zog ihn aus dem Bett. „Komm!"

Ted musste sich beeilen, um Silas zu folgen, die durch die Wand verschwand. Je schneller er lief, umso weiter entfernte sich Silas. Es war hoffnungslos. Der Flur vor ihm wurde länger und länger und er konnte sie nicht erreichen.

„Mist! Komm!"

Er rannte schneller. Plötzlich gab der Boden unter ihm nach und er fiel ins Wasser.

Es war salzig, warm … das Meer.

Ted versuchte, sich schwimmend an der Oberfläche zu halten, aber er wurde immer wieder in die Tiefe gezogen. Er wurde müde und seine Kräfte ließen nach. Er würde ertrinken. Seine Lungen brannten, als er das Salzwasser einatmete.

Dann hielt er etwas in den Armen – klein und warm – und ein helles Licht tanzte vor seinen Augen. Er konzentrierte sich auf das Licht und erkannte Bilder.

Mire und einige Fischwürmer, die vor kleinen Flaschen mit Tinkturen standen.

Mire und Silas, die sich in den Armen hielten und weinten.

Mire, der mit Visseract und einem Menschen in den Katakomben war. Sie stritten sich und … nein. Das war kein Mensch. Das war Gronoch.

Die Bilder kamen und gingen. Sie wechselten so schnell, dass er ihnen kaum noch folgen konnte. Ted nahm einen letzten Atemzug und schrie. Er konnte sich schreien hören.

Einen Namen.

Was war das für ein Name?

„Ted?"

Nein, Ted war nicht sein Name. Was war…

„Ted!" rief Grell besorgt und schüttelte ihn wach. „Ted! Was ist los mit dir, Liebster?"

„Ah … verdammt!" Ted schoss keuchend von der Matratze hoch und schaute panisch an sich herab. „Nass. Warum bin ich nass?"

„Weil du schwitzt wie ein Vulgora beim Reinheitstest", sagte Grell und schnipste mit den Fingern. „Besser so, Liebster?" Ted trug jetzt ein frisches T-Shirt und Boxershorts.

„Danke", murmelte er und fuhr sich mit zitternden Fingern durch die Haare. Sie waren immer noch schweißnass. „Mist. Tut mir leid, ich …"

„Schon gut. Ich kann dir einen neuen Strampelanzug besorgen."

„Ich habe geträumt. Und es war ein verdammt beschissener Traum." Er hielt plötzlich ein Glas Whiskey in der Hand. Grell hatte wieder mit den Fingern geschnipst. „Danke, Mann."

„Ganz ruhig, Liebster", schnurrte Grell zärtlich. „Hier bist du sicher. Hier kann dir nichts passieren."

„In dem Traum bin ich ertrunken", sagte Ted und nahm einen mächtigen Schluck aus dem Glas. Der Whiskey brannte ihm in der Kehle. „Ich habe versucht, Silas zu finden und dann … dann war ich plötzlich im Meer und … verdammt."

„Was?"

„Ich habe es gesehen." Teds Stimme zitterte, als er sich an die Visionen erinnerte. „Ich habe gesehen, was Silas mir zeigen wollte. Mire hat mit den Vulgora einen Deal gemacht. Es ging um Fruchtbarkeitsmagie."

„Na ja, sie haben viele Löcher."

„Er wollte die Magie für Silas", fuhr Ted fort, ohne auf Grells Bemerkung einzugehen. „Sie konnte keine Kinder bekommen. Irgendwas war nicht in Ordnung und niemand wusste, was es war. Deshalb haben sie ihre Heirat geheim gehalten. Damit er mit den Vulgora verhandeln konnte. Selbst Ghulk wusste darüber nicht Bescheid. Mire hat Visseract und Gronoch in den Katakomben überrascht. Er hat sie belauscht und gehört, dass sie aus den Knochen Sklaven machen wollten. Dann ist er weggerannt und hat Silas alles erzählt. Sie sollte zu dir gehen und dich darüber informieren, weil sie die Einzige war, der er vertraute. Und dann … wurde er ermordet."

„Hast du den Mörder gesehen?"

„Nein. Aber Silas hat gedroht, alles zu verraten, wenn Visseract ihr nicht hilft, Mire wieder zurückzubringen." Ted versuchte, die Bilder aus seinem Traum in eine logische Reihenfolge zu bringen. „Sie sind zusammen irgendwo hingegangen. Es gab dort Wasser und … Mist. Irgendwas fehlt hier. Ich habe irgendwas nicht richtig verstanden!"

„Ganz ruhig", sagte Grell. „Was ist mit Graham? Wer ist Graham?"

„Hä?"

„Du hast seinen Namen gerufen", erklärte Grell. „Davon bin ich aufgewacht. Ich muss gestehen, dass ich eifersüchtig geworden bin."

„Verfluchter Mist." Ted keuchte und griff sich an den Kopf. In diesem Moment klickte es und alles ergab plötzlich einen Sinn. „Ich erinnere mich …"

„Woran, Liebster?"

„Ich weiß, wo Visseract steckt. Und ich …" Er schluckte. „Ich kann mich erinnern, wie ich gestorben bin."

11

„WIE BIST du gestorben?“, fragte Grell und zog ihn an sich. „Erzähl es mir, Liebster.“

„Es war am Strand.“ Ted trank noch einen Schluck Whiskey. Glücklicherweise füllte sich das Glas von selbst auf. „Ich war mit meinem damaligen Freund am Strand. Er hat mir einen Antrag gemacht und ich habe abgelehnt. Es kam zu einem Streit. Und da war ein kleiner Junge. Er hieß Graham. Er war mit seinen Eltern gekommen, aber er wollte mit uns spielen. Er wollte nur spielen. Oh Gott …“ Teds Brust zog sich zusammen. Er hatte Tränen in den Augen.

Als er aufschaute, sah er Graham am Fuß des Bettes stehen. Zum ersten Mal war sein Gesicht zu erkennen. Graham hatte braune Augen und strubbelige dunkle Haare. Und er trug keinen Schal.

Er war ein gestreiftes Badetuch, das um seinen Hals hing.

„Er ist gekommen und hat mich gefragt, ob ich mit ihm spielen will. Er wollte ins Meer gehen und durch die Wellen laufen“, flüsterte Ted. „Ich war immer noch aufgeregt wegen des Streits mit meinem Freund. Ich habe nach meiner Sonnencreme gesucht, konnte sie aber nicht finden. Als Graham mich wieder gefragt hat, habe ich ihn weggejagt. Er… er war traurig und ich kam mir vor wie ein kompletter Idiot. Als ich mich endlich wieder beruhigt hatte, war es zu spät.“ Ted schloss die Augen.

„Alle schrien seinen Namen. Graham! Er ist alleine ins Wasser gegangen. Guter Gott, wo waren nur seine Eltern? Ich … ich kann mich nicht erinnern …“

„Schon gut“, murmelte Grell und streichelte ihm über den Rücken. „Rede weiter, Liebster. Erzähl mir alles.“

„Das Wasser…“, fuhr Ted schniefend fort. „Ich bin ans Wasser gegangen, um ihn rauszuholen. Es war alles nur meine Schuld. Wenn ich nicht so gemein zu ihm gewesen wäre, wäre er vielleicht nicht allein ins Wasser gegangen. Ich bin rausgeschwommen, habe getaucht … und dann habe ich ihn gefunden. Ich habe ihn festgehalten, ganz fest. Aber die Strömung …! Verdammt. Wir wurden von einer Strömung erfasst und sie hat uns raus gezogen ins Meer, tiefer und tiefer …“ Ted streckte weinend die Hand nach Graham aus.

„Du hast mich nicht losgelassen“, sagte Graham und lächelte traurig. „Du hast mich ganz festgehalten.“

„Ich dachte, sie würden uns finden“, sagte Ted weinend. „Dass sie nach uns tauchen und uns finden würden und dann würden sie uns retten …“

„Aber das haben sie nicht getan, nicht wahr?", fragte Grell leise und streichelte ihm über den Kopf.

„Ich bin ertrunken." Ted konnte nicht glauben, es laut ausgesprochen zu haben. „Ich bin ertrunken, weil ich Graham retten wollte. Und er … er ist auch ertrunken." Er drückte Grahams Hand. „Es tut mir so leid, kleiner Freund. Es tut mir so verdammt leid."

„Schon gut, Ted", sagte Graham. „Ich bin dir nicht böse. Es ist alles gut. Ich weiß, dass du mich retten wolltest. Wenigstens war ich nicht allein, als ich gestorben bin." Er lächelte strahlend. „Du warst bei mir."

„Mist." Ted schniefte und trank den letzten Rest Whiskey, um sich zu beruhigen. „Deshalb willst du mir helfen, nicht wahr?"

„Du konntest mich nicht retten. Aber vielleicht kann ich helfen, dich zu retten", sagte Graham fröhlich. Er verblasste etwas und Ted konnte seine Hand nicht mehr spüren. „Ich habe gesehen, wie ein Fischmann dem toten Kätzchen die Perle abgenommen hat, als du geschlafen hast. Ich wusste, dass es wichtig ist. Ich wusste es einfach!"

„Ein Fischmann?" Ted überlegte. „Ein Fischmann hat ihm die Perle abgenommen?"

„Visseract?", fragte Grell. „War Visseract der Fischmann?"

„Das weiß ich nicht", erwiderte Graham und wurde für einen Moment wieder deutlicher, bevor er ganz verschwand. „Ich konnte sein Gesicht nicht sehen … es tut mir leid, ich …"

„Hey, schon gut, Kumpel", sagte Ted beruhigend. „Ist alles okay mit dir? Bist du müde?"

„Ja." Graham war nicht mehr zu sehen, aber Ted konnte seine Anwesenheit noch spüren. „Hm. Sorry."

„Was ist mit ihm?", fragte Grell, der Graham nicht hören konnte.

„Nichts", erklärte Ted. „Es muss seltsam sein, einer so einseitigen Unterhaltung zuzuhören, aber es geht ihm gut. Es kostet einen Geist viel Kraft, sichtbar zu werden. Ich habe das schon oft erlebt. Irgendwann geht ihnen der Saft aus, aber sie kommen zurück."

„Weiß er, wer die Perle genommen hat?"

„Nein, er konnte das Gesicht nicht sehen. Warum sollte Visseract oder eines der anderen Fischmonster die Perle verstecken wollen?"

„Mire hat mit ihnen über einen Ehevertrag verhandelt, obwohl er schon verheiratet war", meinte Grell. „Die Vulgora wollten vielleicht nur das Gesicht wahren. Es wäre peinlich geworden für sie, wenn jeder erfahren hätte, dass Mire den Fruchtbarkeitszauber für einen Partner wollte, über den alle Bescheid wussten – nur sie selbst nicht."

„Ein Skandal von mörderischem Ausmaß?"

„Genau“, gab Grell ihm recht. „Ich wüsste nur gerne, warum die Perle ausgerechnet in die Bibliothek gebracht und dort versteckt wurde. Warum hat dieser fischige Mordbube sie nicht einfach eingesteckt und mitgenommen?“

„Weil andere Monster in den Saal gekommen sind.“ Grahams Stimme war nur schwach zu hören. „Der Fischmann musste fliehen. Hat sie dort versteckt.“

„Okay“, sagte Ted und drehte sich zu Grell um. „Graham meint, der Kerl wäre überrascht worden und weggerannt. Vermutlich wurde er panisch, wollte die Perle loswerden und hat sie in die Schriftrolle gesteckt.“ Er zuckte mit den Schultern. „Vielleicht wollte er später zurückkommen, um sie zurückzuholen.“

„Das würde erklären, warum die Vulgora uns im Wald angegriffen haben“, überlegte Grell. „Wenn Visseract von unserem Besuch bei Silas wusste, dachte er vielleicht, wir würden die Wahrheit über ihre Hochzeit mit Mire erfahren.“

„Dann wäre Visseract unser Mörder.“ Ted seufzte erleichtert und schaute in die Zimmerecke, in der er Graham zuletzt gesehen hatte. „Hey, Kumpel! Danke für deine Hilfe und, äh … ich frage nur ungern, weil ich weiß, wie müde du bist, aber …“ Er holte tief Luft. „Weißt du, wer mich nach meinem Tod zurückgebracht hat?“

„Nein“, sagte Graham leise. „Ich kann mich nicht erinnern. Wir waren im Meer und dann war ich plötzlich bei dir im Auto. Wir sind in deine Wohnung zurückgefahren und du hast die verrückte Straße genommen, weil du dich über irgendwas geärgert hast. Mehr weiß ich nicht.“

„Nach dem Ausflug zum Strand“, erinnerte sich Ted. „Ja. Ich bin damals einen Umweg gefahren, weil ich nicht nach Hause wollte. Verdammt.“

„Was hat er gesagt?“, erkundigte sich Grell.

„Er weiß auch nicht, wer mich zurückgebracht hat.“

„Verdammter Mist.“ Grell zog eine Grimasse, hob Teds Hand an den Mund und küsste sie. „Ich wünschte, es gäbe Karten für solche Fälle – *Herzliches Beileid zum Ertrinken, aber es wird schon wieder.* Mit dem Bild von einem niedlichen Hündchen oder so.“

„Du bist lieb.“ Ted lächelte zittrig. Sein Glas hatte sich wieder mit Whiskey gefüllt und er nahm einen tiefen Schluck. „Ja, es wird schon wieder. Wenigstens weiß ich jetzt Bescheid. Ich weiß, wer Graham ist und was damals passierte.“

„Und deine Familie hat dich nie auf, äh … dein Ableben angesprochen?“, fragte Grell.

„Nein. Sie waren nicht sehr erfreut darüber, dass ich mit meinem Freund Schluss gemacht habe, aber ich kann mir nicht vorstellen, dass sie von meinem Tod wussten. Es muss dort am Strand passiert sein.“

„Und dein Ex? Könnte der mehr wissen?“

„Mit dem habe ich schon seit Jahren nicht mehr gesprochen. Wenn es Nekromantie gewesen wäre, hätte er mir bestimmt die Hölle heiß gemacht. Sein Onkel ist Bulle und er ist ein braver Junge. Er wäre ausgeflippt, wenn etwas Verbotenes passiert wäre.“

„Nun, ich bin deinem geheimnisvollen Retter jedenfalls verdammt dankbar – wer immer er auch gewesen sein mag“, sagte Grell ruhig und zog sich Teds Hand an die Wange. „Sonst wärst du jetzt nicht hier.“

„Bei dir.“ Ted lächelte liebevoll. Dann wurde er wieder ernst. „Obwohl ich auf diese doppelte Mordanklage wirklich verzichten könnte. Aber dafür ist der Rest umso besser.“

Grell lachte. „Wir schaffen das, Liebster. Wir haben noch bis Mitternacht Zeit und … na ja.“ Er runzelte die Stirn. „Ich will deinen Tod und deine Beziehung zu dem kleinen Casper hier nicht kleinreden, aber … habe ich das eben richtig verstanden? Weißt du, wo Visseract ist?“

„Mist!“ Das hatte Ted vor lauter Aufregung ganz vergessen. Er sprang aus dem Bett. „Ja!“, rief er. „Ich weiß, wo wir diesen schleimigen Hundesohn finden! Wir müssen los! Sofort!“

Grell stand brummend auf und ersetzte mit einem Fingerschnipsen seinen Strampelanzug durch den smaragdgrünen Anzug. Dann schnipste er wieder und Ted trug ein sauberes T-Shirt und Jeans. „Heißt das, wir können nicht erst frühstücken?“

„Können wir nicht“, sagte Ted und trat einige Male auf, um seine neuen Schuhe auszuprobieren. „Gibt es hier ein Meer? Oder ein anderes großes Gewässer? Mit schwarzem Sandstrand und großen Felsen? Dort müssen wir hin.“

„Gibt es“, erwiderte Grell. „Ich benachrichtige die Wachen. Wir treffen uns dann dort mit ihnen.“ Er schloss kurz die Augen. „So. Erledigt. Bist du soweit?“

„Ja. Dieser Bastard entkommt uns nicht wieder.“ Ted zog Grell an sich und küsste ihn. Die Welt drehte sich um sie und dann hörte er Wellenrauschen.

Ted musste bei dem Geräusch an seinen Traum denken und schüttelte sich. Vor ihnen lag ein langer Strand. Der Sand glänzte pechschwarz im Lichtschein der Brücke, die sich über den dunklen Himmel von Xenon erstreckte.

Das Meer reichte, soweit das Auge blickte. Hier und da waren helle Flecken zu sehen, die sich im Wasser bewegten. Vielleicht gab es hier auch die glänzenden Aale, die Grells Pool bevölkerten. Hinter ihnen wurde der Strand durch Felsbrocken begrenzt. Ein zerklüfteter Berg erhob sich steil in den Himmel.

„Alles okay?“, erkundigte sich Grell und drückte ihn an sich. „Hier zu sein?“

„Hier zu sein?“ Ted hatte nichts gegen Grells Umarmung und wusste im ersten Moment nicht, warum Grell sich so besorgt anhörte. „Ich war doch noch nie hier.“

„Ich meinte das Meer, nachdem du eben erst erfahren hast, dass du ertrunken bist.“

„Oh, das meinst du. Richtig.“ Ted neigte den Kopf und atmete tief durch. Er wusste nicht so recht, wie er sich fühlte. „Keine Ahnung.“

„Wenn du dich nicht wohl fühlst, können wir die Angelegenheit aufschieben“, versicherte ihm Grell und streichelte ihm zärtlich über die Wange. „Wir können auf die Wachen warten und sie vorausschicken.“

„Nein“, sagte Ted mit fester Stimme und drückte sein Gesicht an Grells warme Hand. „Es geht schon. Graham und Silas wollen mir etwas zeigen. Ich … ich habe nur dieses seltsame Gefühl.“

„Wohin müssen wir gehen?“

„Äh …“ Ted drehte sich zu den Felsen um. Ein Teil des Berges erschien dunkler als der Rest. Das war ihr Ziel. Er wusste es genau.

„Da oben ist eine Höhle“, sagte er. „Visseract ist in dieser Höhle. Silas ist sich ganz sicher.“

„Woher zum Teufel will sie das wissen?“ Grell schnaubte ungläubig.

„Keine Ahnung! Vielleicht hat sie die Auskunft angerufen? 1-800-Finde-den-Fisch?“

„Ha, ha. Deine Witze waren schon besser. Das passiert, wenn man die wichtigste Mahlzeit des Tages auslässt.“ Grell schüttelte seine menschliche Gestalt ab und kauerte sich auf den Boden. „Dann komm jetzt.“

„Was? Du kannst uns nicht einfach nach dort schnipsen?“

„Nein. Das Energiefeld hier ist das gleiche wie im Wald. Wenn wir also nicht riskieren wollen, deinen prachtvollen Körper in zwei Teile zu zerlegen, schlage ich vor, dass du dich jetzt auf mich setzt und gut festhältst.“

Ted ließ sich vorsichtig auf Grells Rücken nieder, beugte sich vor und schlang die Arme um seinen Hals. „Ich wollte dich ja reiten, aber irgendwie hatte ich mir das immer anders vorgestellt.“

„Dazu hast du später noch genug Gelegenheit“, scherzte Grell. „Aber halte dich jetzt gut fest. Los geht’s!“

Grell sprang mit übermenschlicher Schnelligkeit die Felswand hoch. Ted konnte spüren, wie sich seine Muskeln bewegten und klammerte sich mit aller Kraft an ihm fest.

„Du musst mir die Richtung ansagen, Liebster“, erinnerte ihn Grell, als sie höher kamen. „Der Berg ist ziemlich groß.“

„Oh. Richtig.“ Ted schloss die Augen und konzentrierte sich. „Es ist, äh …“

„Höher“, drängte Graham. „Hinter dem Felsvorsprung. Dort ist die Dunkelheit …“

„Ja. Wie er gesagt hat.“

„Ich kann deinen toten Freund nicht hören, Liebster“, grummelte Grell.

„Sorry.“ Ted zog eine Grimasse. „Etwas höher, hinter dem Felsvorsprung!“

Grell klammerte sich mit den Vorderpfoten an dem Vorsprung fest und zog sich schnaufend hoch. „Uff. Ich sitze zu viel vor dem Fernseher. Ich bin außer Form.“

Vor ihnen lag eine dunkle Höhle. Das Rauschen des Meeres war hier oben lauter zu hören als am Strand. Vermutlich, weil es von den Felsen widerhallte. Ted war mulmig zumute.

„Bist du genug in Form, um gegen ein mörderisches Fischmonster anzutreten?“, fragte er und rutschte von Grells Rücken. Sie schauten in die Höhle.

„Oh ja. Und ich kann dich danach sogar noch um den Verstand ficken“, schnaubte Grell und schlug mit dem Schwanz. „Hmm …“

„Was ist? Warten wir auf die Wachen oder was?“

„Ich denke nach.“

„Worüber?“

„Was uns dort unten erwarten könnte. Und dass ich mich wohler fühlen würde, wenn wir Zeit für ein ausgiebiges Frühstück gehabt hätten.“

„Komm schon!“ Ted kraulte ihn hinter den Ohren. „Du bist doch mein großes, starkes Katzenmonster! Du lässt dich durch nichts einschüchtern. Wir schaffen das, ja?“

Grell sah nicht sehr amüsiert aus. „Und weißt du, was noch gut gewesen wäre? Sex! Sex wäre heute früh perfekt gewesen.“

„Vor oder nach dem Frühstück?“

„Sowohl als auch, natürlich.“

Ted lachte. Grells freches Grinsen war unwiderstehlich. Er fühlte sich sofort besser und vergaß für einen Moment sogar seine Sorgen und Ängste.

„Dieses Lächeln wollte ich sehen“, schnurrte Grell, wickelte den Schwanz um Ted und zog ihn an sich. „Das war es wert, auch wenn wir heute Morgen auf Frühstück und heißen Sex verzichten mussten.“

„Wir stellen jetzt endlich diesen Visseract und ich bin wieder ein unbescholtener Mann, ja?“ Ted grinste schüchtern. „Dann war dieser Morgen doch nicht ganz umsonst.“

„Und außerdem verbringen wir ihn zusammen, obwohl ich mir dieses Zusammensein anders vorgestellt hatte.“

„Spinner.“ Ted legte ihm die Hand an die Wange und drückte ihm einen Kuss auf die feuchte Schnauze.

„Wofür war das denn?“ Grell blinzelte.

„Für das Lächeln.“ Ted klatschte in die Hände. „So. Los jetzt.“

„Halte dich hinter mir, Liebster.“ Grell hob den Kopf und betrat die Höhle. Sofort flackerten in den Felsspalten kleine Lichter aus und beleuchteten ihren Weg.

Ted blieb einige Schritte hinter Grell, um nicht in die Reichweite seines wedelnden Schwanzes zu geraten. Er fühlte sich immer noch etwas unwohl, aber er wusste: er war genau da, wo er hingehörte.

Der Weg ins Innere des Berges war leicht abschüssig und nach einiger Zeit gelangten sie in eine riesige Kaverne. Grells Lichter an den Felswänden reichten so weit nach oben, dass sie wie ein Sternenhimmel über ihnen erstrahlten. Dafür war es unten ziemlich dunkel und Ted konnte kaum etwas sehen.

Er stolperte über eine Unebenheit im Boden und griff im letzten Moment nach Grells Schwanz, um nicht zu fallen. „Mist! Sorry." Grells Schwanz wickelte sich um ihn und hielt ihn auf den Beinen. „Danke", sagte Ted errötend.

„Bleib in der Nähe und sei vorsichtig", ermahnte ihn Grell leise und ging weiter in die Kaverne hinein. „Ich kann etwas riechen … wir sind bald da."

Ted konnte nun auch etwas riechen. Der Geruch war schwach, aber er kannte ihn nur allzu gut. „Tod."

Am anderen Ende der Kaverne befand sich eine kleine Grotte. Grell beleuchtete sie etwas besser mit seinen magischen Lichtern. Sie erkannten ein kleines, improvisiertes Lager. Auf einer Pritsche an der Wand lag reglos eine große Gestalt.

Es war die Leiche des Ergebenen Visseract. An seinem Mund klebte Erbrochenes, so alt, dass es schon eine feste Kruste gebildet hatte. In der Hand hielt er eine leere Flasche. Neben seinem Fischschwanz lagen drei zerbrochene Phiolen und neben seinem Kopf eine Schriftrolle.

„Das kann doch nicht wahr sein. Scheiße!", fluchte Ted, stampfte mit den Füßen auf und verschränkte die Arme vor der Brust. Er weigerte sich, auch nur einen Schritt näher zu treten. „Nein, nein, nein! Ich gehe nicht als Erster zu dem Kerl. Ich weigere mich, mir noch einen dritten Mord anhängen zu lassen!"

„Verdammt." Grell ging zu der Pritsche und schnüffelte an der Flasche, die Visseract in der Hand hielt. Dann hob er zischend den Kopf. „Gift. Eldressmilch." Er rollte mit den Pfoten vorsichtig die Schriftrolle auf.

„Was ist das?"

„Ich bitte um Verzeihung für die Probleme, die ich verursacht habe", las Grell vor. „Dies ist mein Geständnis. Ich habe Mire und Silas ermordet, weil sie die Ehre meines Klans gefährdet und sich gegen uns verschworen hatten. Sie wollten unsere geheime Magie … bla, bla, bla. Ich bin ein Mörder und habe mich mit eigener Hand gerichtet … bla, bla, bla." Er hob die Tatze und rollte das Schriftstück wieder zusammen. „Verdammt."

„Heißt das, ich bin jetzt offiziell unschuldig?", wollte Ted wissen. „Weil ich wirklich nichts dagegen hätte."

„Keine Spur von den Knochen." Grell ließ enttäuscht die Schultern hängen. „Diese Phiolen sind allerdings interessant." Er schnüffelte daran und hob überrascht den Kopf. „Das sind die Tränen!"

„Die Tränen? Etwa die von eurem Götterboss?"

„Ja", sagte Grell aufgeregt. „Diese Phiolen waren mit den Tränen des Großen Azaethoth gefüllt."

„Wie riechen die denn?"

„Stell dir ein sehr altes Buch vor, von dem du weißt, dass es dein Inneres nach außen kehrt, wenn du es falsch behandelst."

„Verstanden."

„Dann hatte Silas also mit ihrer Vermutung über das Sternenkind recht“, sagte Grell schnaubend und rieb sich die Nase. „Jemand – vermutlich dieser Bastard Gronoch – muss die Tränen gefunden haben und will sie gegen das Sternenkind benutzen.“

„Er will es mit den Tränen seines Vaters besprühen oder so ähnlich?“

„So ähnlich.“

Es wurde hell in der Höhle. Die Asra waren eingetroffen.

„Ah, meine Kavallerie!“, freute sich Grell und drehte sich zu ihnen um. „Danke, dass ihr gekommen seid. Wurde auch langsam Zeit.“

Ted erkannte unter den Asra auch die Wache, die ständig zu den unpassendsten Augenblicken – beispielsweise im Schlafzimmer – auftauchte. Der Asra verbeugte sich tief vor Grell.

„Eure Hoheit“, sagte er. „Wir sind so schnell wie möglich gekommen! Wir sind den Markierungen gefolgt, die Ihr hinterlassen habt, aber …“ Er machte ein betretenes Gesicht.

„Lass mich raten“, überlegte Grell schwanzwedelnd. „Ihr wolltet das Portal nicht benutzen, weil ihr Angst hattet, mich und den Gefangenen wieder bei einem Ausbruch der Fleischeslust zu überraschen?“

„Äh… ja, Eure Hoheit.“ Der Asra krümmte sich verlegen. „Diese Möglichkeit ist mir durchaus in den Sinn gekommen.“

„Sehr gut. Danke für deine Diskretion.“

„Wir haben den langen Weg entlang der Küste genommen und uns vorher davon überzeugt, dass wir nicht …“ Sein Blick fiel auf die Leiche und er riss die Augen auf. „Der Ergebene Visseract ist tot?“

„Sieht so aus“, erwiderte Grell. „Du darfst ihn gern mit einem Stock piksen, wenn du auf Nummer sicher gehen willst …“ Er kniff die Augen zusammen. „Wie heißt du eigentlich?“

„Haveras Mozzie, Eure Hoheit.“

„Nun, Mozzie, Visseract hat uns eine freundliche Botschaft hinterlassen. Sie soll uns offensichtlich davon überzeugen, dass er Mire und Silas ermordet und sich danach aus Reue selbst gerichtet hat.“

Mozzie warf einen kurzen Blick auf Ted. „Heißt das, der Gefangene ist jetzt frei?“

„Noch nicht. Aber das Gericht wird heute Abend bestimmt seine Unschuld feststellen“, meinte Grell und überlegte. „Allerdings müssen wir einen neuen Ankläger finden. Dieser hier ist schließlich tot.“

„Sofort, Eure Hoheit“, sagte Mozzie. „Sollen wir auch die Vulgora über das Ableben ihres Erben informieren?“

„Tut das“, sagte Grell und wedelte mit der Tatze.

Während er den Wachen weiter seine Befehle gab, ging Ted etwas näher an die Leiche heran. Er wusste nicht, woran es lag, aber die Situation kam ihm nicht ganz koscher vor. Irgendetwas stimmte nicht.

„Was ist los, Liebster?“, fragte Grell und kam zu ihm. „Ich dachte, du würdest dich freuen. Sobald das Gericht zusammentrifft, bist du ein freier Mann.“

„Hier stimmt was nicht“, erwiderte Ted. „Ich glaube nicht, dass es Selbstmord war.“

„Warum?“

„Ich weiß nicht, wie lange es bei diesen Fischen dauert, bevor die Leichenstarre einsetzt. Aber ich bin mir ziemlich sicher, dass ihm diese Flasche erst nach dem Tod in die Hand gedrückt wurde“, sagte Ted. „Bei Menschen können direkt nach dem Tod zwei Dinge passieren. Sie werden entweder total schlaff, bis dann nach einigen Stunden die Leichenstarre einsetzt. Oder sie erstarren sofort. Das passiert meistens in Fällen, in denen der Tod sehr plötzlich und auf eine sehr schlimme Weise eintritt. Beispielsweise, wenn sie sich erschießen. Dann erstarrt die Hand, während sie noch die Waffe hält und der Finger am Abzug ist.“

„Und was bedeutet das für Visseract?“

„Nun, wenn die Leichenstarre sofort eingesetzt hätte, sollte seine Hand immer noch fest um die Flasche geklammert sein. Aber das ist sie nicht“, erklärte Ted. „Wenn er erst erschlafft ist, sollte sie ihm aus der Hand gefallen sein und zwar direkt dort, wo die Hand liegt. Aber es gibt auch noch eine andere Unstimmigkeit.“ Er zeigte auf die Leiche.

„Siehst du diese dunkelroten Verfärbungen? Die nennen wir Leichenflecke. Sie entstehen, weil sich nach dem Tod das Blut durch die Schwerkraft unten absetzt. Wenn jemand auf dem Rücken liegt, verfärbt sich der Rücken dunkler. Wenn er auf dem Gesicht liegt, setzt sich das Blut dort ab und das Gesicht wird dunkler. Verstehst du, was ich meine?“

Grell studierte die Leiche und runzelte die Stirn. „Aber Visseracts dunkle Flecken sind alle oben“, stellte er fest.

„Genau“, sagte Ted. „Es sieht aus, als habe er bei seinem Tod auf der Seite gelegen und wäre erst nachträglich auf den Rücken gerollt worden. Bis solche Verfärbungen auftreten, können einige Stunden vergehen. Er war also schon länger tot, als die Leiche umgedreht wurde. Vielleicht war er sogar schon tot, als Silas ermordet wurde. Und dieser Abschiedsbrief? Der ist doch der reinste Unsinn.“

„Das mag sein“, gab Grell ihm recht. „Aber er wird dafür sorgen, dass du heute Abend freigesprochen wirst. Wenn du mich fragst, hat Gronoch ihn um die Ecke gebracht, um einen Mitwisser zu beseitigen. Schließlich hat er schon bekommen, was er wollte.“

„Die Knochen?“

„M-hm. Gronoch will nur noch reinen Tisch machen und alle Spuren beseitigen. Ich habe wirklich keine Lust, dem Gericht erklären zu müssen, warum ein Gott in Xenon war und hier rumgemordet hat“, fuhr Grell fort. „Die drei Toten verursachen mir schon genug Kopfschmerzen. Ich will nicht auch noch über einen verdammten Krieg nachdenken müssen.“

„Meinst du das ernst?“ Ted schnaubte. „Willst du ihn wirklich mit einem Mord durchkommen lassen, nur weil er ein Gott ist? Obwohl er die Tränen von seinem Boss benutzen will, um diesem Sternenbaby zu schaden?“

„Ich will nicht gegen Zebulon in den Krieg ziehen“, erwiderte Grell ungeduldig.

„Aber ihr habt sie beim letzten Krieg doch auch vermöbelt. Ihr habt eure große Rebellion schließlich gewonnen, oder?“ Ted wollte nicht laut werden und warf frustriert die Hände in die Luft. „Komm schon!“

„Es war verdammt knapp“, sagte Grell und lächelte ernst. „Tut mir leid, wenn ich nicht blutdürstig genug bin, um mein Volk in einen Krieg gegen die Götter zu stürzen. Ich mache mir mehr Sorgen darum, dass ich jetzt zwei von ihnen beerdigen muss.“

„Sie werden jetzt bestattet?“

„Ja. Der Fall ist abgeschlossen.“ Grell zuckte mit den Schultern.

„Müssen wir nicht erst die offizielle Entscheidung des Gerichts abwarten?“

„Der Gerechtigkeit ist Genüge getan, weil ich das sage. Schließlich bin ich der König, nicht wahr? Die Toten können endlich ruhen, du Klugscheißer. Der König der Asra und Xenons hat entschieden.“

„Ja, Eure Königliche Hoheit.“

Grell rollte mit den Augen. „Ohne meinen Sohn wird der Stress schon schlimm genug.“

„Ich könnte dir doch auch helfen“, bot Ted ihm an und sah sich um. Asra kamen und gingen und die Menge wurde größer. Die ersten Vulgora trafen ebenfalls bereits ein.

„Ich kann mir einige Dinge vorstellen, bei denen du mir sehr hilfreich wärst“, sagte Grell mit seinem typischen Grinsen. „Du könntest mir den Rücken massieren, meine Videokassetten sortieren oder mir Zöpfchen flechten. Oder ich bringe uns auf direktem Weg ins Bett zurück. Was hältst du davon?“

„Ich verdiene meinen Lebensunterhalt mit Leichen“, erwiderte Ted trocken.

„Also gut. Was schlägst du vor, Ted aus Aeon?“ Grell klimperte mit den Wimpern.

„Dass wir einen kurzen Abstecher nach Aeon unternehmen, damit ich mir meine Ausrüstung besorgen und dir mit den Leichen helfen kann“, schlug Ted ihm vor und sah sich um. „Es wird langsam ziemlich eng hier.“

Grell dachte darüber nach. Als einer der Vulgora beim Anblick von Visseract anfing, zu schreien und wild mit dem Schwanz um sich zu schlagen, zog er eine Grimasse. „Nicht nur eng, sondern auch entsetzlich laut. Ja, verdammt. Lass uns von hier verschwinden.“

12

Die Welt drehte sich, Ted sackte der Magen in die Kniekehlen und dann standen sie mitten in Archersville. Es war früh am Morgen. Der Berufsverkehr rauschte an ihnen vorbei, Autos hupten und Fußgänger eilten rechts und links an ihnen vorbei. Niemanden schien aufgefallen zu sein, dass sie plötzlich wie von Zauberhand hier aufgetaucht waren.

Die Sonne schien blendend hell und Ted kniff die Augen zusammen. Er vermisste das weiche Dämmerlicht Xenons, ganz abgesehen davon, dass es dort nicht so hektisch zuging wie hier.

„Verdammt hell hier", beschwerte sich Grell, schnipste mit den Fingern und schob sich eine Sonnenbrille auf die Nase. Die roten Gläser passten perfekt zu dem schwarz-roten Samtanzug, den er jetzt trug. „So, das ist schon besser. Wohin jetzt, Liebster?"

„Zwei Straßen in diese Richtung, über der Post und …" Wieder drehte sich alles, und dann standen sie in der Lobby des Bestattungsinstituts, für das er arbeitete.

Kitty saß, wie zur Salzsäule erstarrt, an der Rezeption, die Hand nach dem Telefon ausgestreckt, das unerbittlich weiterklingelte. Zwei ältere Männer kamen aus einem der Besuchszimmer, aber auch sie waren mitten in der Bewegung erstarrt.

„Was hast du denn jetzt schon wieder angestellt?", fragte Ted.

„Ich bin der verdammte König der Asra." Grell rollte mit den Augen. „Ich habe kurz die Zeit angehalten. Ein praktischer Trick, den ich beim Pokern von einem Faedra gewonnen habe. Keine Angst, ihnen ist nichts passiert. Aber ich dachte mir, sie müssten nichts davon erfahren, dass wir uns bei ihnen bedienen wollen."

„Stimmt", sagte Ted und berührte Kitty am Arm. Wenigstens fühlte er sich warm an. Trotzdem, es war unheimlich.

Sie waren keine engen Freunde gewesen, aber er würde sie vermissen. Sie hatten sich immer noch kurz unterhalten, wenn er von einem nächtlichen Einsatz zurückkam. Nach seiner Arbeit hier sehnte er sich deshalb aber noch lange nicht zurück. Ihm wurde klar, dass es nichts, aber auch gar nichts gab, was ihn in diesem Job hielt.

Und es war nicht nur seine Arbeit gewesen, sondern sein ganzes Leben hier. Sein einziger wahrer Freund war sein Mitbewohner gewesen. Jedenfalls, wenn man von den Geistern absah, die ihn ständig belästigten. Ohne Jay hätte er sich entsetzlich einsam gefühlt.

Xenon war Ted anfangs sehr fremd erschienen, aber er freute sich jetzt schon auf seine Rückkehr. Er vermisste die Ruhe und das sanfte Licht. Er war gerne mit Grell zusammen. Grell bedeutete ihm mehr, als er sich eingestehen wollte. Ted konnte sich nicht vorstellen, wieder in Archersville zu leben. Die Stadt war viel zu grell und laut. Es gab nichts mehr, was ihn hier hielt.

Xenon war anders. Xenon war voller Versprechungen, neuer Möglichkeiten und …

„Gehen wir jetzt weiter oder bleiben wir noch eine Weile hier stehen, damit ich dich bewundern kann?“, fragte Grell. „Nicht, dass ich etwas dagegen hätte, aber nackt gefällst du mir besser.“

Und in Xenon gab es diesen sarkastischen, liebenswerten Kätzchenmonsterkönig, den Ted in seinem Leben nicht mehr missen wollte.

„Ja, richtig“, sagte Ted und führte ihn nach hinten in die Garage. Er schnappte sich eine Schachtel Gummihandschuhe, zwei Leichensäcke – extragroß – und eine Bahre. Vollbeladen drehte er sich zu Grell um. „So, das war’s.“

Grell legte ihm die Hand auf die Schulter. Ted wurde so schwindelig, dass er sich beinahe übergeben hätte. Als sie wieder im Thronsaal standen, ließ er alles fallen und holte tief Luft. Sofort stieg ihm der Gestank von Mires Leiche in die Nase. Er würgte und hielt sich den Mund zu.

„Puh. Das hat mir für die nächste Zeit gereicht. Pause, bitte.“

„Sorry“, entschuldigte sich Grell und lächelte mitfühlend. „Und wie geht es jetzt weiter, Herr Bestattungsexperte?“

„Gummihandschuhe sind vermutlich nicht dein Ding, oder?“ Ted grinste und zog sich ein Paar Handschuhe an.

„Nein.“

„Okay.“ Ted öffnete einen der Leichensäcke. „Wir stellen uns rechts und links der Leiche auf. Dann rollst du ihn auf deine Seite und ich schiebe den Leichensack unter seinen Körper. Ich rolle ihn zu mir zurück, du ziehst an deiner Seite an dem Sack und plumps, ist er verpackt.“

„Oder wir nehmen Option B“, sagte Grell und schnipste mit den Fingern, um Mire in den Sack zu packen.

„So geht‘s natürlich auch.“ Ted zog den Reißverschluss zu und achtete dabei sorgfältig darauf, nicht in das geronnene Blut auf dem Boden zu treten. „Jetzt in die Katakomben?“, fragte er, als er sich wieder aufrichtete.

„Hält dein empfindlicher Magen das denn aus?“, neckte ihn Grell.

„Leck mich. Los geht’s.“

Es war nicht einfach, Mire in seine Nische zu schieben. Sie war fast zwei Meter über dem Boden und Mire musste mindestens eine Tonne wiegen. Fingerschnipsen war keine Option, weil – wie Grell fröhlich verkündete – bei diesem Teil des Rituals keine Magie erlaubt war.

Mist.

Grell nahm seine Katzengestalt an und verkleinerte sich, bis er in die Nische passte. Dann zog er mit den Zähnen den Leichensack nach oben, während Ted gleichzeitig von unten schob und sämtliche Götter anflehte, den Sack nicht reißen und Mire auf ihn fallen zu lassen.

Grell verkleinerte seine Statur und zog weiter, bis Mire endlich ganz in der Nische lag. Obwohl Grell jetzt nur noch einen Bruchteil seiner ursprünglichen Größe hatte, war er unglaublich stark. Als alles erledigt war, kroch er aus der Nische heraus, nahm wieder seine normale Gestalt an und ließ den Sack mit einem Schnipsen verschwinden.

Silas bereitete ihnen weniger Probleme. Sie war noch relativ frisch und ihre Nische direkt über dem Boden. Grell schob sie schweigend in ihren letzten Ruheplatz. Dann seufzte er leise und schaute zu dem Gewölbe, in dem sich die älteren Gräber befanden. Er wirkte niedergeschlagen.

„Du solltest für meinen alten Chef arbeiten", neckte ihn Ted, während er die Handschuhe auszog. „Eine Leiche einfach die Wendeltreppe runterzuschnipsen würde uns das Leben immens erleichtern."

Grell ließ die Handschuhe verschwinden und lächelte, aber es war ein trauriges Lächeln.

„Alles in Ordnung?", erkundigte sich Ted besorgt und streichelte ihm übers Fell.

„Ich habe über das nachgedacht, was du gesagt hast", meinte Grell. „Dass ich ihnen etwas ins Grab legen soll als Versprechen, ihre Knochen wiederzufinden."

„Und?" Ted kam zu ihm und lehnte sich an ihn. „Ist dir etwas eingefallen?"

„Ja", sagte Grell und nahm seine menschliche Gestalt an. Er hielt eine kleine Musikbox in den Händen, die er sich an die Brust drückte.

„Hat die Vael gehört?" So, wie Grell die Spieldose hielt, musste sie eine besondere Bedeutung besitzen.

„Ja."

„Wir können sie jetzt gleich in seine Nische legen", schlug Ted vor, korrigierte sich aber sofort wieder, weil er sich nicht aufdrängen wollte. „Oder du kannst sie allein dorthin bringen. Ich kann hier warten und … zusehen, wie Mire tropft."

„Es wäre schön, wenn du mit mir kommen würdest." Grell sah in bittend an.

„Aber sicher." Er folgte Grell in das Gewölbe mit den leeren Gräbern und wartete schweigend ab, bis Grell die Musikbox andächtig in Vaels leere Nische gelegt hatte. Selbst noch so gut gemeinte Worte hätten sich nur bedeutungslos und oberflächlich angehört und Grell wollte sie vermutlich sowieso nicht hören.

Zu seiner Überraschung drehte Grell sich zu ihm um, umarmte ihn und legte das Gesicht an seine Brust. Ted drückte ihn an sich und küsste ihn zärtlich auf den Kopf. „Hey, ich bin bei dir."

„Danke", flüsterte Grell. „Danke für alles."

„Dir auch", erwiderte Ted. „Für alles."

„Es war mir ein Vergnügen."

„So." Ted rieb ihm über den Rücken. „Haben wir jetzt noch Zeit für den heißen Sex, bevor das Gericht zusammentritt?"

Grell lachte und schaute zu ihm auf. „Wir haben gerade zwei Mordopfer bestattet und ich habe im Grab meiner Königin ein Versprechen hinterlegt und … du denkst an Sex?"

„Äh …", stammelte Ted und wurde feuerrot. „Ja?"

„Oh, mein Liebste r…", knurrte Grell, sprang an ihm hoch und küsste ihn leidenschaftlich.

Ted fiel nach hinten und rechnete schon halb damit, mit dem Hintern auf dem kalten Steinboden zu landen, als er eine weiche Matratze unter sich spürte. Sie lagen in Grells Bett.

Grell küsste ihn so fest, dass er mit den Zähnen beinahe Teds Unterlippe aufgekratzt hätte.

„Verdammt …" Ted fuhr ihm mit den Fingern durch die Haare und schlang die Beine um ihn. Er wurde steif, als er Grells harte Schwänze spürte, die sich an ihn drückten.

Bisher hatten sie sich immer Zeit gelassen, aber heute war Grell ungeduldiger. Ted ging es genauso. Er wollte nicht mehr warten.

Ted riss sich die Kleider vom Leib. Er wollte Grell an seiner nackten Haut fühlen, wollte Grells Zunge schmecken und ihn in sich spüren – jetzt!

Grell ließ seine Kleider mit einem schnellen Schnipsen verschwinden und fuhr Ted mit beiden Händen über den nackten Körper. „Du bist so wunderschön."

„Ja?" Ted grinste ihn errötend an. Er gewöhnte sich langsam an dieses ständige Erröten und es gefiel ihm sogar. „Wahrscheinlich wäre ich noch viel wunderschöner mit einem Schwanz im Arsch. Was meinst du?"

„Schönheit *und* Verstand", freute sich Grell. „Womit habe ich so viel Glück nur verdient?"

„Weil dein Sohn ein Idiot ist", erwiderte Ted lachend.

„Stimmt", meinte Grell und küsste ihn. „Mmm … ich muss ihm trotzdem eine rührende Dankeskarte schicken, wenn er zurückkommt."

„Ich will sie auch unterschreiben!" Ted schlang ihm die Arme um den Hals und wollte sich auf ihn rollen, aber Grell gab nicht nach. „Hey, hilf mir schon!"

„Was hast du denn vor?"

„Mich auf dich legen?"

„Oh.“ Grell grinste, rollte sich auf den Rücken und zog Ted auf sich. Er streichelte ihm über die Beine und packte ihn an den Hüften. „So, jetzt liegst du auf mir. Und wie geht es weiter?“

„Ich dachte mir, ich könnte dich reiten“, erklärte Ted mit einem strahlenden Lächeln und ließ die Hüften kreisen. „Ist das gut so?“ Grell stöhnte leise. Er schien sich nicht daran zu stören, dass Ted so viel größer war als er.

„Oh ja“, sagte er und einer seiner Schwänze wurde feucht und drückte sich an Teds Loch. Grell legte die Hände auf Teds Oberschenkel und sah ihn verlangend an. „Ich gehöre ganz dir, Liebster. Nimm dir, was du willst.“

„Alles. Ich will alles.“ Ted stöhnte leise und ließ sich nach unten sinken, als Grells Schwanz sein Ziel fand.

Grell hielt vollkommen still und überließ Ted die Kontrolle. „Ja, Liebster … so …“, ermunterte er ihn und streichelte ihm über die Beine.

Ted atmete schwer. Nach einigen Zentimetern musste er eine Pause einlegen. Er hob die Hüften und schaute nach unten, um zu sehen, wie weit er schon war. Dann fing er wieder an, sich langsam zu bewegen. Es fühlte sich gut an, obwohl er erst die Hälfte geschafft hatte.

Er stöhnte, ließ sich aber nicht entmutigen, als Grells dicker Schwanz seinen Schließmuskel immer weiter dehnte. Als er es endlich geschafft hatte, legte er triumphierend den Kopf in den Nacken.

„Perfekt“, lobt ihn Grell und streichelte ihm über den Bauch. Seine Stimme hörte sich heiser und angespannt an. „Absolut perfekt.“

Keuchend fickte sich Ted auf Grells Schwanz. Seine starken Beine arbeiteten mit ganzer Kraft und er stöhnte bei jeder Bewegung. Da war kein Schmerz mehr, da war nur noch dieses unglaubliche Verlangen, Grell in sich zu spüren.

Grell bog den Rücken durch und drückte sich noch tiefer in ihn hinein.

„Fuck, fuck, fuck …“, keuchte Ted und stützte sich mit beiden Händen auf Grells breiter Brust ab. Er musste wieder langsamer machen, konnte mit Grells Geschwindigkeit kaum noch mithalten. Es fühlte sich an, als würde Grells Schwanz in ihm immer dicker werden.

Ted verlagerte sein Gewicht und versuchte es mit einem neuen Winkel. Er war so voll, aber er wollte nicht aufhören. Er ließ die Hüften ganz nach unten sinken und kreisen, als seine Beine zu zittern begannen. „Ah, fuck … das ist so gut …“

Grell setzte sich auf und zog ihn an sich. Ted verschränkte die Beine hinter Grells Rücken und drückte sich mit der Brust an ihn. „Hmm … Grell …“

„Thiazi“, sagte Grell und bedeckte Teds Hals und Schultern mit zärtlichen Küssen. „Nenn mich Thiazi, Liebster.“

„M-hm, Thiazi“, flüsterte Ted und stöhnte, als Grell von unten in ihn hineinstieß – wieder und wieder. Er legte den Kopf in den Nacken und überließ alles andere Grell. „Oh, fuck … *Thiazi!*“

Grell hielt ihn eng umschlungen. Seine starken Hände hielten Ted genau da, wo er ihn wollte. Es war so verdammt geil. Ted hörte nicht auf zu stöhnen und es war ihm egal, ob man ihn hörte. Es musste einfach raus.

„Fuck, fuck, fuck! Thiazi!", schrie er, während Grell von unten zustieß. Er war so verdammt stark. „Oh Gott, ja! Da, da … genau da und … ja, so! Ich liebe deinen verdammten Schwanz …"

„Kommst du jetzt für mich, Liebster?", knurrte Grell und bleckte die Zähne.

„Ja!", rief Ted und ihm wurde heiß, während Grell in ihm immer mehr anschwoll. Ted erstarrte keuchend. „Fuck, oh … FUCK!"

„Ich bin da, Liebster", schnurrte Grell und hob Teds Beine an. Dann stieß er mit neuer Kraft in ihn hinein, während Ted zitternd zwischen ihnen kam und kam. Mit jedem Stoß von Grell ging es aufs Neue los. Er konnte einfach nicht mehr aufhören zu kommen.

Dann kam Grell ebenfalls zum Orgasmus und Ted beruhigte sich langsam. Er hing schlaff in Grells starken Armen und drückte sich mit dem Gesicht keuchend an seine Schulter. Einen solchen Orgasmus – so gut, dass es fast schon wehtat – hatte Ted noch nie erlebt.

Grell rieb ihm mit der Hand über den Rücken und legte sie dann an seine Wange. „Mmm, Liebster. Alles gut?"

„Mmmm …", brummte Ted zurück. Er wollte den Kopf heben, war aber zu erschöpft, um die Kraft dafür aufzubringen. Außerdem klebte er von oben bis unten an Grell fest. „So gut …", flüsterte er zufrieden.

„Ja, das war es." Grell küsste ihn zärtlich am Hals. „Das haben wir beide jetzt gebraucht, wie?" Er legte Ted vorsichtig auf den Rücken, schob ihm ein Kissen unter den Kopf und kuschelte sich an seine Seite.

Ted grinste glücklich. Er war immer noch außer Atem, funktionierte aber ansonsten wieder halbwegs normal. „Ja, haben wir … Das war so verdammt gut."

Grell fuhr Ted mit den Fingern über die Brust und strahlte übers ganze Gesicht vor Stolz. „Betrachte mich als festen Abonnenten. Ich habe mich daran gewöhnt, schmutzige Dinge mit dir anzustellen."

Ted drehte sich lachend zu ihm um und küsste ihn. „Mmm … Mir geht es genauso. Ich liebe es."

Grell küsste ihn zurück. „Ich muss mich gleich um einige königliche Angelegenheiten kümmern. Es muss noch ein neuer Ankläger berufen werden, bevor heute Abend die Gerichtsverhandlung beginnt."

„Und dann?", erkundigte sich Ted leise. Es war, als hätte er plötzlich einen Stein im Magen.

„Die Verhandlung beginnt erst um Mitternacht. Dank des Geständnisses des Ergebenen Visseract wirst du von allen Vorwürfen freigesprochen werden", erklärte Grell. „Danach kannst du tun und lassen, was du willst."

„Und wir beide?". Ted hasste es, wie schnell seine Unsicherheiten wieder Platz in ihm machten. Sein Herz stockte, als Grell nach seiner Hand griff und sie drückte.

„Es wäre schon, wenn du bei mir bleiben würdest", sagte Grell ehrlich.

„Ja?" Ted hob hoffnungsvoll den Kopf. „Ich darf hierbleiben? Bei dir?"

„Wo denn sonst?" Grell lächelte herzlich. „Aber wenn du nach Aeon zurückkehren willst … nun, ich könnte dich besuchen, obwohl das Licht dort grauenhaft grell ist. Für dich würde ich es ertragen."

„Ich weiß nicht …" Ted überlegte. Es fiel ihm schwer, seine Gedanken zu sammeln. „Ich weiß nicht, ob ich wieder dorthin zurück gehen will."

„Dann lass es sein."

„Du glaubst nicht, dass meine Arbeit und meine Familie ausreichende Gründe wären?"

„Deine Arbeit macht dich nicht glücklich", erwiderte Grell trocken. „Besonders mit deiner Begabung. Sie zehrt dich auf. Wage nicht, es zu leugnen. Vergiss deinen Job. Und deine Familie? Puh. Wenn du willst, können wir sie jederzeit besuchen."

„*Wir*?", wiederholte Ted schüchtern.

„Aber sicher!" Grell grinste. „Ich bin sehr gut darin, Eltern kennenzulernen. Ich habe im Fernsehen jede romantische Komödie gesehen, die jemals gedreht wurde. Ich weiß, was ich tue. Sie werden mich lieben."

Ted schüttelte lachend den Kopf. „Du Spinner."

„Das und mehr", erwiderte Grell scherzend und küsste Teds Hand. „Aber ich meine es ernst, Liebster. Was uns beide zusammen angeht. Ich möchte, dass du bei mir in Xenon bleibst."

„Ja?" Ted schluckte. Ihm wurde warm ums Herz. „Ich könnte, äh … ja. Ich könnte für eine Weile hierbleiben. Das wäre schön. Sehr, sehr schön."

„Gut", sagte Grell und küsste ihn innig.

Ted seufzte zufrieden, als Grells Zunge sich in seinen Mund schob und er sich auf ihn rollte. Er musste nicht in sein einsames, deprimierendes Leben zurückkehren. Er konnte hierbleiben, einen König daten und mit ihm glücklich sein.

Ein Traum war Wirklichkeit geworden.

Sicher, er hätte nie von einem König mit zwei Schwänzen und der dazugehörigen Libido zu träumen gewagt, aber über solche Details wollte er sich nicht beschweren.

Vor allem nicht gerade jetzt, als sich der zweite Schwanz in ihn hineinschob und sanft zu stoßen begann – das Versprechen auf einen zweiten Orgasmus der ganz besonderen Art.

Ted hielt sich an Grells Schultern fest und spreizte die Beine. Sie küssten sich stöhnend. Er kam Grell bei jedem Stoß entgegen und war bald wieder kurz davor, den Verstand zu verlieren vor Lust.

Ted wusste, er könnte hier glücklich sein. Es gab kaum Geister, die ihm den Schlaf raubten. Es gab keine Wendeltreppen und er hatte die volle Aufmerksamkeit eines wunderbaren Mannes. Grell war amüsant und charmant. Ted konnte von ihm nicht genug bekommen.

Er hatte sich noch nie so begehrt gefühlt und wollte dieses Gefühl nie wieder missen.

Er hatte auch keine Angst vor der Zukunft, weil er wusste, dass er bei Grell sicher war. Sicher, er wusste immer noch nicht, warum und von wem er von den Toten zurückgebracht worden war, aber das spielte im Moment auch keine Rolle. Nichts spielte eine Rolle, wenn er in Grells Armen lag.

Als sie sich nach einem atemberaubenden Orgasmus wieder trennten, küsste Grell ihn zärtlich auf den Mund. Ted stöhnte zufrieden, bis Grell ihn wieder füllte und nicht eher ruhte, bis sie sich erneut aufschreiend aneinanderklammerten und kamen. Und als es vorbei war, war Ted wirklich fix und alle.

„Wow“, keuchte er und streckte sich grinsend. „Das war wirklich umwerfend.“

„Ja, das war es“, stimmte Grell ihm zu.

„Musst du dich immer noch um deine königlichen Pflichten kümmern?“, erkundigte sich Ted und rollte sich zu ihm auf die Seite.

„Pfft“, schnaufte Grell. „Das hat noch Zeit. Die rennen wahrscheinlich gerade alle panisch hin und her und versuchen herauszufinden, wie sie am besten von Visseracts Tod profitieren können.“

„Du willst mich verlassen, nicht?“, neckte ihn Ted.

„M-hm. Ich habe Angst, dass du wieder verschwindest, wenn ich dich aus den Augen lasse.“ Grell rieb ihm liebevoll über den Kopf. „Um die Geier dort draußen kümmere ich mich später.“

„Du kannst es nicht unbegrenzt aufschieben.“

„Aber sicher kann ich das. Ich bin schließlich der König!“ Grell lachte gemein und streichelte ihm über die Lippen. „Ich kann tun und lassen, was ich will, Liebster.“

„Fühlt sich an, als würdest du damit *mich* meinen“, sagte Ted und stöhnte, als Grells Hand ihm zwischen die Beine fuhr. „Oh ja, so fühlt es sich definitiv an.“

„Dein Verdacht trifft zu“, erwiderte Grell grinsend. „Ich glaube, es ist an der Zeit, dass wir über meine beiden Schwänze sprechen. Gleichzeitig. Falls du daran interessiert bist.“

„Beide?“. Ted wurde rot. „Gleichzeitig?“

„M-hm.“

„Oh Mann…“

„Oh ja.“ Grell grinste. „Und ich verspreche dir, dass es alles übertrifft, was du dir vorstellen kannst.“

„Ja, hmm … okay. Ich bin dabei." Ted zog ihn an sich, küsste ihn gierig und schlang ihm die Beine um die Hüften.

„Pssst …"

„Hä?" Er hob den Kopf, als er die vertraute Stimme hörte. „Graham?"

„Tut mir leid", flüsterte Graham. „Ich weiß, du bist mit deinem Mund am Mund deines Freundes beschäftigt, aber…"

„Hey, schon gut. Einen Moment." Ted setzte sich auf und zog schnell die Bettdecke über sich und Grell.

„Ah, dein kleiner Freund ist zu Besuch gekommen?" Grell schnaubte. Er hörte sich etwas genervt an.

„Ja, sorry", sagte Ted und grinste verlegen. Neben dem Bett stand der vertraute Schatten. „Hallo, Kumpel. Was ist los?"

„Kunst will mich nicht in der Bibliothek bleiben lassen", antwortete Graham traurig. „Er meint, er wäre zu beschäftigt und hätte keine Zeit für mich. Darf ich mit euch fernsehen?" Sein Schatten wurde noch kleiner, als er sowieso schon war. „Oder seid ihr auch beschäftigt?"

„Nein, sind wir nicht", versicherte ihm Ted und warf Grell einen warnenden Blick zu. „Was hältst du von Zeichentrickfilmen?"

„Ein Winzling von Geist vermasselt mir die Tour. Das ist mir noch nie passiert", murmelte Grell leise und räusperte sich. „Das ist okay. Wirklich. Wie wäre es, wenn wir uns alle zusammenkuscheln und uns vor dem Dinner noch Reality-TV anschauen? Irgendwas Skandalöses."

„Skandalös geht nicht", erwiderte Ted streng, knuddelte sich an ihn und legte ihm den Kopf an die Brust. Als Grahams Schatten sich hinter ihm dem Bett näherte, lächelte er. „Vergiss nicht, dass unschuldige Augen auch zusehen wollen."

„Na gut", grummelte Grell und zappte fingerschnipsend durch die Programme. „Hey, wie wäre es damit? Kinder kochen mit einem großen, bösen Koch?"

„Was meinst du, kleiner Freund?", fragte Ted. „Gefällt dir das?"

„Ja, das ist gut", sagte Graham begeistert. „Das gefällt mir!"

„Prima", erwiderte Ted lächelnd, als Graham sich an sie kuschelte. Dann zwinkerte er Grell zu und bewegte lautlos die Lippen: *Danke!*

„Äh… schon gut", meinte Grell und legte den Arm um ihn. „An dicken Eiern ist schließlich noch niemand gestorben. Jedenfalls habe ich noch nie davon gehört. Aber mach dir schon mal Gedanken, wie du dich dafür revanchierst."

„Ja, ja." Ted lachte und verdrehte die Augen. „Ich fange sofort damit an."

Ted konnte sich kaum vorstellen, den Tag besser zu verbringen. Es war die perfekte Kombination seines alten mit seinem neuen Leben. Er lag mit den Menschen, die ihm am meisten bedeuteten, vor dem Fernseher und kuschelte. Um die Verhandlung heute Abend musste er sich keine Sorgen mehr machen, weil seine Unschuld bewiesen war. Er konnte sich endlich entspannen. Obwohl sein kleines Abenteuer noch nicht ganz vorüber war, war er rundum zufrieden und genoss den Augenblick.

Nach all dem Wahnsinn der letzten Tage hatte er sich eine Ruhepause verdient.

Etwas Ruhe und Frieden und…

„Hey, Ted?“, flüsterte Graham schüchtern.

„Was ist denn, Kumpel?“

„Was sind eigentlich *dicke Eier*?“

„Äh …“

Mist.

13

ES WAR ein Erlebnis, das Ted so bald nicht vergessen würde: dem kleinen toten Jungen erklären zu müssen, was hinter dem Ausdruck *dicke Eier* steckte. Grell konnte sein Lachen kaum unterdrücken und Graham sah Ted angeekelt an, als er mit seiner unbeholfenen Erklärung zu Ende war. Ted hätte sich am liebsten unter der Decke verkrochen, so peinlich war ihm das.

Nachdem dieses `Rätsel´ gelöst war, legten sie sich wieder zurück und schauten fern. Ted döste ein, bevor der zweite Teil begann, aber das echte Rätsel schwirrte ihm immer noch durch den Kopf und ließ ihn keine Ruhe finden.

Wer hatte Visseract wirklich ermordet?

Ted war davon überzeugt, dass es sich nicht um Selbstmord handelte, aber er wusste nicht, was er tun sollte. Grell wollte die ganze Sache ad acta legen, weil es weder Verdächtige noch Beweise gab, die ihnen neue Hinweise geben konnten. Wenn Kunst in der Bibliothek nicht noch eine unerwartete Entdeckung machte, mussten sie den Fall abschließen.

Er konnte Grell keine Vorwürfe machen, sich nicht mit den Göttern anlegen oder einen Krieg vom Zaun brechen zu wollen, aber es kam ihm ungerecht vor, vor allem Mire und Silas gegenüber.

Warum hatten sie Silas' Visionen gesehen? Hatte Ted einen wichtigen Punkt übersehen? Was könnte ihm entgangen sein? Steckte hinter diesem Sternenkind und den Tränen mehr, als sie wussten?

Er konnte es nicht sagen und der Schlaf brachte ihm auch keine Antworten.

Als er wieder aufwachte, lag er immer noch in Grells Armen, aber Graham konnte er nicht mehr spüren. Er hob den Kopf, sah sich im Zimmer um und lächelte, als Grell ihm die Hand auf den Hintern legte.

Grells Augen waren noch geschlossen, aber er lächelte ebenfalls.

„Stellst du dich schlafend?“, fragte Ted grinsend.

Die Hand auf seinem Hintern drückte zu.

„Hey!“ Ted versetzte ihm lachend einen Klaps an den Arm. „Wach auf!“

„Hä? Hmm?“ Grell öffnete träge die Augen und sah sich gespielt überrascht um. „Was geht hier vor?“

„Du Lüstling!“ Ted kicherte.

„Ich?“ Grell blinzelte unschuldig, hörte aber nicht auf, Teds Hintern zu betatschen. „Niemals.“

„Mmm … dir auch einen guten Morgen. Oder Nachmittag? Abend? Was auch immer.“ Sie küssten sich und Ted stöhnte leise, als sich ihre harten Schwänze berührten.

„Ist der Kleine noch in der Nähe?“, erkundigte sich Grell vorsichtshalber.

„Graham? Nein, ich denke nicht.“

„Gut.“ Grell rollte Ted auf den Rücken und grinste ihn von oben herab an. „Weil ich nämlich schon weiß, was ich frühstücken will. Und es ist nicht für Kinderaugen geeignet.“

„Frühstücken?“, schnaubte Ted und stöhnte wieder, als Grell ihm die Beine spreizte. „Ich dachte, es wäre Zeit fürs Abendessen?“

„Ich bin gerade erst aufgewacht, also gibt es Frühstück“, verkündete Grell augenzwinkernd und bedeckte ihn mit kleinen Küssen, während er langsam nach unten glitt.

Ted blieb entspannt liegen und beobachtete, wie Grells Mund sich seinem Schwanz näherte. Er stöhnte auf, als Grell ihn in den Mund nahm, und wölbte den Rücken, als Grells wunderbare Zunge sich um ihn wickelte. „Ah … Thiazi…“

Grell fing an zu saugen und streichelte ihm die Oberschenkel. Er hatte dabei offensichtlich genauso viel Spaß wie Ted, denn er stöhnte leise vor sich hin.

„Mmm … fuck“, keuchte Ted, hob mit zittrigen Beinen die Hüften und legte ein Bein über Grells Schulter. Grell packte ihn am Hintern und zog ihn noch näher an sich heran, Ted zugleich auffordernd, sich zu bewegen.

Ted stützte sich mit den Händen am Kopf des Bettes ab und stieß in Grells Mund. Er fing langsam an, bewegte sich aber bald schneller, als Grells Zunge sich um seinen Schwanz wickelte und zudrückte.

Grell knurrte gierig und krallte sich mit beiden Händen an Teds Hintern fest.

„Thiazi!“, stieß Ted aus. Er konnte Grells geschickter Zunge keine Sekunde länger widerstehen. Seine Hüften zuckten hoch und er kam. „Gott … ja!“

Grell saugte und schluckte, bis Ted am ganzen Leib zitterte. Und auch danach machte er noch weiter. Seine Zunge kannte kein Erbarmen mit Ted. Er kam und kam, bis er schließlich vollkommen erschöpft und ausgelaugt wieder auf die Matratze sank. „Oh fuck …“, keuchte er.

Grell löste seinen Mund mit einem *Plop* von Teds Schwanz und leckte ihn ab. „Köstlich“, erklärte er und seufzte leise.

„Ja?“ Ted grinste benebelt. „Dann darfst du das jederzeit wiederholen.“

„Mmm … ich werde es mir merken“, neckte ihn Grell, kam zu ihm nach oben gekrochen und küsste ihn leidenschaftlich.

Ted liebte es, wenn Grell ihn mit seinem ganzen Gewicht aufs Bett drückte. Er seufzte zufrieden und schlang ihm die Beine um die Hüften.

„Wir müssen doch nicht aufstehen fürs Abendessen, oder?“, fragte er und biss sich auf die Unterlippe, als Grells harter Schwanz ihm über die Hüfte glitt.

„Das kommt ganz darauf an. Worauf hast du denn Appetit?“, fragte Grell grinsend und knabberte an Teds Kinn.

„Hmpf." Ted fuhr ihm mit den Fingern durch die Haare. Er stöhnte, als er hart wurde, konnte sich die Wärme nicht erklären, die ihn überkam. Es musste an Grell liegen.

„Vielleicht … etwas Fleischiges?" Grell wackelte mit den Augenbrauen.

„Ja." Ted zog ihn grinsend an den Haaren. „Definitiv fleischig. Und dick."

Grell küsste ihn lachend und brachte sich in Position. „Dann halt dich jetzt gut fest, Liebster. Ich habe genau das Richtige für dich."

Grells Schwanz war fast da, wo Ted ihn wollte. Er konnte schon fühlen, wie er feucht wurde. Gleich …

„Eure Hoheit!", rief eine nur allzu bekannte Stimme.

„Verdammt aber auch!" Grell drehte den Kopf zu Mozzie um und fauchte ihn an. „Was zum Teufel ist denn so wichtig, dass du hier schon wieder reingeplatzt kommst? Hä? Ist jemand gestorben?"

„Äh … nein, Eure Hoheit", stammelte Mozzie.

„Ist etwas explodiert?"

„Nein, Eure Hoheit."

„Hat das Volk beschlossen, eine Revolution auszurufen und mich vom Thron abzusetzen?"

„Nein, Eure Hoheit!"

„Dann verschwinde!", brüllte Grell.

„Aber, aber …" Mozzie zog den Kopf ein. „Euer *Berater in okkulten Angelegenheiten* verlangt dringend, Euch zu sprechen! Er sagt, er hätte wichtige Neuigkeiten über den Fall, Eure Hoheit."

„Mein … *was*?", knurrte Grell.

„Du hast einen *Berater in okkulten Angelegenheiten*?", fragte Ted und fuhr sich mit der Hand übers Gesicht.

„Scheint so", schnaubte Grell und kniff die Augen zusammen. „Und wer genau ist dieser Berater?", fragte er Mozzie.

„Äh, äh … Professor Emil Kunst", antwortete Mozzie nervös. „Er sagt, Ihr hättet ihn beauftragt, die Ermittlungen abzuschließen? Er arbeitet in der Bibliothek …?"

„Oh mein Gott!" Ted brach in schallendes Gelächter aus.

„Dieser untote kleine Scheißer", grummelte Grell.

„Er sagt, er müsste Euch sofort sprechen, Eure Hoheit", sagte Mozzie und trat vorsichtshalber einige Schritte zurück. „Ich bitte zutiefst um Verzeihung, Eure Hoheit. Ich wollte Euch nicht stören und …"

„Verschwinde schon", knurrte Grell.

„Sofort, Eure Hoheit!" Mozzie war schneller wieder verschwunden, als er gekommen war.

Grell ließ sich laut jammernd auf Ted fallen. „Niemand muss so leiden wie ich. *Niemand.* Im ganzen Universum nicht."

„Armes Baby“, beruhigte ihn Ted und rieb ihm lachend den Rücken. „Ich weiß, ich weiß. Es ist so schwer, ständig königlich sein zu müssen, nicht wahr?“

„Das ist es!“. Grell hob den Kopf und drückte ihm einen Kuss auf den Mund. „Hmpf. Und jetzt ist die Stimmung vermutlich hin, oder?“

„Nicht ganz“, erwiderte Ted grinsend und drückte sich mit den Hüften an ihn. „Ich habe immer noch mächtig Hunger, falls du weißt, was ich meine.“

„Oh, mein süßer, kleiner Schatz“, schnurrte Grell. „Leg dich einfach hin und ich sorge dafür, dass du gesättigt wirst.“

Und das wurde Ted – sogar zweimal, bevor sie endlich das Bett verließen, um sich der Welt zu stellen. Grell nahm ihn mit zum Baden im Pool und zog sie dann mit einen Fingerschnipsen an.

„Ich will immer noch die beiden Jungs gleichzeitig in mir spüren. Wenn wir irgendwann ungestört sind“, neckte ihn Ted und zuppelte sich die neue Jeans gerade.

„Oh, es wird mir ein Vergnügen sein, dir diesen Wunsch zu erfüllen“, versicherte ihm Grell. „Und es ist das Warten wert.“

„Wollen wir in die Bibliothek gehen und deinen neuen Berater erlösen? Er ist bestimmt schon ungeduldig.“

„Ich kann es vor Aufregung kaum noch aushalten“, grummelte Grell. „Das war definitiv das letzte Mal, dass ich einem Geist einen Gefallen getan habe.“

Er schnipste sie in die Bibliothek. Ted konnte den Raum kaum wiedererkennen. Überall lagen Bücher und Schriftrollen verstreut herum – auf dem Boden, auf dem Tisch und über den Sessellehnen.

Grell war mehr als erbost, als er das Chaos sah. „Hey, Kunst?“, rief Ted hastig. „Was zum Teufel ist hier passiert?“

„Wurde auch langsam Zeit! Wo habt ihr gesteckt?“, schnappte Kunst sie an, als seine Glaskugel hinter einem der Regale hervorgeschwebt kam und vor ihnen in der Luft anhielt.

„Was zum Teufel hast du mit meiner Bibliothek angestellt?“, fauchte Grell die Glaskugel an.

„Während ihr beiden offensichtlich anderweitig beschäftigt gewesen seid – womit auch immer -, habe ich gearbeitet “, schnaubte Kunst.

„Hast du es noch nicht gehört?“, erkundigte sich Ted ungläubig. „Der Fall ist abgeschlossen. Visseract hat Mire und Silas ermordet und sich dann vergiftet.“

„Oh, bitte!“, zischte Kunst. „Beleidige meine Intelligenz nicht. Ihr nehmt diese Inszenierung doch nicht etwa ernst, oder?“

„Woher willst du wissen, dass es nur eine Inszenierung war?“

„Als dein neu ernannter *Königlicher Berater für okkulte Angelegenheiten* habe ich mich von den Wachen an den Tatort bringen lassen, bevor die Leiche entfernt wurde“, erklärte Kunst stolz.

„Bemerkenswert“, erwiderte Grell, wider Willen beeindruckt. „Hast du zufällig auch erwähnt, dass du dich selbst dazu ernannt hast?“

„Hört mir zu“, drängte Kunst. „Es gibt da etwas, das müsst ihr wissen. Es ist wichtig. Die zerbrochenen Phiolen? Ich weiß, was sie enthielten.“

„Und was?“, brummte Grell.

„Ich glaube, sie enthielten die Tränen des Großen Azaethoth“, rief Kunst triumphierend und seine Glaskugel flackerte hell.

„Whoopie-do!“ Grell warf frustriert die Hände in die Luft. „Auf die Idee waren wir auch schon gekommen!“

„Aber, äh, für wen waren sie gedacht?“

„Hä?“ Ted starrte ihn an. „Wie meinst du das?“

„Drei Phiolen“, sagte Kunst. „Für drei Verschwörer, ja? Eine für Thulogian Silas, damit sie nichts verrät. Eine für den Ergebenen Visseract, von dem wir schon wissen, dass er mit Gronoch unter einer Decke steckte.“

„Richtig“, stimmte Ted ihm zu. „Und?“

„Es waren drei Phiolen“, wiederholte Kunst ungeduldig. „Für wen war die dritte Phiole?“

Ted und Grell sahen sich verwirrt an.

„Es muss noch eine dritte Person in die Sache verwickelt sein!“, schnappte Kunst sie an. „Jemand, der mit Visseract und Gronoch zusammenarbeitet! Gronoch hatte jederzeit Zugang zu den Tränen. Warum sollte er sie in eine dritte Phiole abfüllen und dann auch noch zerbrechen?“

„Und wer sollte dieser geheimnisvolle dritte Mann sein?“, konterte Ted. „Und warum hätte er sich die Mühe gemacht, die Phiolen zu beschaffen, wenn er sie danach nur zerstören wollte? Hört sich alles ziemlich unlogisch an. Vor allem, wenn die Tränen wirklich so mächtig sind, wie ihr sagt.“

„Ja, die Magie der Tränen ist sehr mächtig. Aber sie ist nichts im Vergleich zu der Macht des Sternenkinds“, erklärte Grell. „Die Tränen allein können niemanden von den Toten erwecken. Das Sternenkind wäre dazu in der Lage.“

„Silas wollte die Tränen, damit das Sternenkind Mire zurückbringt“, überlegte Ted. „Visseract hat sich davon vielleicht einen nicht enden wollenden Vorrat an Fischfutter versprochen oder eine dieser Schatztruhen, wie Piraten sie immer verstecken.“

„Das ist ja alles sehr interessant“, meinte Grell. „Aber bisher haben wir mehr Fragen als Antworten.“

„Stimmt“, gab Kunst zu. „Das ändert aber nichts an der Tatsache, dass es einen dritten Verschwörer gibt, den wir noch nicht identifiziert haben!“

„Das reicht jetzt“, knurrte Grell. „Punkt Mitternacht tritt das Gericht zusammen. Für mich ist dieser Fall abgeschlossen. Ich habe meine Toten bestattet und einen Schlussstrich gezogen. Es reicht.“

„Aber… Eure Hoheit!“

„Ich bin hier der König und wenn ich es sage, dann ist es so!“, warnte ihn Grell.

„Lass es einfach sein, Kunst", versuchte Ted, die Wogen zu glätten. „Dieses ganze Schlamassel mit Gronoch könnte einen Krieg auslösen. Das verstehst du doch auch, oder?"

„Natürlich!", zischte Kunst stur. „Und ich versuche, einen Krieg in Aeon zu verhindern! Ist dir überhaupt klar, was passieren wird, wenn Gronoch Erfolg hat?"

„Dann … dann mach er irgendwelche seltsamen Sachen mit diesen Knochen?"

„Er will Salgumel wiedererwecken!", brüllte Kunst. „Den Gott der Träume und des Schlafes! Den Gott, den seine verrückten Anhänger seit Jahrhunderten wiedererwecken wollen! Den Gott, der in seinen Träumen wahnsinnig geworden ist! Gronoch will dem Beispiel Tollmathans folgen! Das garantiere ich euch!"

„Und das wäre … nicht gut …?", fragte Ted unsicher.

„Das wäre sogar sehr, sehr schlecht!" Kunsts Glaskugel schoss nach vorne und knallte an Teds Stirn.

„Lass das sofort sein oder ich verbanne dich in die Katakomben!", schimpfte Grell und schlug ihn zurück. „Und jetzt hör mir zu! Was immer die Götter auch planen, mein Sohn kümmert sich schon darum."

„Der Prinz?", fragte Kunst verächtlich.

„Ja, ja, ich weiß. Er ist ein kleines Arschloch", schnaubte Grell. „Aber seine Visionen treffen immer zu. Er ist unsere Trumpfkarte. Was immer Gronoch auch plant, er braucht dazu diesen … wie heißt er noch?"

„Jay", sagte Ted.

„Wer zum Teufel ist Jay?", wollte Kunst wissen.

„Verstummter Junge, ich muss dafür sorgen, dass er sicher ist, damit die Welt gerettet werden kann", erklärte ihm Grell schnell. „Alles sehr kompliziert."

„Mein Mitbewohner", fügte Ted hilfreich hinzu. „Offensichtlich bedeutet es das Ende der Welt, falls ihm etwas zustoßen sollte."

„Und er ist ein Verstummter?" Kunst schwebte zu einer der alten Schriftrollen. „Jetzt ergibt das alles endlich einen Sinn!"

„Was?"

„Was ich belauscht habe!", erwiderte Kunst ungeduldig. „Gronoch ist gar nicht hinter den verstummten Seelen her! Er will lebende Körper!" Seine Glaskugel flackerte. „Deshalb hat die Brücke ihren Glanz verloren! Die verstummten Seelen können nicht nach Xenon gelangen! Sie verharren in Stasis und sollen zu Waffen gemacht werden! Und dafür braucht er die Knochen!"

„Aber warum?", fragte Ted frustriert. „Warum braucht er dazu astrale Seelengeschosse oder was auch immer? Ich verstehe nur noch Bahnhof."

„Das ist die Preisfrage", knurrte Grell. „Wie wäre es, wenn wir Kunst etwas Zeit geben, um über dieses Problem nachzudenken? Wir treffen uns dann wieder, wenn er mehr dazu sagen kann, ja?"

„Ich werde nicht aufgeben, Eure Hoheit!“, verkündete Kunst. „Ich habe schon eine Theorie, die ich nur noch überprüfen muss. Wie wäre es, wenn ihr euch etwas Zeit nehmt und mich bei der Arbeit unterstützt?“

„Wie wäre es, wenn ich dich jetzt zum Dinner einlade?“, fragte Grell und küsste Teds Hand.

„Ausgehen?“ Ted wurde rot. „Wie … bei einem Date?“

„Ganz genau. So nennt man das wohl üblicherweise.“

„Das darf doch nicht wahr sein!“, stöhnte Kunst. „Das Schicksal von Aeon hängt an einem seidenen Faden und ihr … wollt *ausgehen*?“

„Yup. Erzähl uns mehr über deine Theorie, wenn sie mehr ist als das. Wir müssen jetzt gehen. Tschüss!“ Grell tippte mit dem Finger an die Glaskugel.

Kunst schwebte aufgeregt im Kreis, sagte aber kein Wort.

„Was hast du mit ihm gemacht?“ Ted hielt sich lachend die Hand vor dem Mund.

„Auf die Stummtaste gedrückt.“ Grell zwinkerte ihm grinsend zu. „So, Liebster … welches Restaurant wolltest du schon immer mal besuchen? Egal, wo es ist.“

„Äh …“ Ted wusste nicht, was er sagen sollte. Sein Geschmack war ziemlich hausbacken. Er überlegte kurz. „Es gibt da ein Restaurant, etwas außerhalb von Archersville. Es heißt *Angus Barn.* Die Steaks sollen riesig sein.“

„Ein Steakhouse?“ Grell rümpfte die Nase. „Ich will dir die Welt zu Füßen legen und du … entscheidest dich für ein Steakhouse? Mit zertretenen Erdnussschalen auf dem Fußboden oder so?“

„Hey! Du hast gefragt, wo ich schon immer mal hingehen wollte!“ Ted verschränkte stur die Arme vor der Brust. „Für einen König hört es sich vielleicht einfach an und du bist Besseres gewöhnt, aber…“

„Aber du hast es dir gewünscht“, sagte Grell. „Also bekommst du es auch.“

„Wirklich?“, grummelte Ted.

„Ich war nur überrascht.“

„Du bist ein arrogantes Arschloch.“

„Das ist mir durchaus bewusst. Aber ich bete dich an und will nur, dass du glücklich bist“, beruhigte ihn Grell und zog ihn in seine Arme. „Nur das zählt für mich.“

„Danke“, sagte Ted und legte ihm die Arme um den Hals. „Und das bedeutet mir sehr viel.“

Auf dem Boden dotzte Kunsts Glaskugel auf und ab und versuchte, ihre Aufmerksamkeit zu erregen.

Grell kickte sie aus dem Weg. „Wollen wir?“, fragte er höflich.

„Mist. Ist er okay?“

„Ihm geht es bestens. Er ist schon tot. Bis du bereit?“

„Ja“, sagte Ted und musste sich wieder die Hand vor den Mund halten, um nicht laut zu lachen. „Mehr als bereit.“

Grell küsste ihn grinsend.

Ted hörte ein Schnipsen und dann saßen sie sich im Weinkeller des *Angus Barn* gegenüber. Zwischen ihnen auf dem Tisch brannte eine Kerze. Die Wände des Kellers waren aus Backsteinen gemauert. In Regalen lagen Hunderte von Weinflaschen. Das Licht war gedämpft und im Kamin prasselte ein Feuer.

„Wow." Ted sah sich ehrfürchtig um. „Wir sind im Weinkeller. Das ist so was wie das private Wohnzimmer! Es gibt eine riesige Warteliste, wenn man hier reservieren will."

„Vergiss die Warteliste", erklärte Grell stolz und winkte nach dem Keller, der mit einer Flasche Wein an ihren Tisch kam und ihnen einschenkte. „Für meinen Schatz ist nur das Beste gut genug."

„Danke", sagte Ted und grinste von einem Ohr zum anderen. „Ich wette, unter den vielen Gesetzen gegen den Missbrauch von Magie gibt es auch eines, das …"

„Pfft."

„… solche romantischen Gesten verbietet." Ted hob das Glas und prostete ihm zu. „Auf dich, König Thiazi Grell desu Und-so-weiter."

„Danke, Tedward Wie-auch-immer", erwiderte Grell und stieß mit ihm an. „Du machst einen alten König sehr, sehr glücklich."

Ted senkte verlegen den Kopf und nippte an seinem Wein.

„Ich sollte noch bei meinem Sohn vorbeischauen", meinte Grell. „Ich habe das plötzliche Bedürfnis, mich als dankbarer Vater zu zeigen."

„Ich auch." Ted lachte. „Und wenn er will, schenke ich ihm sogar eine Dose von seinem Lieblingskatzenfutter." Er spielte mit seinem Weinglas. „Ich bin noch nie mit einem Mann ausgegangen, der Kinder hat."

„Oder ein unwiderstehlich charmanter Asra war." Grell zwinkerte ihm zu.

„Oder so eingebildet war", fügte Ted grinsend hinzu.

„Oder zwei Schwänze hat, mit denen er dich um den Verstand bringen kann." Grell klimperte mit den Wimpern.

„Oder ein König war." Ted trank sein Glas in einem Schluck aus. „Vieles an dir ist vollkommen neu für mich, weißt du?"

„Na ja", meinte Grell nachdenklich. „Ich bin noch nie mit jemandem ausgegangen, der Sternenlicht hatte. Oder der schon einmal gestorben war. Das ist für mich definitiv auch neu. Und ich bin auch noch nie mit jemandem ausgegangen, bei dem ich mich so gut fühle."

Ted wusste nicht, was er dazu sagen sollte. Sein Herz pochte so heftig, dass er fast glaubte, einen zweiten Herzschlag zu hören.

„Du bist amüsant und fürchterlich lieb und eine der mitfühlendsten Seelen, die ich jemals kennengelernt habe", fuhr Grell fort. „Wenn ich mit dir zusammen bin, fühle ich mich wie … geheilt. Wiederhergestellt."

Ted fasste schweigend nach Grells Hand, weil ihm immer noch die Worte fehlten. Ihm blieb nichts anderes übrig, als dämlich zu grinsen und Grells Kompliment zu genießen.

Wenn Grell ihn so ansah, dann …

Fühlte er sich geliebt.

Nach einer Weile verzog er das Gesicht und sah Grell erwartungsvoll an.

„Oh, richtig“, sagte Grell. „Und du hast das süßeste kleine Loch von ganz Xenon. Und Aeon.“ Er zwinkerte Ted lüstern zu. „Besser so?“

„Ich dachte schon, du wärst plötzlich zum Softie geworden“, neckte Ted.

„Für dich werde ich nur hart, mein liebster Tedward“, versprach ihm Grell.

Natürlich hörte das der Kellner, der genau in diesem Moment wieder zurückkam, um ihre Bestellung aufzunehmen. Er lächelte höflich, aber man sah ihm an, dass er nur mit Mühe ein Lachen unterdrücken konnte. „Möchten die Herren jetzt bestellen?“

„Nach dir, Liebster“, sagte Grell und grinste Ted über den Rand seiner Speisekarte zu.

Ted räusperte sich verlegen und studierte die Vorspeisen. Dann sah er den Kellner an. „Was ist das größte Steak, das Sie hier servieren?“

„Ah, das ist mein Mann.“ Grell seufzte träumerisch.

Es stellte sich heraus, dass es sich bei dem größten Steak um den *Tomahawk Chop* handelte – eine über zwei Pfund schwere Monstrosität von Ribeye-Steak. Ted aß es bis zum letzten Bissen auf.

Derweil trank Grell den Wein auf.

Sie verzichteten auf den Nachtisch und Grell schnipste Ted zurück nach Xenon, direkt in sein großes Bett. Er selbst hatte noch etwas zu erledigen. Ted hielt sich derweil den Bauch und fragte sich, ob es wirklich eine so kluge Idee gewesen war, dieses Riesending komplett aufzuessen.

Als Grell zurückkam, trug er wieder seinen knallbunten Strampelanzug mit den Einhörnern. Er kroch zu Ted unter die Decke und tätschelte ihm den Bauch. „Ah, mein armer Schatz …“, schnurrte er. „Tut ihm das Bäuchlein weh?“

„Ich bedauere nichts“, verkündete Ted stur.

Grell drückte ihm kichernd einen Kuss auf die Lippen.

Teds Abendanzug verwandelte sich in den Einhorn-Strampelanzug. Sein Bauch freute sich über den zusätzlichen Platz. „Alles okay?“, fragte er Grell.

„Ja“, sagte Grell und rieb ihm beruhigend über den Bauch. „Ich habe mit dem Gericht gesprochen. Sie werden sämtliche Tentakel, Klauen und sonstigen Teile schleifen lassen, damit die Verhandlung erst morgen früh beginnt. Die Vulgora haben ebenfalls um Aufschub gebeten, weil sie heute Nacht den Ergebenen Visseract bestatten wollen.“

„Gott sei Dank“, stöhnte Ted erleichtert und kuschelte sich an Grells Brust. „Wer ist der neue Ankläger?“

„Dieser Idiot von Ghulk.“

„Na prima. Meinst du, sie sprechen mich immer noch frei?“

„Sicher. Sonst fresse ich Ghulk einfach auf.“

„Du bist so süß.“

„Süß wie Zuckerwatte“, informierte ihn Grell grinsend. „Aber wenigstens setze ich mich nicht an den Zähnen fest.“

„Stimmt. Du setzt dich ganz woanders fest.“ Ted lachte und wurde rot, als Grell ihn ansah. „Ich meine natürlich mein Herz“, erklärte er hastig. „Oder meine Gedanken! Was weiß ich!“ Er stöhnte. „Ich halte jetzt besser den Mund.“

„Du bist ja so romantisch, mein Tedward.“

„Und du hältst jetzt auch den Mund. Lass uns schlafen.“

„Ich wüsste, wo ich mich gern festsetzen würde …“

„Schlaf jetzt! Ich habe für heute genug Fleisch im Bauch.“

„Autsch.“

Ted musste lachen und kuschelte sich noch fester an ihn. „Ernsthaft“, flüsterte er, „danke für den schönen Abend. Es war wunderbar. Vielleicht können wir morgen, nach der Verhandlung…“

„Ja?“

„Daran arbeiten, meine ich. Du weißt schon … gleichzeitig. Morgen. Vielleicht.“

„Oh, mein Liebster.“ Grell strahlte. „Dafür darfst du morgen beim Essen neben mir sitzen.“

Ted musste wieder lachen.

Grell küsste ihn lächelnd auf die Stirn. „Schlaf gut, Tedward aus Aeon.“

„Du auch, König Grell von Xenon.“

14

TED WACHTE warm und glücklich in Grells Armen auf. Er streckte die Beine und drückte sich mit einem zufriedenen Seufzer an Grells Brust. Kein Geist hatte etwas von ihm gewollt, kein Telefon geklingelt. Ted hatte seit Jahren nicht mehr so gut geschlafen. Was immer ihm heute auch bevorstehen mochte – *das* konnte ihm niemand mehr nehmen.

Dieses Glück, diese Zufriedenheit und … seinen wunderbaren König.

„Guten Morgen", schnurrte Grell. „Mmm … was für ein schöner Anblick in meinem Bett."

Ted musste grinsen, obwohl er noch total verstrubbelt war. „Guten Morgen. Frühstück und Verhandlung, damit wir vor dem Mittagessen noch Zeit für heißen Sex haben?"

„Perfekt. Du kannst Gedanken lesen", sagte Grell.

Sie blieben noch einige Minuten liegen, dann schnipste Grell ihnen ein köstliches Frühstück herbei. Sie aßen im Bett und genossen die angenehme Ruhe. Ted machte sich keinerlei Sorgen um die bevorstehende Gerichtsverhandlung.

Sie würden ihn für unschuldig erklären, daran bestand kein Zweifel. Dann waren sie diese Last endlich los und er konnte seine aufkeimende Liebesbeziehung mit Grell unbeschwert genießen.

Ted konnte Graham in der Nähe spüren, die kleine Hand fühlen, die sich auf seine Schulter legte. Aber Graham sagte kein Wort. Vermutlich wollte er Ted nur Glück wünschen für den bevorstehenden Tag. Er war ein so lieber kleiner Kerl.

Nach dem Frühstück sorgte Grell für angemessene Kleidung, hob Teds Hand an den Mund und bedeckte sie mit kleinen Küssen. „Bist du soweit, Liebster?"

„Ja. Besser wird es nicht mehr." Ted zwang sich zu einem Lächeln. „Lass uns gehen. Ich will diesen Mist so schnell wie möglich hinter mich bringen."

„Da hast du recht", sagte Grell und hielt ihn an der Hand, als er sie in den Thronsaal teleportierte.

Der große Saal war mit Monstern alle Größen und Formen gefüllt. Ted verzog das Gesicht. Es machte ihn immer noch nervös, so viele von ihnen auf einem Haufen zu sehen.

Kunst wartete ebenfalls schon auf sie. Er kam auf sie zugeschwebt und wackelte aufgeregt vor ihnen hin und her.

„Ah ja", sagte Grell und stupste die Glaskugel mit dem Finger an. „Ton ein."

„Vielen Dank, Eure Hoheit“, sagte Kunst leicht angesäuert. „Ich nehme an, Ihr hattet einen angenehmen Abend?“

„Oh, es war wunderschön“, erwiderte Grell zuckersüß. „Wie ist deine Nacht als stummgeschaltete Bowlingkugel verlaufen?“

„Überraschend produktiv.“

„Gut.“

Kunst schnaubte. „Trotz Eurer mangelhaften Unterstützung, ähm … ist es mir gelungen, bemerkenswerte Fortschritte zu erzielen. Ich glaube, sie werden Euch sehr erfreuen. Wollt Ihr meine Theorie über die Knochen hören?“

„Nein, eigentlich nicht.“

„Wir reden später darüber“, sagte Ted mit einem aufmunternden Lächeln. „Nach der Verhandlung, ja?“

„Na gut.“ Selbst schwebende blaue Glaskugeln konnten offensichtlich schmollen.

Grell nahm seine Asragestalt an, ließ sich auf seinem riesigen Thron nieder und klackte mit den Zähnen, um Ruhe herzustellen. Dann winkte er Ted an seine Seite, bevor er die Anwesenden adressierte. „Wir sind heute hier versammelt, um über die Morde an Sergan Mire und Thulogian Silas Recht zu sprechen. Der Verdächtige sagt, er wäre unschuldig. Ich selbst habe seine Verteidigung übernommen und Wesir Ghulk vertritt die Anklage.“

„Ich bin bereit, Eure Hoheit!“, rief Ghulk, kam vor den Thron gelaufen und kniete nieder.

„Sehr gut“, erwiderte Grell barsch. „Fang an.“

„Ich werde dem Gericht darlegen, dass Ted aus Aeon sich verschworen hat, unsere geliebten Asra-Brüder und den Ergebenen Visseract zu ermorden, weil er ein machthungriger Sterblicher ist, der den Thron von Xenon für sich erringen will!“, verkündete Ghulk.

„Wie bitte?“ Ted schnaubte ungläubig.

„Lass ihn ausreden“, sagte Grell und zuckte mit den Schultern. „Mach dir keine Sorgen. Es ist sowieso alles Unsinn, was er erzählt.“

„Er hat nach einem Weg gesucht, die Macht zu erlangen“, erklärte Ghulk dramatisch. „Schaut ihn euch an! Ein mickriger Sterblicher ohne einen Hauch von Magie! Natürlich wollte er den Thron! Und wie hätte er dieses Ziel erreichen sollen, ohne hinterrücks zwei Asra zu ermorden?“

Ted rieb sich mit beiden Händen übers Gesicht.

„Aber auf diesem Weg konnte er die Gesetze der Asra dazu benutzen, sich mit dem König zu verloben!“, fuhr Ghulk fort.

Ted fielen die Hände vom Gesicht. „*Was?*“

Grells Augen funkelten zornig. Ein Raunen ging durch den Saal.

„Er hat dem König geholfen, die beiden Leichen in die Katakomben zu bringen! All das war ein Teil seines verwerflichen Plans!“ Ghulk hörte sich fast hysterisch an. „Und jetzt ist er mit dem König verlobt!“

„Sind wir verlobt?“, zischte Ted.

„Gewissermaßen, ja. Es schien mir nicht der Rede wert“, zischte Grell zurück.

„Dem muss ich mit allem Nachdruck widersprechen!“ Ted zog sich der Magen zusammen. Er hätte Grell am liebsten den Hals umgedreht.

„Nur Mitglieder der königlichen Familie dürfen die Toten bestatten“, erklärte Kunst, hilfsbereit wie immer. „In dem Moment, in dem du Grell dabei geholfen hast, ist eure Verlobung in Kraft getreten. Es ist eine alte Tradition der Asra, die …“

„Halt den Mund!“, stöhnte Ted.

„Ich bin sicher, dass er jetzt plant, auch unseren geliebten König zu ermorden.“ Ghulk schnaufte. „Sobald sie verheiratet sind, wird er zuschlagen! Er wird den Thron übernehmen und als erster Sterblicher die Asra regieren!“

„Willst du mich nicht endlich verteidigen?“, knurrte Ted und sah Grell wütend an.

„Äh … ja.“ Grell beugte sich vor und musterte die Menge mit ernstem Blick. „Das alles ist gelogen.“

„Und weiter?“, drängte Ted.

„Geduld! Ich arbeite ja schon daran“, murmelte Grell. „Ich habe nicht damit gerechnet, dass ihm tatsächlich ein Argument einfällt.“

„Um Gottes willen…“, fluchte Ted und baute sich vor Ghulk auf. „Ich habe niemanden umgebracht! Ihr wisst alle, dass Mlre schon tot war, als ich hier ankam! Ich bin in seinem verdammten Blut gelandet!“

„Blut, welches du selbst vergossen hast, du verräterischer Sterblicher!“, rief Ghulk anklagend.

„Ist dir eigentlich klar, wie verrückt sich das anhört?“ Ted ballte die Fäuste. „Komm schon! Ihr seid doch alle so superklug! Ihr habt mich hier auftauchen und fallen sehen.! Ich war es nicht!“

„Aber du gibst zu, in einer romantischen Beziehung mit dem König zu sein?“, zischte Ghulk.

„Oh, das …“ Ted richtete sich zu seiner ganzen Größe auf. „Das geht dich einen verdammten Scheißdreck an.“

„Seht ihr?“ Ghulk lachte höhnisch und schlug mit den Hufen auf. „Er hat es nicht geleugnet!“

„Ist diese dämliche Verlobung wirklich rechtmäßig?“ Ted wirbelte zu Grell herum.

„Ja, ein bisschen schon…“, erwiderte Grell. „Ich hätte natürlich nie darauf bestanden, wenn du nicht auch …“

„Du Arschloch!“, brüllte Ted. „Wenn ich gewusst hätte, dass ich dich heiraten muss, hätte ich dir niemals geholfen!“

Grell verzog das Gesicht.

„Du hättest mich vorwarnen sollen! *Oh, dann musst du mich übrigens heiraten* … Siehst du? Gar nicht so schwer."

„Äh", brummte Grell. „Ich weiß nicht, ob ich das richtig verstanden habe. Könntest du es noch einmal wiederholen?"

„Du verdammtes Arschloch!" Ted bleckte die Zähne. „Bist du jemals auf die Idee gekommen, dass ich kein Interesse habe, deine Königin zu werden?"

„Und bist *du* jemals auf die Idee gekommen, dass du viel attraktiver bist, wenn du den Mund hältst?"

„Das war jetzt wirklich nicht nötig", meldete sich Kunst zu Wort.

„Leckt mich doch kreuzweise, alle beide!", fauchte Ted ihn an und warf die Hände in die Luft.

„Ich wollte doch nur helfen!", verteidigte sich Kunst.

„Dann lass es in Zukunft sein!"

„Das ist doch lächerlich", rief Ghulk und stampfte mit dem Huf auf. „Ich verlange Gerechtigkeit für meine geliebte Silas! Ich werde ihre süße Stimme nie wieder hören! Nie wieder kann ich ihren Namen rufen!" Er richtete sich vor Ted auf die Hinterhufe auf. „Tedward aus Aeon hat die beiden ermordet und anschließend der Ergebenen Visseract gezwungen, Selbstmord zu begehen! Lasst es uns zu Ende bringen!"

„Nach ihr rufen?" Ted erstarrte.

„Ich habe immer nach meiner Geliebten gerufen!", fauchte Ghulk. „Immer!"

„Verdammte Scheiße." Ted riss die Augen auf und packte Grell an der Schulter. „*Er* war es."

Grell blinzelte. „Wer war was?"

„Ghulk!" Ted zeigte auf den Wesir. „Er hat es getan! Er hat Silas umgebracht! Er ruft immer nach ihr! Er muss sich ankündigen, damit sie ihn nicht attackiert!"

„Halt den Mund", warnte ihn Ghulk. „Du bist der einzige Mörder hier! Du, nicht ich!"

„Aber das letzte Mal nicht", fuhr Ted ungerührt fort. „Als wir sie das letzte Mal wegen der Perle besucht haben, hast du nicht nach ihr gerufen. Weil du wusstest, dass sie schon tot war! Und außer mir kann hier niemand mit den Toten reden!"

„Sei still!", schrie Ghulk. „Halt den Mund, du erbärmlicher Mensch!"

„Ruhe!", brüllte Grell ihn an und schlug wütend mit dem Schwanz. Dann nickte er Ted zu. „Sprich weiter, Liebster."

„Die dritte Phiole war für dich bestimmt!", rief Ted. Ihm schwirrte der Kopf, als sich die Puzzleteile zu einem Ganzen zusammensetzten. „Du hast dich mit ihm verschworen, nachdem du Mire umgebracht hast. Du dachtest allen Ernstes, Silas würde Mire vergessen, weil du einen größeren Schwanz hast. Aber sie liebte ihn immer noch und wollte die Tränen benutzen, um ihn zurückzubringen! Du warst stocksauer. Mein Gott, warst du sauer! Sie hat dich zurückgewiesen! Und das nach allem, was du für sie getan hast! Nachdem du schon so lange in sie verliebt warst! Deshalb hast du sie auch umgebracht. Und dann musste Visseract sterben."

„Nein!", kreischte Ghulk. „Das sind Lügen! Unverschämte Lügen! Ich hatte nicht den geringsten Grund, den Ergebenen Visseract zu ermorden!"

„Nein?", fragte Ted. „Aber dein Boss hatte vielleicht einen Grund, nicht wahr? Visseract ist unvorsichtig geworden. Er hat seine Leute auf Grell und mich gehetzt. Deshalb musstest du ihn loswerden und hast es als Selbstmord inszeniert. Ihr durftet keine neuen Ermittlungen riskieren, sonst wäre eure Verschwörung wahrscheinlich aufgeflogen! Deshalb hast du dieses falsche Geständnis geschrieben und die Phiolen zerbrochen. Und dein Boss wollte dir die Tränen ersetzen."

Die Wachen kamen näher. Sie ließen Ghulk nicht aus den Augen. Der Wesir zitterte am ganzen Leib. Eine milchige Flüssigkeit tropfte aus seinen Augen und seine Hufe klapperte laut, als er sich umdrehte und nach einem Fluchtweg suchte.

„Du bist ein gottverdammter Mörder!", verkündete Ted. „Ich bin unschuldig! Klage abgewiesen, Fall geschlossen!"

„Wenn ihr eure kostbaren Knochen zurückhaben wollt, lasst ihr mich besser gehen!", schrie Ghulk verzweifelt.

„Was?", krächzte Grell.

„Lasst mich gehen! Dann sage ich euch, wo die Knochen sind!", kreischte Ghulk.

„Ich weiß es…," Es war Graham. Er nahm Ted an der Hand und zog daran. „Ich weiß, wo die Knochen sind."

Ted drückte ihm die Hand. „Leck mich, du Zombie-Einhorn. Aus dieser Geschichte redest du dich nicht mehr raus. Wir brauchen dich nicht."

„Tedward …" Grell knurrte.

„Vertraust du mir?", fragte Ted ihn.

Grells goldene Augen weiteten sich. Für einen Moment wirkte er unsicher, dann lehnte er sich zurück. „Ja, meine Königin", flüsterte er leise. „Ja, ich vertraue dir. Aus tiefstem Herzen."

Seine Worte jagten Ted einen Schauer über den Rücken. Er drehte sich zu Ghulk um. „Du bist erledigt, du Scheißkerl."

Grell erhob sich von seinem Thron. „Hiermit spreche ich Wesir Ghulk des mehrfachen Mordes schuldig und lasse den menschlichen Gefangenen mit sofortiger Wirkung frei. Was sagt das Gericht?"

„Aye!", rief die Menge wie aus einem Mund. Die Wachen packten Ghulk und zogen ihn mit sich fort.

Ted war erleichtert. Es war endlich vorbei. Er war wieder ein freier Mann, konnte tun und lassen, was er wollte. Und als er Grells Lächeln sah, wusste er sofort, was das sein würde.

„Nein!", schrie Ghulk. „Nein, damit kommt ihr nicht durch! Gronoch wird mich nicht im Stich lassen! Er wird mich retten! Ihr werdet schon sehen! Wenn die

Götter erst Salgumel wiedererweckt und Aeon besiegt haben, bist du der nächste auf ihrer Liste, König Grell!“

„Bla, bla, bla.“ Grell wedelte lachend mit dem Schwanz. „Sollen sie es doch versuchen, die Götter. Ich lasse dir sicherheitshalber ein Kartenspiel in die Zelle bringen, damit du dich nicht zu Tode langweilst, während du auf sie wartest. Viel Spaß dort unten – jetzt und in alle Ewigkeit.“

Die Menge lachte und jubelte. Tentakel und Klauen winkten Ghulk nach, als er – recht unsanft – aus dem Thronsaal entfernt wurde.

„So“, sagte Grell und drehte sich zu Ted um. „Jemand hat mich gefragt, ob ich ihm bezüglich der sterblichen Überreste meiner Familie vertrauen würde?“

„Ja“, sagte Ted und drückte Grahams kleine Hand. „Ich habe alles im Griff.“

„Der Hofstaat ist entlassen!“, befahl Grell.

„Äh, Eure Hoheit?“, mischte sich Kunst verlegen ein. „Herzlichen Glückwunsch, dass Ihr für Teds Freiheit gesorgt und den Fall gelöst habt, aber es gibt da immer noch das Problem mit der Verlobung.“

Die Menge, die schon im Begriff gewesen war, sich aufzulösen, versammelte sich wieder um den Thron. Alle Augen waren gespannt auf Ted und den König gerichtet.

„Halt den Mund, du Kugel“, stöhnte Ted und wurde feuerrot.

„Die Frage muss geklärt werden. Es wurde ein Antrag gemacht“, erwiderte Kunst stur. „Du hast ihn sogar schon angenommen, wenn auch nur indirekt. Aber deine offizielle Antwort steht noch aus und der Hof…“

„Er kann sich mit der Antwort bis zum nächsten Vollmond Zeit lassen, Idiot“, schnappte Grell ihn an und drehte sich wieder zu seinen Höflingen um. „Und ihr verschwindet jetzt, ihr Klatschtanten! Wir müssen uns hier um wichtigere Angelegenheiten kümmern.“

Dieses Mal befolgten sie seinen Befehl und machten sich der Reihe nach davon, entweder durch eine der Türen oder ein magisches Portal. Nur Ted, Grell und Kunst blieben zurück.

Und natürlich Graham.

„Wir müssen uns beeilen“, drängelte Graham und zog Ted an der Hand.

Ted folgte ihm stolpernd hinter die Plattform, auf der Grells Thron stand. „Wo willst du hin?“, fragte er.

„Hier ist es!“ Graham wurde sichtbar und zeigte auf den Boden. „Hier!“

Ted kniete sich auf den Boden und legte die Hand auf die Fliesen. Jedenfalls wollte er das, aber stattdessen glitt sie durch die Fliesen hindurch, bis er einen kühlen, glatten Gegenstand zu fühlen bekam. Er griff zu und zog die Hand zurück. Es war ein großer Kieferknochen.

„Verdammt, Mann …“ Grell schlüpfte in seine menschliche Gestalt und kniete sich neben Ted auf den Boden. Gemeinsam holten sie einen Knochen nach dem anderen aus dem unsichtbaren Loch. „Sie waren die ganze Zeit hier?“

„Vielleicht dachten sie, hier würde niemand danach suchen." Ted lachte triumphierend. Der Knochenberg wurde größer und größer. „Unfassbar! Graham, wie hast du das herausgefunden?"

„Ich habe mich umgesehen", sagte Graham lächelnd. „Und ich habe sie entdeckt, als der Pferdemann so laut gebrüllt hat."

„Danke, Graham." Ted lächelte strahlend.

„Von mir auch vielen Dank", sagte Grell mit ernster Miene, als er einen riesigen Schädel hervorzog und ihn ehrfurchtsvoll streichelte. „Meinen allerherzlichsten Dank, Kleiner."

„Ist das Vael?", fragte Ted.

„Mein Vater", erwiderte Grell und warf einen prüfenden Blick auf den Knochenberg. „Ich glaube, es sind nur zwei oder drei Skelette. Vaels Knochen sind nicht darunter."

„Das tut mir leid", sagte Ted und drückte ihm die Schulter. „Wir suchen weiter, ja? Vielleicht hatten Ghulk und diese anderen Arschlöcher noch mehr Verstecke."

„Vielleicht." Grell legte den Schädel vorsichtig zu den anderen Knochen. „Ich muss herausfinden, was zu wem gehört, bevor wir sie wieder in die Katakomben bringen können."

„Soll ich dir helfen?", fragte Ted. „Oder müssten wir uns dann ein Haus kaufen? Mit weißem Gartenzaun oder so?"

„Die Sache mit der dämlichen Verlobung tut mir wirklich leid", sagte Grell zerknirscht. „Es ist eine uralte Tradition und ich hatte den Kopf mit anderen Problemen voll. Ich erwarte nicht von dir, dass du einer Verlobung zustimmst – wenn man bedenkt, was das letzte Mal passiert ist, als dir jemand einen Antrag machte."

„Ja. Damals bin ich gestorben", sagte Ted trocken.

„Und danach warst du immer noch allein."

„Das auch."

„Eine Verlobung bedeutet nicht automatisch, dass man am nächsten Tag heiraten muss", meinte Kunst. „Obwohl es in der Geschichte der Asra noch nie vorkam, dass ein Heiratsantrag abgelehnt…"

„Ton aus", sagte Grell und streckte die Hand nach der Glaskugel aus.

„Hey, hey!", rief Kunst und schwebte schnell aus dem Weg. „Ich meine doch nur, dass ihr die Tradition wahren könnt, wenn ihr euch verlobt und mit der Hochzeit einfach noch einige hundert Jahre wartet. Schließlich versteht ihr euch doch recht gut. Es spricht also nichts dagegen, oder?"

„Bis dahin bin ich tot!", fauchte Ted ihn an und stand mit feuerrotem Kopf auf.

„Das reicht jetzt", knurrte Grell und schnipste mit den Fingern.

Kunst und die Knochen verschwanden. Stattdessen hielt er einen Drink in der Hand. Er setzte das Glas an die Lippen und trank in großen Schlucken.

„Hey …“, beschwerte sich Ted und streckte seine leere Hand aus.

Grell schnipste mit den Fingern der freien Hand und löste das Problem.

„Auf die Freiheit!“, sagte Ted, nahm einen mächtigen Schluck und sah Grell nachdenklich an. „So. Hattest du wenigstens vor, mich nachträglich in diese Tradition einzuweihen?“

„Eigentlich schon.“ Grell zog eine Grimasse. „Ich dachte, wir könnten zusammen darüber lachen, wenn … wenn es dir in einigen Monaten wieder besser geht und du bis über beide Ohren in mich verliebt bist.“

„Wirklich? Meinst du das etwa ernst?“

„Ich habe nie behauptet, dass es eine gute Idee war“, meinte Grell, ging um den Thron herum und setzte sich wieder. „Vor allem habe ich nicht damit gerechnet, dass Ghulk mitten in der Gerichtsverhandlung damit herausplatzt.“

Ted folgte ihm, das Glas mit dem unendlichen Drink in der Hand. „Du hast mich deine Königin genannt“, sagte er. „Warum?“

„Du hast gefragt, ob ich dir vertraue“, erwiderte Grell. „Und das tue ich. Ich vertraue dir nicht nur mein Herz an, sondern auch das Wohlergehen und die Zukunft meines Volkes. Du hast mir sogar geholfen, ihre Gebeine zur Ruhe zu legen.

Als du mir diese Frage gestellt hast, musste ich eine Entscheidung fällen, die nicht nur unsere Zukunft betraf, sondern auch die meines Volkes. Ich hätte es mir natürlich leichtmachen und nur an den Sex denken können – und der ist mehr als fantastisch. Aber das habe ich nicht getan. Weil du verdammt viel mehr bist als ein guter Fick.

Ich kenne dich, Ted aus Aeon. Ich weiß, dass du dich um die Toten sorgst, obwohl sie deine Seele belasten. Du hast Mitgefühl gezeigt, als du mir geholfen hast, Mire und Silas zu bestatten. Du hast auch Mitgefühl gezeigt, als du mich zu der leeren Gruft meines geliebten Vael begleitet hast, um die Musikbox dort niederzulegen. Du hast das nicht nur für mich getan, sondern auch für die Toten. Und das … das macht dich zu einer würdigen Königin.“

Ted war sprachlos. Er öffnete den Mund, schloss ihn aber wieder, ohne auch nur ein Wort gesagt zu haben. Dann ging er zu Grell, griff nach seiner Hand und drückte sie. „Das, äh … ist ein guter Grund, oder?“, stammelte er.

„Ich bitte dich nicht, mich zu heiraten“, sagte Grell leise. „Aber vielleicht … vielleicht könntest du darüber nachdenken? Uns eine Chance geben und abwarten, was passiert? Mein Herz sagt mir, dass du eine wunderbare Königin wärst.“

Grell sah ihn so aufrichtig und liebevoll an, dass Ted den Blick nicht abwenden konnte. Es war atemberaubend.

„Ihh …“, beschwerte sich Graham. „Jetzt küsst ihr euch gleich wieder, oder?“

„Ich glaube schon. Du gehst jetzt besser, mein Kleiner“, sagte Ted.

„Wie eklig!“

„Was war das?“ Grell runzelte die Stirn.

„Nichts." Ted wartete lächelnd ab, bis Graham verschwunden war. „Einen Moment noch."

„Oh. Natürlich."

„So", sagte Ted kurz darauf, trank sein Glas aus und warf es hinter sich. Dann setzte er sich auf Grells Schoss. „Ich sage jetzt noch nicht Ja."

„Nein?", sagte Grell und schnipste die Scherben und seinen eigenen Drink weg. Jetzt hatte er beide Hände frei für Ted. „Es fühlt sich aber fast so an."

„Ja, du bedeutest mir sehr viel. Ich will dich auch in Zukunft sehen, will mit dir meinen Freispruch feiern und auf diesem Thron deine Schwänze reiten", nahm Ted kein Blatt vor den Mund.

„Das hört sich doch schon gut an", sagte Grell und legte ihm die Hände auf die Hüften. „Wenn das so weiter geht …"

„Aber ich will dich nicht heiraten", fuhr Ted mit fester Stimme fort. „Ich bin keine dieser dämlichen Prinzessinnen, die ihren Prinzen heiratet, nachdem sie sich erst vor zwei Tagen kennengelernt haben."

„Ich bin kein Prinz. Ich bin ein König. Das ist ein Unterschied."

„Nein", sagte Ted und küsste ihn. Er grinste, als er die Hüften bewegte und spürte, wie hart Grell schon war. „Ich denke, wir belassen es vorläufig bei einem sehr fundierten Vielleicht. *Vielleicht* darfst du mir eines Tages einen Ring auf den Finger schieben und mich heiraten. Aber heute noch nicht."

„Das ist aber immer noch kein Nein", stellte Grell zufrieden fest. Dann wedelte er mit den Fingern und Ted war plötzlich nackt.

„Stimmt", sagte Ted und ließ die Hüften kreisen. Er grinste, als Grells Kleidung ebenfalls verschwand und er nur noch nackte Haut unter sich spürte. „Wie wäre es mit … bis auf Weiteres dauerhaft verlobt?"

„Hört sich eher nach einem Zungenbrecher an", neckte ihn Grell. „Auf eine Einladungskarte kann man das jedenfalls nicht schreiben. *Hiermit möchten wir Sie zu unserer bis-auf-Weiteres-dauerhaft-verlobt-Party einladen*? Wie langweilig."

„Halt jetzt den Mund und küss mich", bettelte Ted stöhnend.

„Ja, meine Königin", sagte Grell gehorsam und küsste ihn gierig.

Ted versuchte erst gar nicht, sich gegen den neuen Spitznamen zu wehren. Er erwiderte Grells Kuss mit aller Leidenschaft. Es fühlte sich mittlerweile vollkommen normal an, Grell zu berühren und zu küssen. Außerdem war es eine verdammt geile Vorstellung, mit ihm hier auf dem Thron zu sitzen und sich zu ficken.

Grells beiden Schwänze drückten sich an seinen Arsch. Ted wurde feucht, während Grell ihn mit seiner magischen Hand dehnte. Er stöhnte laut, als der erste Schwanz in ihn hineinglitt. Es fühlte sich so gut an, dass er sich einige Male auf dem dicken Schwanz fickte, um das Brennen und Dehnen zu genießen. Wie wunderbar! Ted hätte ewig so weitermachen können, hätte allein davon kommen können. Aber er wollte mehr. Er wollte Grell ganz und gar in sich spüren, und dazu gehörte auch der zweite Schwanz.

Und das würde etwas mehr Vorbereitung erfordern.

Ted zischte, als Grell es versuchte. Er setzte sich anders hin, aber es half nichts. Der Widerstand war einfach zu stark. Grell schob einen Finger in ihn hinein, um ihn weiter zu dehnen, aber trotz seiner Magie brannte es zu sehr.

„Kannst du mich nicht irgendwie feuchter machen?“, fragte Ted.

„Dein Arsch ist jetzt schon der reinste Wasserfall“, meinte Grell. „Du bist einfach zu eng und ich will dir nicht wehtun.“

„Warte …“ Ted griff nach hinten und zog Grells zweiten Schwanz an sein Loch. Er wollte nicht so leicht aufgeben. Obwohl es immer noch mächtig brannte, biss er die Zähne zusammen und ließ sich auf den Schwanz sinken.

Langsam, ganz langsam … Sein Körper wehrte sich gegen den Eindringling, aber Ted ließ sich nicht entmutigen. Und dann – er konnte es kaum glauben – funktionierte es tatsächlich. Jedenfalls mit der Spitze.

„Ted“, keuchte Grell und krallte sich mit beiden Händen an Teds Beinen fest. „Oh …“

„Oh ja.“ Ted stöhnte laut, als sich sein Loch entspannte und die nächsten paar Zentimeter in sich aufnahm. Adrenalin schoss ihm durch den Leib vor Erregung. Sein Schwanz tropfte zwischen ihnen.

Langsam bewegte er die Hüften, bis er beide Schwänze in sich hatte. Er hatte sich noch nie so voll, so ausgefüllt gefühlt. Er spürte selbst die kleinste Bewegung in jeder Zelle seines Körpers. Ted blieb ganz ruhig sitzen und beugte sich vorsichtig vor, um Grell zu küssen. „Thiazi … ich …“

„Ja, Tedward“, flüsterte Grell und küsste ihn zärtlich. „Das ist das Fantastischste, was ich jemals erlebt habe. Wenn jetzt irgendwo ein Mäuschen hustet, komme ich sofort …“

Ted musste wider Willen lachen. „Ich hatte den perfekten Plan, dich zu verführen und um den Verstand zu ficken. Jetzt ist es ganz anders gekommen.“

„Das ist oft so im Leben“, meinte Grell. „Ich hätte nie erwartet, mich in dich zu verlieben.“

„Thiazi“, flüsterte Ted stöhnend. „Wehe, du willst mich nur verarschen.“

„Niemals“, schnurrte Grell und küsste ihn tief, während er die Hüften kreisen ließ.

Ted ließ seufzend den Kopf in den Nacken fallen. Seine Beine zitterten. Es war zu viel, ging zu schnell. Ted konnte sich nicht mehr zurückhalten, stöhnte laut auf und kam.

Aber einmal war nicht genug. Für Grell war es nie genug. Er fickte Ted weiter um den Verstand. Es musste an seiner Magie liegen, dass Ted nicht überstimuliert wurde, sondern nur intensive Erregung empfand. Von dem anfänglichen Brennen war nichts mehr zu spüren und er verlangte stöhnend nach mehr.

Grell drückte sich mit dem Gesicht an Teds Hals und fuhr ihm mit den Zähnen über die Haut. Er packte Ted am Arsch und den Oberschenkeln und fickte ihn mit aller Kraft. „Ah, Ted … mein Liebster…“ Dann biss er zu.

„Thiazi!“, schrie Ted und klammerte sich an Grells starken Schultern fest, als sein Biss ihm einen stechenden Schmerz durch den Leib jagte. Dann fing Grell zu saugen an. Ted erschauerte. Wenn das nicht der größte Knutschfleck seines Lebens geben würde… Aber er wollte immer noch mehr, packte Grell an den Haaren und drückte seinen Kopf noch fester an sich. „Bitte, mehr … mach schon!“

Grell knurrte tief und biss noch fester zu. Er drückte Ted nach unten und stieß wieder zu, langsamer als zuvor, aber dafür umso tiefer.

Der neue Rhythmus ließ Ted dahinschmelzen. Er konnte nicht glauben, wie ihm geschah. Grell brachte ihn an die Grenzen seiner körperlichen Möglichkeiten und Ted … schrie laut auf und ließ sich einfach fallen.

Grell wurde wieder schneller. „Ja, Liebster … du bist so wunderschön, wenn du kommst … ja, ich … ich komme!“ Er brüllte auf, ein fast unmenschliches Brüllen, so tief und wild, dass es das ganze Zimmer erschütterte. Dann leckte er zärtlich über den Biss an Teds Hals und drückte ihn fest an sich. „Oh … Ted …“

Ted war vollkommen erschöpft. Er ließ sich von Grell halten, während Grell mit beiden Schwänzen in ihm kam.

Danach küssten sie sich träge. Ted schlang die Arme um Grell, bis sein Puls sich beruhigte. Er konnte wieder diesen zweiten Herzschlag hören, den Herzschlag seines Retters, aber in diesem Moment zählte für ihn nur Grell.

„Hast du das ernst gemeint?“

„Was, Liebster?“ Grell sah ihn fragend an.

„Dass du dich in mich verliebt hast?“ Ted fürchtete sich vor Grells Antwort, aber er musste es wissen. Er musste mit eigenen Ohren hören, ob es wahr war. Es reichte ihm nicht mehr, dass Grell ihn *Liebster* nannte.

„Na ja …“, schnurrte Grell und küsste ihn zärtlich. „Was soll ich dazu sagen? Ich will dich schließlich nicht anlügen.“

„Du bekennst dich also schuldig?“

„In allen Anklagepunkten.“

15

„GEHT ES bei euch wieder sittsam zu?" Kunsts Glaskugel lugte vorsichtig durch eine der Türen in den Thronsaal.

„Warte noch kurz!", rief Ted zurück und grinste Grell an. „Was hältst du davon, mit deinen magischen Fingern zu schnipsen, damit wir Besuch empfangen können?"

„Natürlich", schnaubte Grell und rollte mit den Augen. „Nackt gefällst du mir zwar besser, aber wenn du darauf bestehst …"

„Ich bestehe darauf."

Grell schnipste mit den Fingern. Er hatte sich für einen leuchtenden Anzug – purpurfarben, mit Jacquardmuster – und ein schwarzes Hemd entschieden. Ted kleidete er in Jeans – hauteng – und ein schwarzes T-Shirt mit V-Ausschnitt. Dann entfernte er auch noch die restlichen Spuren ihres ungebührlichen Verhaltens und machte den Thron wieder ansehnlich.

„Jetzt sind wir wieder sittsam", rief er. „Gegen meinen ausdrücklichen Willen."

Kunst kam schnaubend um die Ecke geschwebt. „Ich muss mit euch über die Sache mit den Knochen reden", schnappte er sie an, als er vor dem Thron ankam.

„Und welche Sache genau meinst du damit?", fragte Grell gelangweilt. „Die Sache, dass wir sie immer noch nicht alle gefunden haben? Oder die andere?"

„Die andere Sache!" Kunsts Glaskugel wackelte vor lauter offensichtlicher Verärgerung. „Ich glaube zu wissen, was Gronoch mit diesen Unmengen an Knochen vorhat. Wenn er nur die Seelen von Sterblichen stehlen wollte, um die Verstummten zu versklaven, hätte er nicht so verdammt viele Knochen gebraucht."

„Und was hat er deiner Meinung nach vor?" Ted runzelte die Stirn.

„Ich glaube, Gronoch will die Seele eines Gottes stehlen", erwiderte Kunst aufgeregt. „Könnt ihr euch das vorstellen?"

„Äh … nein. Was ist daran so schlimm?"

„Wenn er einem Gott die Seele stiehlt, kann er ihn in einen willenlosen Ghul verwandeln", erklärte Kunst aufgeregt. „Er kann seine Seele mit der Seele eines Verstummten ersetzen, der ihm gehorcht."

„Ein Verstummter, der Gronoch gehorcht und über die Macht eines Gottes verfügt?"

„Die Seele eines Gottes kann nicht dazu gezwungen werden, ihren Körper zu verlassen und eine Astralreise zu unternehmen", sagte Grell und erhob sich von seinem Thron. „Außerdem kann eine sterbliche Seele nicht an einen unsterblichen Körper gebunden werden."

„Und wenn diese andere Seele auch unsterblich wäre?", überlegte Ted und setzte sich auf den freigewordenen Thron. „Wäre das möglich?"

„Theoretisch? Wahrscheinlich schon. Vielleicht will Gronoch auf diese Weise den Körper eines mächtigeren Gottes übernehmen." Kunsts Glaskugel pulsierte nachdenklich.

„Das würde aber immer noch nicht erklären, wozu er die Seelen der Verstummten braucht", meinte Grell. „Irgendwie hängen das Schicksal von Aeon und die Sicherheit von Teds Mitbewohner zusammen. Die Visionen meines Sohnes sind oft unverständlich, aber darüber war er sich absolut sicher."

„Das mag ja stimmen, aber es ändert nichts an meiner Schlussfolgerung", sagte Kunst. „Gronoch will einem Gott die Seele stehlen. Sonst bräuchte er nicht so viele Knochen."

„Was zum Teufel macht dieser Kerl auf deinem Thron?", mischte sich eine neue Stimme in ihre Diskussion ein. Sie klang nicht sehr erfreut.

Ted sah einen nackten Mann vor dem Thron stehen, den er nur allzu gut kannte. Er blinzelte einige Male, um sicher zu sein, dass es keine Halluzination war. „Hi", knurrte er dann.

„Oh, wie schön! Wenn man vom Teufel spricht ...", rief Grell fröhlich. „Wie nett von dir, bei uns vorbeizusehen und Hallo zu sagen! Gab es da nicht einen Menschen, den du bewachen solltest?"

„Dem geht es gut", fauchte der junge Mann und kam näher. „Ich habe ihn bei Starkiller und Azaethoth dem Geringeren zurückgelassen."

„Star... *wem*?", fragte Ted.

„Einem Sterblichen mit der Macht, einen Gott zu töten", erwiderte Grell. „Sehr stark, mit dichten Augenbrauen. Ich dachte, wir hätten über ihn gesprochen?"

„Hey", schnappte der junge Mann ihn ungeduldig an. „Würdest du mit bitte erklären, was dieser Katzentreter auf deinem Thron zu suchen hat?"

„Ich habe einen Namen!", knurrte Ted, stand auf und ging auf das Wesen, das er früher als Mr. Twigs gekannt hatte, zu. „Und ich habe dich nie getreten! Du bist mir vor die Füße gelaufen und hast mich zum Stolpern gebracht, du kleiner Psycho!"

„Leck mich!"

„Du mich auch!"

„Schluss jetzt!", brüllte Grell und hob die Hände. „Jetzt reißt euch bitte für fünf Sekunden zusammen und seid nett zueinander. Daddy bekommt sonst Kopfschmerzen. Ted, das ist mein Sohn Asta. Asta, das ist..."

„Ted, der Katzentreter“, unterbrach ihn Asta. „Wir sind uns schon begegnet, Daddy.“

„Ich habe dich nie …“, knurrte Ted.

„Mein liebster Sohn, Frucht meiner Lenden und Licht meines Lebens“, begann Grell zuckersüß und bleckte dann die Zähne. „Halt jetzt endlich den Mund!“

Asta knurrte, sagte aber nichts mehr.

„Seit du in Aeon bist, hat sich hier vieles geändert“, fuhr Grell fort und ging zu Ted. „Ich freue mich, dir mitteilen zu dürfen, dass Tedward und ich ein Paar sind.“

„Ein … *was*? Soll das heißen, ihr …“ Astra sah sie entsetzt an. „Wie eklig … mir wird schlecht!“

Ted grinste stolz und legte Grell den Arm auf die Schultern. „Oh ja. Es war wunderbar. Wir verstehen uns hervorragend und haben viel Spaß zusammen.“

„Beim Großen Azaethoth“, wimmerte Asta. „Sagt mir jetzt bitte nicht, dass ihr…“

„Oh doch“, sagte Ted und freute sich, als Asta kreidebleich wurde. „Mindestens einmal am Tag. Manchmal öfter.“

Asta hielt sich würgend die Hand vor den Mund.

„Lass das“, sagte Grell und schlug Ted lachend an den Arm. „Hab Mitleid mit ihm.“

„Ich habe Unterwäsche, die ist älter als er!“, jammerte Asta. „Das ist ja so krank! Er ist … er ist höchstens … Igitt.“

„Schon gut, ich erspare dir die schmutzigen Details unserer perversen Affäre“, beruhigte ihn Grell. „Wir haben wichtigere Dinge zu bereden. Es gab in der Zwischenzeit einige interessante Entwicklungen und ich glaube, sie haben mit deiner Vision zu tun.“

„Weltuntergang? Jay als unfreiwillige Waffe des Bösen?“ Asta hatte sich von dem Schock immer noch nicht ganz erholt. „Meinst du das?“

„Na ja, es geht jedenfalls nicht um deine Vorhersage, die Backstreet Boys würden sich wieder versöhnen.“

„Du hast ja keine Ahnung!“, protestierte Asta und hob stolz den Kopf. „Ich habe jedes einzelne Konzert ihrer Reunion-Tour an der Ostküste besucht!“

„Du hast Jay also bei Fremden zurückgelassen, weil dir diese verdammten Konzerte wichtiger waren? Und jetzt bist du hier, anstatt bei ihm?“ Ted rümpfte die Nase. „Ein schöner Beschützer bist du!“

„Es waren höchstens drei Konzerte! Lass den Mist, du Katzentreter! Jay geht es gut.“

„Und warum bist du dann hier?“

„Oh je …“ Asta stöhnte theatralisch. „Weil Jay zu diesem verrückten Starkiller gehen wollte. Er soll herausfinden, was mit dir passiert ist. Jay hat ihm die Ohren vollgejammert, weil du verschwunden bist und er denkt, seine Katze wäre daran schuld!“

„Das bist du doch auch!“

„Ok … seid nett zueinander, ihr Lieben“, sagte Grell tadelnd. „Und du, Asta, hörst mir jetzt zu. Der Ergebene Visseract und Wesir Ghulk hatten sich mit Gronoch verschworen, um Knochen aus der Gruft zu stehlen. Ghulk ist zu lebenslanger Haft verurteilt worden, weil er den Ergebenen Visseract, Thulogian Silas und Sergan Mire ermordet hat.“

„Verdammte Scheiße!“ Asta riss die Augen auf. „Da habe ich wirklich viel verpasst.“

„Wir wissen noch nicht, inwiefern sie die verstummten Seelen als Waffen benutzen wollen“, fuhr Grell fort. „Die Brücke hat an Glanz verloren, also ist die Gefahr noch nicht gebannt. Und wir haben hier jemanden, der an dem Fall arbeitet.“

„Wen?“

„Professor Emil Kunst.“

„Hallo!“, sagte Kunst und seine Glaskugel leuchtete auf. „Ich grüße Euch, Eure Hoheit.“

„Was ist denn das für ein Ding?“ Asta blinzelte und schlug verspielt nach der Glaskugel.

„Äh… könntet Ihr das bitte lassen?“ Kunst schnaubte indigniert und brachte etwas mehr Abstand zwischen sich und Asta.

„Nein.“ Asta wackelte mit dem Hintern und ging leicht in die Knie, als wollte er die Glaskugel anspringen.

„Lass ihn in Ruhe“, warnte Grell. „Er ist der *Königliche Berater für okkulte Angelegenheiten.*“

„Seit wann haben wir denn so was?“

„Seit jetzt.“ Grell fläzte sich in seinen Thron, schnipste sich ein Glas Whisky herbei und rieb sich die Schläfen. „Professor Kunst, bitte erklären Sie meinem Sohn Ihre Theorie über seine Vision und die Knochen.“

Ted hätte nie gedacht, dass sich eine Glaskugel so freuen könnte.

„Selbstverständlich, Eure Hoheit“, rief Kunst begeistert. „Es ist mir ein Vergnügen! Ah! Nun, wie wir alle wissen, sind die Knochen der Asra ein mächtiger Katalysator für Astralreisen …“

„Wie war noch dein Name?“, unterbrach ihn Asta blinzelnd. „Weil er sich auf Englisch anhört wie Cun…“

„Kunst! Ich heiße Kunst!“, schnappte Kunst ihn an und räusperte sich. „Die reine Masse der gestohlenen Knochen lässt vermuten, dass Gronoch vorhat, einem Gott …“

„Halt!“, unterbrach ihn Asta erneut. „Wie viele Knochen sind denn gestohlen worden? Und welche Knochen waren es?“

Grell sah ihn traurig an. „Die meisten der alten Grüfte wurden beraubt. Außerdem die königlichen …“

„Mommy“, flüsterte Asta erschrocken und brach in Tränen aus. „Haben sie auch …“

„Asta, hör mir bitte zu“, sagte Grell.

Aber Asta war schon durch ein Portal verschwunden. Offensichtlich wollte er sich mit eigenen Augen überzeugen.

„Mist“, murmelte Grell und kippte seinen Whisky runter. Was nicht einfach war, denn das Glas füllte sich immer wieder auf.

„Soll ich es ihm später erklären?“, fragte Kunst leise.

„*Viel* später“, sagte Ted und sah Grell besorgt an. „Ich glaube, wir müssen jetzt einen Moment allein sein.“

Kunst rührte sich nicht vom Fleck.

„*Allein.*“

„Äh, ja. Wie ihr wünscht“, sagte Kunst schließlich schmollend und machte sich davon.

Ted nahm Grell das Glas ab, um seine Leber vor zusätzlichem Schaden zu bewahren – falls das bei einem Asra überhaupt eine Rolle spielte. „Hey, nimm es nicht so schwer. Warum gehst du nicht da runter und sprichst mit ihm?“

„Und was soll ich ihm sagen?“, fragte Grell ratlos. „Dass wir das ganze Schloss und jeden Winkel von Xenon abgesucht haben, aber die restlichen Knochen nicht finden konnten? Auch nicht die seiner Mutter? Nein, ich glaube, auf dieses Gespräch kann ich verzichten.“

„Sollten wir ihn nicht wenigstens fragen, warum er zurückgekommen ist?“, versuchte Ted es weiter. „Er sollte doch bei Jay sein und auf ihn aufpassen. Warum ist er jetzt hier?“

„Er hat deinen geliebten Mitbewohner bei einem Gott und einem der mächtigsten Hexer aller Zeiten zurückgelassen.“ Grell schnaubte. „Ich glaube nicht, dass ihm dort etwas passieren kann.“

„Nun, ich wüsste es trotzdem gerne“, meinte Ted und zog Grell am Arm. „Komm schon, steh auf.“

„Ich will aber nicht“, protestierte Grell und schob schmollend die Unterlippe vor.

„Ich gebe dir zur Belohnung einen Blowjob“, versprach Ted grinsend.

„Beide Schwänze?“ Grell schmollte immer noch.

„Um Himmels willen ja. Aber lass uns jetzt gehen.“

Auf dem Weg in die Katakomben nahm Grell seine Katzengestalt an und seine Stimmung besserte sich etwas.

Ted stellte sich vor, er wäre bei einem ganz normalen Arbeitseinsatz. Er musste zwar keine Leiche abholen und der einzige Verwandte, der auf ihn wartete, war ein junges Katzenmonster, das ihn vielleicht auffressen wollte, aber es half ihm, das Selbstvertrauen zu wahren.

Als sie sich der königlichen Gruft näherten, hörten sie Asta schon schluchzen, bevor sie ihn zu Gesicht bekamen.

Asta war auch in seiner Katzengestalt. Sie war genauso schlank wie sein menschlicher Körper. Sein Fell glänzte schwarz und obwohl er viel weniger

Goldschmuck an seinen Ohren trug als sein Vater, ähnelten sich die Perlen der beiden sehr. Asta lag zusammengerollt vor Vaels Gruft. Sie war immer noch leer – von der kleinen Musikbox abgesehen, die Grell und Ted als Erinnerung hineingestellt hatten.

Grell zögerte, sich seinem Sohn zu nähern. Er gab Ted einen leichten Schubs.

„Hey!", protestierte Ted leise. „Du kommst auch mit!"

„Ich habe dich hierhergebracht!", zischte Grell. „Ich habe nicht gesagt, dass ich mit ihm reden will!"

„Du weißt, was du dann *nicht* bekommst!"

„Das ist gemein!"

„Arschloch!"

„Scherzkeks!"

„Ist euch eigentlich klar, dass ich euch hören kann?", knurrte Asta.

Ted räusperte sich und schlich sich auf Zehenspitzen auf ihn zu. „Also gut. Wir hatten einen schlechten Start, nicht wahr? Aber … es tut mir verdammt leid, was mit Vael passiert ist."

Asta schnaufte verächtlich und musterte ihn von oben bis unten. Er war sprungbereit und es sah nicht aus, als wolle er nur spielen. Astas Bisse waren schon unangenehm gewesen, als er noch Mr. Twigs hieß, aber jetzt? Nicht gut.

„Ich weiß, es hört sich vielleicht dumm an", fuhr Ted nervös fort. „Ich habe in meinem alten Job so oft Hinterbliebenen kondolieren müssen, dass es oft nicht mehr ernst gemeint war. Es war nur noch eine Floskel für mich. Weil ich die Verstorbenen nicht persönlich kannte und nicht vermissen konnte. Deshalb hat es sich für mich immer falsch angehört. Sicher, Vael kannte ich auch nicht. Aber es tut mir verdammt leid, dass ihr ihn verloren habt."

Ted meinte es zutiefst ernst. Quälende Stille folgte seinen Worten. Er hielt gespannt den Atem an und wartete auf Astas Reaktion.

Asta entspannte sich wieder, legte sich auf den Boden und drehte den Kopf zur Seite. Er fuhr sich mit der Tatze übers Gesicht und schnurrte traurig.

Ted holte erleichtert Luft. Grell drückte sich an und Ted rieb ihm dankbar übers Fell.

„Du solltest nicht hier sein", murmelte Asta schließlich und schlug mit dem Schwanz, als wollte er ihnen zeigen, dass er sich noch nicht geschlagen gab. „Du gehörst nicht zur Familie."

„Durch eine unvorhersehbare Verquickung äußerer Umstände, für die ich keinerlei Verantwortung übernehme, weil dein Vater …"

„Hey!", beschwerte sich Grell.

„Jedenfalls könnte es sein, dass ich eines Tages vielleicht dazugehöre." Ted zuckte mit den Schultern. „Falls ich bei dieser Verlobung mitmache."

„Hat er dich etwa überredet, ihm bei einer Bestattung zu helfen?" Asta zog fragend die Augenbrauen hoch.

„Halt … woher weißt du das?"

„Weil er sich so meine Mutter geangelt hat.“ Asta schnaubte, musste dann aber tatsächlich lachen. „Der alte Kerl ist mit dem Trick doch tatsächlich zweimal durchgekommen!“

„So war das nicht!“, widersprach Grell lauthals. „Vael wusste, was ihm bevorsteht, und …“

„Wie bitte?“ Ted konnte sich ein Grinsen nicht verkneifen, als er Grells Gesicht sah.

„Als der Lieblingsonkel meiner Mutter starb, hat er sie um Hilfe gebeten“, erklärte Asta. „*Aber es ist so eklig, dass du bestimmt keine Lust dazu hast*, hat er gejammert, der Arme.“

„Hat er das?“ Ted klimperte mit den Wimpern.

„Ja“, sagte Asta lächelnd. „Die Sturheit meiner Mutter war legendär und wenn man ihn dazu bringen wollte, etwas zu tun, musste man ihm nur davon abraten.“

„Dann hast du deinem zukünftigen Mann also den Hof gemacht, indem du ihm erklärt hast, wie eklig es ist, die Leiche seines Onkels in die Katakomben zu bringen, weil du genau wusstest, dass er es dann tun wird und ihr verlobt seid?“ Ted grinste. „Irgendwie süß.“

„Vielleicht war ich damals noch ein schüchterner Prinz, der sich nicht getraut hat, einen so heißen Mann zu einem Date einzuladen?“, verteidigte sich Grell hochnäsig.

„Du und schüchtern?“ Ted schnaubte. „Unsinn.“

„Es ist aber so.“ Grell blieb standhaft. „Es war eine fürchterliche Zeit. Zahnspange, Pickel und Minderwertigkeitskomplexe. Ich hatte Vael natürlich erklärt, dass wir verlobt wären, wenn er mir hilft. Er meinte nur: *Aber ja! Ich würde dich sooo gerne heiraten!* Und so war es dann auch.“

„Er ist ein miserabler Lügner“, kommentierte Asta trocken.

„Ich weiß.“ Ted lächelte breit. „Nur das mit der Verlobung wusste ich nicht, bis es während der Gerichtsverhandlung zur Sprache kam, als es um meine Freiheit ging.“

„Ich habe dir doch gesagt, ich hätte nicht damit gerechnet!“, rief Grell aufgeregt. „Ich habe mich bei dir entschuldigt und dich mit so vielen Orgasmen dafür entschädigt, dass …“

„Okay, schon gut. Aber ich bin immer noch angesäuert, weil es Verarschung war.“

„Ihr beiden passt zusammen wie die Faust aufs Auge“, sagte Asta kopfschüttelnd, ging wieder zu der leeren Gruft und schniefte leise. „Viel Spaß bei der Hochzeit.“

„Danke“, sagte Ted und wurde wieder rot. Es war schlimm. „Ich meine … ich habe noch nicht Ja gesagt! Wir wollen noch abwarten und sehen, wie es mit uns läuft, aber …“ Er lächelte. „Ich bin verdammt glücklich.“

„Schön für dich, du Katzentreter.“

„Ich bin übrigens auch glücklich. Falls das hier jemanden interessiert“, meldete sich Grell zu Wort.

„Nein, tut es nicht.“ Asta schnaubte.

„Mich interessiert es schon“, erwiderte Ted zärtlich und kraulte Grell hinter den Ohren.

„Hmpf. Danke.“

„Wer ist denn auf die Idee gekommen?“, grummelte Asta und berührte mit seiner großen Tatze ehrfurchtsvoll die Musikbox.

„Ich“, sagte Ted unsicher. „Ich dachte, es könnte … eine Art Versprechen sein, die Suche nicht aufzugeben. Grell hat die Musikbox ausgesucht.“

„Sie war ein Geburtstagsgeschenk“, sagte Asta lächelnd und warf Grell einen liebevollen Blick zu. „Ich hatte die Idee dazu und Daddy hat sie für ihn gemacht. Mom hat darin seinen Schmuck aufbewahrt und meine Milchzähne.“ Er drehte sich wieder zu der Musikbox um. „Alles Scheiße.“

„Stimmt“, sagte Grell.

„So.“ Asta kam zu ihnen zurück und bleckte die Zähne. „Ich könnte jetzt einen Schnaps vertragen.“

Grell stieß ihn mit dem Kopf an. „Guter Junge.“

Ted ging einige Schritte zur Seite, um die beiden allein zu lassen. Er hörte Asta flüstern, verstand aber nur einzelne Wortfetzen.

„… als hätten wir ihn das zweite Mal verloren …“

„Ich weiß“, sagte Grell tröstend und schnurrte traurig. „Ich weiß …“

Asta hob verlegen den Kopf und schüttelte sich. „Und jetzt will ich meinen Schnaps!“

„Dann los!“ Grell kam zu Ted zurück und teleportierte sie zum Pool. Einige bunte Drinks mit Schirmchen und eine große Flasche Schnaps warteten bereits auf sie. Ted schaute an sich herab und musste lachen. Seine Badehose war bunt bedruckt. Mit Einhörnern.

Grell trug Partnerlook. Natürlich.

Asta hatte auch wieder seine menschliche Gestalt angenommen. Er war zunächst nackt, zog sich aber schnell Shorts an, als Grell ihn lautstark ausschimpfte. Sie prosteten sich zu und genossen den Alkohol in Strömen. Asta unterhielt sie – na ja, eher sich selbst und Ted – mit peinlichen Geschichten über Grell.

Grell grummelte zwar unwirsch vor sich hin, schien aber froh zu sein, dass Asta wieder lachen konnte.

Ted versuchte, respektvollen Abstand zu halten, weil er in Astas Anwesenheit nicht über Grell herfallen wollte. Grell, der damit offensichtlich keine Probleme hatte, zog sich Ted so schnell auf den Schoß, dass die Aale erschrocken davonstoben.

Die Stunden vergingen. Grell sorgte dafür, dass sie genug zu essen hatten, um den Alkohol besser zu vertragen. Ted konnte sich nicht erinnern, sich über einen Cheeseburger jemals mehr gefreut zu haben.

Nach einer Weile gab es einen königlichen Notstand. Grell entschuldigte sich und versprach, bald zurück zu sein. Asta und Ted blieben zurück und widmeten sich weiter ihren Cheeseburgern.

„Du bist eigentlich kein schlechter Kerl", sagte Asta – schon leicht lallend – und stopfte sich eine Scheibe rosa Käse in den Mund. „Jedenfalls für einen notorischen Katzentreter." Er boxte Ted an den Arm.

Ted wollte nicht mit ihm streiten, also hob er nur sein Glas und prostete ihm zu. „Danke, Kumpel. Ich weiß dein Kompliment zu schätzen."

„Du hast meinen Dad wirklich gern, nicht wahr?"

„Etwas mehr als das, um ehrlich zu sein", sagte Ted verlegen und fuhr sich seufzend mit den Fingern durch die Haare. „Es ist … kompliziert. *Er* ist kompliziert."

„Du machst ihn glücklich", sagte Asta, dem der Alkohol offensichtlich die Zunge gelockert hatte. Dann lachte er. „Mann, so glücklich habe ich ihn seit Jahrhunderten nicht mehr erlebt. Seit … seit ihr das Kabelfernsehen erfunden habt? Nein. Nein, es ist schon viel länger her."

„Danke, Mann", wiederholte Ted grinsend. „Jetzt stehe ich wahrscheinlich in deiner Schuld. Wenn du mich nicht durch dieses Portal geschickt hättest, wäre ich nicht hier gelandet. Sicher, auf die Mordanklage hätte ich verzichten können, aber …"

„Du wirst ihn heiraten, nicht wahr?", unterbrach Asta ihn und wurde plötzlich ernst.

„Ich, äh …" Ted wurde rot. „Ich habe dem Hof noch keine offizielle Antwort gegeben."

„Und worauf wartest du noch?", wollte Asta wissen.

„Das ist eine gute Frage", sagte Ted und brachte seine Zweifel mit einem Biss in den Cheeseburger zum Schweigen.

Asta ließ nicht nach. „Und? Schließlich hast du nicht ewig Zeit. Zehn Jahre vielleicht? Wie alt werdet ihr eigentlich?"

„Hä?" Ted kaute schneller und hätte sich fast verschluckt, so eilig hatte er es mit einer Antwort. „Menschen haben eine sehr respektable Lebenserwartung, ja? Wir sind doch keine Eintagsfliegen!"

„Von mir aus." Asta schnaubte. In diesem Moment kam Grell zurück. Asta kniff die Augen zusammen und stieß Ted an. „Vielleicht solltest du die Zeit trotzdem nutzen, um dein Glück zu genießen."

„Stimmt." Ted wusste nur zu gut, wie kurz das Leben sein konnte. Er hatte oft genug erlebt, wie schnell und unverhofft es enden konnte, selbst für junge, gesunde Menschen. Niemand konnte sagen, wie viel Zeit ihm noch blieb, auch er selbst nicht. War das nicht Grund genug, die Gelegenheit beim Schopf zu packen und glücklich zu sein?

„Es freut mich, dass ihr beiden euch so gut versteht“, sagte Grell, ließ sich wieder in den Pool sinken und nahm sich einen frischen Drink, in dem kleine Fruchtstückchen schwammen.

„Ist alles in Ordnung?“, erkundigte sich Ted. „Worum ging es bei diesem königlichen Notfall eigentlich?“

„Schaut dort hoch“, sagte Grell und zeigte in den Nachthimmel.

Die Brücke wurde von neuem Licht durchflutet. Ein riesiger Schwarm glitzernder Lichtpunkte tanzte über die Brücke. Ständig wurden es mehr. Sie sahen gebannt zu, wie sich ihr Licht langsam ausbreitete, bis die Brücke wieder hell erstrahlte.

„Was … was ist passiert?“ Ted schluckte. Er war wie verzaubert von der Schönheit der Brücke, fürchtete aber gleichzeitig den möglichen Grund für das Schauspiel.

„Die verstummten Seelen von Aeon, wer immer sie auch waren, können endlich weiterziehen“, erklärte Grell. „Die Brücke ist wieder in Betrieb und arbeitet mit voller Kraft, um das Versäumte nachzuholen.“

„Heißt das nicht, dass Unmengen an Menschen plötzlich gestorben sein müssen?“ Ted sank das Herz. Er griff nach Grells Hand.

„Ich weiß nicht, was Gronoch in der Zwischenzeit mit ihnen gemacht hat, aber ich glaube, der Tod wird ihnen willkommen sein.“

„Mist“, flüsterte Asta und starrte mit großen Augen nach oben. „Jay. Ich glaube, ich sollte jetzt zu Jay zurückkehren. Ich muss mich davon überzeugen, dass es ihm gut geht.“

„Geh nur“, sagte Grell. „Aber pass auf dich auf. Ich bin mir sicher, dass Gronoch hinter dieser Sache steckt.“

„Kein Problem. Ich mache mich sofort auf den Weg zu Starkiller und Azzy, um herauszufinden, was passiert ist. Vielleicht wissen sie auch mehr über die Knochen.“ Asta blinzelte sich aus dem Pool, war plötzlich wieder nackt und trug seine Sonnenbrille. „Ich komme so schnell wie möglich zurück.“ Er zeigte auf Ted. „Du da! Wie wirst du ihm antworten?“

„Ich … also, es ist …“, stammelte Ted.

„Ja, das dachte ich mir schon.“ Asta grinste übers ganze Gesicht. „Herzlichen Glückwunsch, ihr Spinner. Bis später!“ Und damit verschwand er durch das leuchtende Portal, das sich vor ihm auftat.

„Warum reist er eigentlich immer nackt?“, überlegte Ted.

„Er liebt den Luftzug an den Eiern“, sagte Grell lachend und zog ihn an sich. „Es kann sehr erfrischend sein.“

„Wenn du meinst.“ Ted küsste ihn lachend. „Mmm … ich habe dich vermisst.“

„Ich war doch gar nicht lange weg, Liebster.“ Grell lächelte glücklich.

„Nein. Aber ich muss dringend mit dir reden.“ Ted hob den Kopf und machte ein ernstes Gesicht.

„Oh?“ Grell sah ihn neugierig an. „Ist es etwas Perverses?“

„Nein!“, schimpfte Ted. „Es geht um unsere Verlobung!“

„Unsere Verlobung? Was ist damit?“

„Ich habe mit Asta gesprochen. Er hat mich an meine Sterblichkeit erinnert und mir eine andere Perspektive vermittelt“, erwiderte Ted. „Ich habe darüber nachgedacht, wie ich mir die Zukunft vorstelle.“

„Heißt das, du nimmst den Antrag an?“, fragte Grell ruhig und streichelte ihm sanft über die Hüften.

„Es heißt, ich bin mit der Verlobung einverstanden, bis wir wissen, wie es weitergeht“, formulierte Ted vorsichtig. „Weil du mich – trotz Mord und Totschlag und all dem Mist – mit deinem verrückten Charme eingefangen hast.“

„Ja, ich bin ziemlich charmant. Das stimmt“, erwiderte Grell stolz und küsste ihn auf die Lippen. „Du sagst also Ja?“

Ted wurde prompt wieder rot. Er holte tief Luft. Er war lange einsam gewesen und war absolut verrückt nach Grell. Warum also sollte er noch warten?

„Ja“, sagte er.

Grell lachte triumphierend, zog ihn an sich und küsste ihn tief. „Oh, mein Liebster. Mein wunderbarer Liebster. Du hast mich gerade zum glücklichsten Mann in Xenon gemacht.“

„Wirklich?“, neckte ihn Ted, dem vor Freude fast das Herz aus der Brust sprang. Er beugte sich vor und knabberte Grell zärtlich am Ohr. „Dann bring uns jetzt ins Bett und ich verspreche dir, dass ich dich noch glücklicher mache“, flüsterte er.

„Jedes Mal, wenn ich denke, es könnte nicht besser werden, beweist du mir das Gegenteil.“ Grell drückte ihn an sich. „Bist du bereit, Liebster?“

„Ja“, sagte Ted lächelnd. Er war für alles bereit – für das Versprechen auf fantastischen Sex und dafür, jeden Morgen an der Seite seines Königs aufzuwachen. Vor allem aber war er dafür bereit, das Beste aus der Zeit zu machen, die ihm das Leben schenkte.

Asta, der Scheißkerl, hatte recht.

Das Leben war zu kurz, um sein Glück nicht in vollen Zügen zu genießen.

K.L. HIERS ist Einbalsamiererin, Restauratorin und queere Autorin. Sie ist sowohl in der Bestattungsleitung als auch im Bestattungsdienst lizenziert und arbeitet seit fast einem Jahrzehnt in der Todesbranche. Ihre erste Liebe war immer das Geschichtenerzählen und sie schreibt seit über zwanzig Jahren. Das erste Buch schrieb sie im Alter von gerade einmal acht Jahren. Die meisten Verlage akzeptieren leider keine Manuskripte, die in Hello-Kitty-Notizbüchern geschrieben worden sind, aber das hat sie nie entmutigt.

Aufgrund des Erfolges ihres ersten Romans, *Cold Hard Cash* ist sie jetzt in der glücklichen Lage, hauptberuflich schreiben zu können, und konzentriert sich auf Geschichten über sinnliche Leidenschaft, exotische Welten und emotionale Reisen. Sie liebt es, an Horrorfilm-Conventions teilzunehmen und sich dem Cosplay ihrer Lieblingsfiguren hinzugeben. Kat lebt in Zebulon, North Carolina, mit ihrem Mann und ihren sechs Kindern, von denen drei Pfoten haben und eines manchmal glaubt, es habe welche.

Website: http://www.klhiers.com

Von K.L. Hiers

KRAKEN-KRIMI DER ANDEREN DIMENSION
Acsquidentally in Love
Kraken My Heart

Veröffentlicht von Dreamspinner Press
www.dreamspinner-de.com

EIN KRAKEN-KRIMI DER ANDEREN DIMENSION

ACSQUIDENTALLY IN LOVE

K.L. HIERS

Ein Kraken-Krimi der anderen Dimension

Nichts bringt zwei Männer – oder einen Mann und einen alten Gott – so zusammen wie Rache.

Privatdetektiv Sloane hat seine Karriere bei der Polizei aufgegeben, um den Mörder seiner Eltern zu finden. Wie sie ist er ein Anhänger längst vergessener Götter, praktiziert ihre Magie und betet sie an … nicht, dass er jemals eine Antwort erhalten hätte.

Bis jetzt.

Azaethoth, der Geringere, mag der Schutzpatron der Diebe und Betrüger sein, aber er kümmert sich um seine Anhänger. Er ist auf die Erde gekommen, um den Mord an einem seiner Lieblinge zu rächen, und vielleicht auch, um den süßen Detektiv zu verzaubern, den das Schicksal ihm in den Weg gelegt hat. Wenn es nach ihm ginge, würden sie viel mehr tun, als nur einen Mörder vor Gericht zu stellen. Denn er ist sich ziemlich sicher, den Mann gefunden zu haben, mit dem er sein unsterbliches Leben verbringen möchte.

Sloanes Entschlossenheit bröckelt angesichts Azaethoths überraschender Anmut, und die Tentakel, die er manchmal erspähen kann, wenn sie aus der sterblichen Gestalt des Gottes hervorkommen, regen seine Fantasie an. Aber ihre Ermittlungen werden immer seltsamer und tödlicher. Um zu überleben, brauchen sie ein wenig Vertrauen … und viel mystische Feuerkraft.